▶ 帅哥总裁夜逐爵，
很有形象包袱。

▶ 当苏玛丽口渴，他优雅起身，
迈出每步精确控制在 65 厘米的稳重步伐，
单手拿起全球限量定制高脚杯，
接上一杯清澈的——白开水。

    ▶ 而当苏玛丽摔倒，他缓缓下蹲，
    15 分钟过去，
    他终于找好最佳光影效果，
    保证完美跪地姿势，
    嘴角挑起邪魅而霸道的弧度：
      "不是每个人都能让我亲自来扶的，你是第一个。"

    ▶ 苏玛丽：
      "谢谢……我觉得我承担不起这份殊荣。"

目前可以公开的总裁情报：
夜逐爵很不喜欢逛街，
因为真正有格调的总裁从不亲自逛街。
如果一定要逛，那就是为家庭而逛，
为老婆而逛，是伟大的自我牺牲，
是真正的丈夫楷模，
是他真挚而无私的爱情的崇高表现。

服务员：
"夜太太，我怎么感觉夜先生的表情不太对劲？"
正在试第 108 套衣服的苏玛丽：
"没关系，他只是在洗脑自己，咱们继续。"

被苏玛丽偷偷公开的总裁情报：
比起雪茄和香槟，夜总更喜欢奶油小蛋糕，
但他觉得这个爱好对于一个成熟且霸道的总裁来说非常不得体，
所以每次都是苏玛丽说她想吃才买。

夜逐爵举着勺投喂，演技尚显青涩：
"难以理解，你们女人怎么都爱吃这种腻乎乎的东西？"

苏玛丽吧唧一口，演技炉火纯青：
"有道理，我开始腻了，要不你吃吧。"

然后夜总毫无心理负担地把剩下的全吃完了。

▼

夜枭枭
向聂琰发射爱心一枚。

夜枭枭
向聂琰发射爱心好多枚。

夜枭枭
向聂琰发射爱心炮弹。

▼

夜枭枭呐喊：
"宝贝够不够？不够我还有！"

聂琰红着耳朵悄悄把爱心仔细抱好：
"有伤风化，明明一枚就够。"

传说海里有摄人心魄的美人鱼,
是世界上最稀有的宝物,
他们危险又迷人,
常常有人为此付出一生的代价。

王国里的公主不信邪,
非要去捉一只看一看。
她带着一根可笑的钓鱼竿立刻出发,
没想到鱼钩刚放下,
一只美男鱼自己抓着线浮了起来,
指责她破坏生态环境,
需要为此付出代价。

公主翻包数钱,
有恃无恐:"什么代价?"

美男鱼眨眼睛,
微笑:"一生的代价。"

关于谁是一家之主这个问题，

夜枭枭向来不容置疑：
"当然是我，我是老板，万事都是我做决定，有谁敢质疑我家主的地位？"

说话间聂琰敲响办公室的大门：
"枭枭，今天什么时候下班？"

夜枭枭乖巧：
"还有三个小时。"

聂琰：
"我完工来接你？"

夜枭枭傻笑：
"嗯！"

聂琰：
"那晚上就吃你喜欢的那家西餐？"

夜枭枭欢呼：
"好耶！"

何杏对着马文才叹气：
"你看，我早就说过不要信她的鬼话。"

马匀工作忙，
苏宁结婚试婚纱是夜逐爵一家陪着去的。
苏玛丽帮她挑，挑过来挑过去，
反而自己先看中一件。
穿好婚纱照镜子，
已婚已育的夜太太长叹一声：
"这条裙子失去我是它最大的损失。"

夜逐爵旁观：
"你有我还管什么损失？"
苏玛丽：
"损失大了，因为一朵花失去了整个花丛。"

夜逐爵当即脸就青了，
掏卡付钱一气呵成，
叫来小助理选了配套礼服找了专业摄影，
誓要让苏玛丽重新感受一下神圣婚姻的洗礼。
于是本该是今日重点关注对象的苏宁穿好婚纱出来，
全店上下竟然只有夜枭枭还在原地。

苏宁热泪盈眶：
"枭枭，没想到你这么关心我……"
年仅五岁的夜枭枭无情打断：
"不，小姨，手里捧花借我一下，
我爸妈让我去当花童。"

夜枭枭的婚纱照里带了一张全家福。

拍照的时候新晋岳父夜逐爵很满意，
觉得夜枭枭得到他真传，挑人眼光与众不同遗世独立；
新娘子夜枭枭也很满意，因为从此聂琰多了名花有主的证据，
她正在考虑把照片放大五倍挂在自己办公室里；
拍到人生中第一张全家福的新郎聂琰最最满意；
全场发愁的只有苏玛丽，她看着自己的高岭之花女婿，
总感觉聂琰站在他们一家三口旁边，
像个流氓堆里被哄骗过来的良家妇女。

魅丽文化

恋爱消消乐

糯米团子 著

广东旅游出版社
GUANGDONG TRAVEL & TOURISM PRESS
悦读书·悦旅行·悦享人生

中国·广州

图书在版编目（ＣＩＰ）数据

恋爱消消乐 / 糯米团子著．— 广州：广东旅游出版社，2021.8
ISBN 978-7-5570-2495-6

Ⅰ．①恋… Ⅱ．①糯… Ⅲ．①长篇小说－中国－当代 Ⅳ．① I247.5

中国版本图书馆 CIP 数据核字（2021）第 112489 号

恋爱消消乐
LIAN'AI XIAOXIAOLE

出版人：刘志松
责任编辑：梅哲坤
责任技编：冼志良
责任校对：李瑞苑

广东旅游出版社出版发行
地址：广东省广州市荔湾区沙面北街 71 号首、二层
邮编：510130
电话：020-87347732
印刷：湖南凌宇纸品有限公司
（地址：湖南省长沙县黄花镇工业区凌宇纸品　电话：0731-86300881）
开本：880 毫米 ×1230 毫米　　1/32
字数：244 千字
印张：10
版次：2021 年 8 月第 1 版
印次：2021 年 8 月第 1 次印刷
定价：46.80 元

目 录

C O N T E N T S

C O N T E N T S

C O N T E N T S

CONTENTS

上篇

套路我，没结果

〜〜〜〜　　〜〜〜〜　　〜〜〜〜

第一章

1.

我醒了。

睁开眼睛，眼前是完全陌生的场景，光滑的真丝被，光洁的天花板，连床边冷冷看着我的男人也光……

不，我肯定还没醒。

2.

等一下。

这男人好帅。

剑眉星目，八块腹肌，浑身上下透露出的气势，竟、竟霸气如斯！

我发出母胎 solo（网络用语，指从未谈过恋爱）的声音："我可以。"

男人："……"

我躺平："来吧，不要因为我是一朵娇花而怜惜我。"

3.

我想我是"穿越"了。

"我劝你少玩这些伎俩，苏玛丽。"眼前的男人恶狠狠地掐住我的下巴，眼神邪魅而冷厉，"别以为嫁进我家的门我夜逐爵就会承认你。"

嘿呀，好熟悉的剧情。

以我多年的狗血小说阅读经历分析，我一定是个倔强不屈的善良女孩，深深爱着眼前得到了身体也得不到心的男人，我们俩先虐心再虐身，然后一边虐心一边虐身，你死我活爱恨情仇一波三折……

我一定还有一个美丽纯洁的遗世白莲妹妹吧？

夜逐爵适时地开口递出嘲讽："你不过就是苏宁的替代品而已。"

我："……"

我："谁？"

在，某平台给你打了多少钱？

4.

男人穿好衣服摔门而去。

我起床收拾了一下自己，看着满梳妆台的海蓝之谜、迪奥、纪梵希流下了一夜暴富的泪水。

我真傻，真的。

要是知道我有朝一日终成富婆，昨天的外卖就不该费尽心机省那一块二毛钱。

第二章

1.

从套路来讲，我的妹妹一般有两种情况。

如果她身体健康，那么她会努力地设计我；如果她身体有缺陷，那么她会努力地设计我的肾。

或者其他什么身体部位。

我决定去见见这个妹妹。

人类社会的进步在于对不公命运的反抗，我生活品质的进步在于对霸道总裁和娇弱白莲的"硬刚"！冲呀苏玛丽！

2.

苏宁静静地坐在椅子上，脸上如同扇形分析图一样铺开三分柔弱三分清纯，还有四分设置仅对我可见的敌意。

脸色看起来很苍白，身体看起来很虚弱。

我觉得自己身上的每个零部件都在隐隐作痛。

她尽职尽责地装作关心我的样子："姐姐怎么来了？是发生什么事了吗？"

我直入主题："苏宁，你喜欢夜逐爵对不对？"

苏宁一脸疑惑。

我："你看我和他结婚其实觉得很不爽对不对？！"

苏宁："我……"

我握住她的双手："不必再说了，给我五千万，我离开你的男人。"

苏宁满脸问号。

3.

我在思索以我们家的家庭条件是不是给不出五千万。

要不然我的妹妹为什么梨花带雨地打电话给夜逐爵说我羞辱她？

我犹犹豫豫地跟她砍价："要不四千九百万？真的不能再少了！你赚的可是一个身家上亿的男人！"

那头电话里传来夜逐爵愤怒的吼叫声："苏玛丽！你给我闭嘴！！"

隔着屏幕的霸道总裁都是纸老虎。

于是我："哦。"

我："我就不。"

4.

我们进行了长达一分钟的地摊式砍价。

哦，主要是我在自己砍自己的价。

一分钟后夜逐爵咬牙切齿地说："女人，我劝你不要试图挑战我的底线。"

你们霸道总裁怎么这样，生意做不成就威胁人家小命。

我垂死挣扎道："价格好商量、好商量。"

夜逐爵一声冷笑。

手机里传出一声暴力发动引擎的巨响。

哦嚯，完蛋。

5.

夜逐爵在前来和我虐心又虐身的路上。

我很悲伤。

但凡苏宁愿意为她未来长久的富婆生活贡献一点资金，事情也不会变成这样。

我低头看着苏宁："看过《小时代》吗？"

苏宁一脸迷茫。

我语重心长："没有物质的爱情就是一盘散沙，都不用风吹，走两步就散了。"

苏宁满头问号。

6.

苏宁虽然不是很有经济头脑，但是白莲花段位很高。

从房门外响起夜逐爵很有识别性的霸道总裁脚步声起，她的脸上就铺开了一张脆弱而温柔的假面，她跪坐在我身边，和我亲近得好像我们刚刚只是在讨论彼此的头发有没有分叉。

但是细看下来，又会发现她的温柔中带着委曲求全，亲近里又有几分楚楚可怜。

厉害啊。

这要是平常人，就栽了啊。

但我不是平常人。

我，是"霸总"文求生技能研究第一人。

7.

夜逐爵进门的那一刻，我躺倒在了地上。

眼角挤出一滴无助的泪水。

我："你想怎么样就怎么样吧。"

可能是没有见过像我这样倔强的女孩流泪，夜逐爵本来快要爆发的愤怒尴尬地卡在了脸上。

我："有些人活着，他已经死了。"

我："生亦何欢，死亦何苦。"

我："从前我没得选，现在我想做个好人。"

8.

夜逐爵可能不太看名人名言。

因为他明显被我震住了。

他无奈地俯下身，语气意外有点温柔地问我："你到底想怎么样？"

我闹腾这么半天，这会八国语言、掌握着全球经济命脉的该死的霸道男人居然看不出来吗？！

我究竟该怎么暗示他"我只想你和苏宁不要管我了，喜欢就要在一起双宿双飞缠缠绵绵到天涯"呢？！

我看看他，又看看苏宁，计上心头。

我郑重地指向自己乌黑亮丽的头顶："我想请你帮我把这玩意儿染成绿的。"

9.

不愧是我。

我得单独整一段夸夸我自己。

10.

我确保这次夜逐爵听懂了我的意思。

因为他脸上的表情简直可称风云变幻，大概就像我刚"穿"来时发现身边有个男人那么变幻。

夜逐爵蹲下来，一只手摩挲着我的侧脸，双目深邃而危险："你是第一个敢对我说这种话的女人。"

我突然有一种不祥的预感。

他在我惊恐的眼神里对我缓缓吐出致命的三个字："哼，有趣。"

我命休矣。

第三章

1.

苏宁红着眼睛瞪我。

苏宁：耍心机！不要脸！绿茶！

我梗着脖子给苏宁使眼色。

我：上啊！你上啊！快跟我抢男人啊！

苏宁：你不要脸！！！

我：你上啊你！！！

摸着我脸的夜逐爵："你们在做什么？"

2.

我委屈。

为什么我还没有享受成为富婆的快乐，人生就只剩下了数不清的修罗场？

果然还是要先下手为强。

我诚恳地对上夜逐爵的眼睛："夜逐爵，我们离婚吧。"

夜逐爵的脸色猛地阴沉下来，他看了一眼苏宁，嘴角勾起一抹邪魅却阴冷的弧度："好啊，理由呢？"

我："我爱上了别的男人。"

我："他幽默风趣，事业有成，聪明稳重，最重要的是和他在一起我每天都很快乐。"

霸道总裁的共同宗旨大概是他可以给我戴"绿帽"但我绝不能给他戴"绿

帽"，此刻夜逐爵额角青筋暴起，原本摸我脸的手又转去掐我下巴："他是谁？"

"你不认识的，"我假笑道，"他叫沈疼。"

3.

我有罪。

我居然让一个表演艺术家一朝成为霸总他娇妻的秘密情人。

这剧情甚至可以另写一本小说——

《独家宠爱：霸道富婆的奶油老生》。

4.

总之，在沈老师的添砖加瓦下我顺利地拿到了离婚证，谢谢沈老师。

夜逐爵还给了我五千万。

准确地说，是四千九百万。

这让我刚刚重获自由的心头骤然蒙上一层阴霾。

该死，会在一块二毛钱上纠结的我果然还是对霸道总裁那数不清有几个零的身家没有概念。早知道就应该定它两百个亿的小目标，直接靠离婚挤进福布斯富豪榜，从此成为金光闪闪的单身大富婆，和我的深情男二号你侬我侬走上人生巅峰……

等会儿，我男二呢？

5.

我那么老大一个男二呢？

我到底是不是女主角？？

难道说我猜错了剧情，其实这是夜逐爵和苏宁两情相悦却被我这个恶毒女配半路打劫、两个人相爱却不能相守的悲情故事？

我满目苍凉地回忆了一下我经历的一切。

好像，也不是没有这个可能。

6.

一片萧瑟里，手机突兀地振动了一下。

是一条短信，提醒我不要忘记晚上的酒会，备注是"我的老母亲"。

我翻找了一下手机备忘录，果然看到今晚商业酒会的记录。总裁文的世界里，无论男主角女主角还是男配角女配角好像应酬都挺多，而且几乎注定会在这个广纳世界商业奇才的大厅里齐聚一堂。

哼，毫不惊喜呢。

如果我真的是恶毒女配角，去酒会也不过就是被这对即将喜迎二婚的新人携手嘲讽罢了，这种低级的爽文剧情我根本就没有在怕——

7.

我怕了。

讲道理，为什么全世界勾引男主角的方式都是给他下药？

为什么你们的迷药这么好弄到？？

为什么你都给他下药了你居然还能让他瞎跑把我堵在休息室里？？？

夜逐爵用身体把我困在他和墙壁之间，半低下头去靠我的肩膀，灼热的呼吸不断打在我的肩颈上。

我思考了两秒钟——现在这个发展到底算不算这个下药的狠人自己给自己戴了"绿帽"。

夜逐爵大概察觉到我心不在焉，在自己意识都不清醒的情况下居然还去强行扳我侧开的脑袋，皱着眉不满道："敢在我面前走神，女人，你在想什么？"

我："……"

我面目狰狞："我在想怎么剁了你。"

第四章

1.

夜逐爵低头啃我的脖子。

嘬得津津有味，让我觉得自己是一份打包好送到他面前的绝味鸭脖。

我迅速掏出手机拨打110。

嘀。

夜逐爵开始扒拉我衣服。

嘀。

夜逐爵没找着我裙子的拉链，哼哼唧唧地开始扒拉自己的衣服。

嘀，有人说："喂——您好？"

我一边扳这臭男人的头一边号叫："警察叔叔救命嗷！！！"

2.

我也不知道事情怎么会发展成这样。

可能危急时刻人的求生欲是不能用常理来评估的。

警察来的时候夜逐爵已经麻溜地把自己身上那套价值不菲的衣服扒得差不多了，浑身上下红得跟煮熟了的小龙虾一样，热乎乎地躺在沙发上。

我手脚并用地摁着他，右手高高举着从桌子上顺来的茶壶，正试图改变他身体的方向。

当然。

这一茶壶下去，我还会改变他人生的方向。

3.

鉴于夜逐爵身份比较特殊，而且归根结底也暂时什么都没有发生，最后他们只请了医生过来，留了一个警察观察情况。

我在休息室门外和警察小哥面面相觑。

小哥："……"

我："……"

小哥还挺帅，就是这个眼神老是诡异地往我身上瞟。

我疑窦丛生。

——脑补出一场青梅竹马"错过不是错而是过多年之后再次相遇初恋已为人妻爱而不得痛心疾首"的大戏。

难道这就是我的男二？

我入戏道："我们以前认识吗？"

小哥腼腆一笑："不是的，主要是我没见过能把一个成年男人摁着打的女人。"

4.

等待的时间格外漫长。

尤其在警察小哥跟我说完这句话以后。

楼梯口突然响起急匆匆的脚步声，之前和夜逐爵一起参加酒会的苏宁终于赶来，脸上是一贯温温柔柔的无措和焦急，看起来没有什么异样。

但仔细观察一下的话，会发现她看到我时脸上的半永久温婉有那么一丝僵硬。

她未语泪先流："怎么是你……居然是你！"

懂了。

原来你就是那个打包到门外的鸽子都能飞进我嘴里的"狼人"。

5.

"狼人"哭哭啼啼地来拽我的胳膊，脸上已经很心虚了嘴里还要喊着听起来一点也没有可信度的台词："姐姐！你和夜哥哥已经离婚了！

你为什么还要用这样下作的方式纠缠他？！"

我都快改变他人生的方向了，你竟然还想让我当冤大头！我看是你已经和你的智商离婚了啊妹妹！

我气势如虹："苏宁！你和夜逐爵都要二婚了！有什么事不能留着结婚以后再做？你这东西到底是哪里搞来的？有这种渠道的话怎么不分享给我？！"

警察小哥："……"

警察小哥：你继续说，我在听。

6.

本套路学十级学者觉得这个场面不简单。

下一秒我听到背后休息室的门打开的声音，转过头只见夜逐爵揉着额头靠在门口，表情看起来很不高兴。

我就知道。

每个被女配抓住胳膊的女主背后可能都站着刚刚到来的霸道总裁，之后霸道总裁一定会在听到女配一番白莲花言论后愤然离去，只留给女主一个腿长一米八的高大背影。

我太难了，我才刚刚进入恶毒女配的角色呢。

7.

我等着夜逐爵对我大发雷霆说我玷污了他纯洁的白莲花。

夜逐爵揉了一会儿额头，声音还有点嘶哑："你跟她要这个做什么？"

我一脸茫然。

"怎么，你要拿给你的小情人？"夜逐爵冷笑，"还是说，你又看上了什么新的男人？"

我满脸疑问。

他一步步逼近我："别以为你还能和你的那个什么沈疼继续玩你情我爱的戏码……女人，你这辈子都别想离开我。"

男人……你怎么还自顾自开启强制爱剧情？？？

8.

我悲苦道："你清醒一点夜逐爵，苏宁还在这儿站着啊。"

夜逐爵皱着眉头："我很清醒，我爱的就是你。"

我："你这叫'得不到的永远在骚动'。"

夜逐爵："我……"

我打断他："被偏爱的都有恃无恐。"

我："玫瑰的红，容易受伤的梦，握在手中却流失于指缝，又落空。"

嗯？唱起来了。

第五章

1.

我花了十五分钟搞清楚发生了什么。

大概就是在我重新变成自由灵魂的这段时间里，白莲花她——掉马（网络用语，指暴露了真面目）了。

这得从霸道总裁夜逐爵还是霸道高中生时说起。

彼时的高中生夜逐爵还没有这么"跩"，是一棵爹不疼娘不爱的地里小白菜，寂寞如雪的少年时代完全靠网上冲浪来取暖。

然后他遇到了一个有趣的女人。

大概就是每天早上发来"选中一天的美好，剪掉悲观的烦恼，删除不满的忧虑，重建快乐的心境，开心每一天！轻轻一声问候愿给你带来清晨美好的一天！早安"那么有趣。

成功吸引了他的注意。

不愧是你。

2.

总之霸道高中生夜逐爵对这个有趣的女人产生了浓厚的兴趣。

巧的是这个账号自夜逐爵毕业以后就再也没有说过话，这成功促成了白莲花苏宁认领账号以假乱真开启了一段狗血爱情。

之后的日子里，这个分分钟几亿上下的高智商男人虽然觉得有点不对头，但关键时刻被我横插一脚，思考的节奏完全被打断。

直到最近，某电商平台大肆举办促销活动。

一时之间，红包链接充满了网络世界的每一个角落。

而夜逐爵猝不及防收到"有趣的女人"发来的链接时，苏宁正坐在他身边，相对无言。

于是夜逐爵终于发现——

这个有趣的女人，是他的高中教导主任。

3.

所以你们的狗血爱情故事到底跟我有什么关系？

现在的你对着我深情告白，更让我毛骨悚然了好吗！！！

4.

我抹了一把辛酸泪。

以前找不着男朋友就算了，一觉醒来不仅立刻告别单身，马上连婚姻也告别了，唯一的妹妹还奇形怪状的。

看看现在的我，除了四千九百万，一无所有。

对，我还有个脑子含水量看起来可以"名列世界第五大洋"的前夫。

夜逐爵似有所感："你在想什么？"

我45度角仰望天花板："闭嘴，我在回忆我的前半生。"

5.

鲁迅先生说过：世上本没有逃离霸道总裁的路，我走得多了，就有了路。

6.

上一句其实不是鲁迅先生说的。

第六章

1.

我首先发动矫揉造作攻击。

"哎哟！"我捏着嗓子往地上一坐，"可是人家就是不想和你在一起嘛……你一天到晚凶人家，人家的小心脏很脆弱的啦！"

不是我吹。

除了我怀疑面部五官根本不会动的夜逐爵，我亲眼看到警察小哥以及苏宁乃至休息室里探出半个头来看热闹的医生，脸以肉眼可见的速度，变换了精彩纷呈的七种颜色。

2.

我再接再厉："人家在说心里话！你们别这样看着人家嘛……再这样，人家就要哭了啦！嘤嘤嘤嘤！"

我甚至伸手去扒拉夜逐爵："你有没有在听人家说话？你有没有在听人家说话嘛！"

很好，我都被自己恶心到了。

夜逐爵岿然不动。

唯有嘴角有一丝不易察觉的颤抖。

3.

良久，夜逐爵抖着嘴角说："我也不是不能改。"

敌退我进。

我：“人家也不喜欢你叫人家‘女人’！”

夜逐爵："……"

我："人家还不喜欢你老对人家动手动脚！"

夜逐爵："……"

我："你看看和别的男人比你有啥！"

夜逐爵："我有钱。"

夜逐爵："还有颜。"

他顿了顿，强调道："腹肌八块。"

该死。

我这个肤浅的女人竟然有一点心动。

4.

停。

心你先别动。

让我认真地剖析一下我自己。

我离婚不就是为了不和夜逐爵虐身虐心还被苏宁设计吗？！不就是为了远离这无脑剧情重新拥抱美好明天吗？！

要不负初心呀苏玛丽！

5.

我踌躇满志了。

我又可以了。

我抬头环视一周。

我看见了表情很臭但难得服软的夜逐爵和哭得眼线液一路直下三千尺的苏宁。

嗯？我突然发现虐心桥段和搞定恶毒女配的剧情好像已经不知不觉被我跳过了呢。

6.

我有一瞬间的茫然。

我袖子都捋好了，这场酒会开始前我还以为我是来前线大展雄风，用三寸不烂之舌说动苏宁立地成佛的呢。

结果我只需要躺赢就好了吗？

怎么说呢——

怪、怪爽的。

7.

见我半天不说话，夜逐爵脸黑得跟块炭似的，把我往肩上一扛就要往外走。

我一脸茫然。

强制爱剧情这么快就要开始了？！

等一下啊我还没有准备好怎么应对呢！

我立刻鬼哭狼嚎地扒住小哥："同志！我要报警！救命啊同志！！"

一身正气的小哥脸上绽放出一个跟之前如出一辙的羞涩笑容，他甚至伸出右手比出一个"OK"的手势："成年人的爱情，我懂的。"

你懂什么！

我看你根本只是个出来推动强制爱剧情的工具人。

8.

小哥不靠谱，那边从头到尾缩头缩脑的医生又跟只大乌龟似的缩回了休息室里。

寻寻觅觅，冷冷清清，凄凄惨惨戚戚。

我目光灼灼地盯着苏宁。

苏宁果然不辜负我的期待，梨花带雨地追出来喊了一句："等等！等一下！"

悦耳。

这就是姐妹同心的感觉吗？

9.

苏宁就是苏宁，即使脸上的妆花得可以直接应聘鬼屋工作人员，白莲花的人设也要屹立不倒："夜哥哥,我是真心喜欢你的!"

很好,请继续。

"姐姐她根本不爱你!"

对,没错。

"你就算把姐姐带回去困住一辈子,用镣铐锁住,又能怎么样呢?"

什么?

"你难道要她永远走不出家门吗?"

等等?

"你难道要她这一辈子只看得到你一个男人吗?"

苍天啊!

我看着夜逐爵满脸写着"学到了"的表情,倍感虚弱。

我错了。

我跟姐妹同心,而姐妹只想坑我。

10.

苏宁的泪光,柔弱中带伤。

她倔强地说出小学生言论:"夜哥哥,你再往前走一步,我就真的不理你了!我……"

夜逐爵面无表情地往前跨了一大步。

苏宁:"……"

苏宁装作看不见的样子:"我、我还会回来的!"

然后她抹着泪跑了。

留下我,弱小,可怜,还被人扛着。

在?跑那么快干吗?!为什么不坚持一下?!因为苏宁易go(走)吗?

11.

美丽的我以一个非常不美丽的姿势被夜逐爵扔到了他豪车的后座。

夜逐爵一手撑在大开的车门上,一手松了松领带,露出的半截小臂上肌肉线条明晰而漂亮,非常对得起他霸道总裁该有的外在形象。

他声音低低沉沉："我们谈谈。"

谈谈好啊。

只要不是把我扛回你的别墅囚禁我、捆绑我，一切都好说。

12.

我学着苦情剧女主角的表情挤出一包伤心泪："让我走吧。"

夜逐爵不说话。

我指指凌乱的自己和底下的车座，控诉道："你根本不懂什么叫作爱。"

夜逐爵还是不说话，就是看起来有点震惊。

他震惊了三秒钟，挑着眉头坐进了后座，关上车门，把刚刚扣好没多久的衬衫扣子又解了。

最后他说："我不懂，你可以自己来。"

闭嘴。

早知今日。

我刚刚举着茶壶的时候就应该让你彻底闭嘴。

第七章

1.

我有理由怀疑夜逐爵那个高到世界独一份的学历是伪造的。

以他的阅读理解能力，他根本不配拥有高学历。

我深吸一口气，痛苦地捂住自己的眼睛。

当然只是表面上比较痛苦。

实际上我在指缝里偷看他的腹肌。

并且我深深羡慕他的冷白皮。

2.

我们僵持了五分钟。

当我第十次悄悄把指缝打开的时候，夜逐爵终于忍不住开了口。

他一开口就很致命："女人，你果然与众不同。"

我一头雾水。

我又干啥了我？

夜逐爵："别人都喜欢我的地位、钱，还有权力。"

"但你不一样。"夜逐爵用深沉而复杂的眼光注视着我，"你只是馋我的身子。"

3.

谁馋你的身子？！

不要再继续这个话题了好吗？！

再继续下去，这篇文又要被举报了啊！！！

我内心波涛汹涌而表面波澜不惊："我不是。"

我："我没有。"

我："你别乱说啊。"

4.

夜逐爵最终还是把衣服穿了回去。

主要是车里没开空调怪冷的。

我的情绪在这一天内经历多次跳崖式大起大落后终于回到了原来的位置，此刻显得格外平静："你想跟我谈什么来着？"

夜逐爵："复婚。"

我："哦，复婚。"

夜逐爵："我以为你会更意外一点。"

不会的。

只要你现在不脱衣服。

我们一切都好说。

5.

似乎不太习惯这么平静祥和的气氛，夜逐爵用食指在腕表上敲了两下，开门去了前座："现在太晚了，我先送你回家。"

我迟疑道："回我家？"

夜逐爵从后视镜里扫了我一眼："不然你还想回哪儿去？"

我："这么说你不想把我带回去用条大铁链子锁住我的人和我的心，让我设身处地身临其境地深刻体会你这该死的爱情？"

夜逐爵："……"

夜逐爵："你跟谁学的？苏宁吗？"

6.

我如释重负，并乖巧地关闭百度界面——《碰到人贩子的十大逃生方法！你学会了吗》。

7.

一阵难言的沉默。

夜逐爵突然道:"我这段时间想了很多。"

车窗外是浓重的夜色,昏黄的路灯透进来几道可称温暖的光线,把夜逐爵那张令我熟悉的冰冷脸庞也渲染出一点儿若有若无的温柔。

他说:"我想过了,喜欢你是件很麻烦的事,但我偏偏喜欢自找麻烦。"

我不得不承认这前所未有的气氛让我的心跳频率快了那么几分。

但是——

你能不能把你的《情话大全》收好了再出来说土味情话?!

它从下面的储物箱里露出来了啊!露出来了!!

8.

夜逐爵说完之后半天都没有得到我的回应,神色陡然带上了想把我和刚刚的黑历史一起永远埋葬的危险:"女人,我说这些,你竟然不感动?"

我顿时抖得像只鹌鹑:"不敢动不敢动。"

夜逐爵:"嗯?"

我:"不是,感动、感动。"

夜逐爵满意地勾起嘴角:"那就好。你不是喜欢风趣幽默的人吗?过几天我买几个娱乐公司,我会让全世界都知道,C国的喜剧界被你承包了。"

我目瞪口呆。

你又是跟谁学的?那个承包鱼塘的吗??

9.

这大概是有史以来夜逐爵话最多的一个晚上。

他看起来还挺高兴,把油门踩得飞快。

速度是八十迈,心情是巨无敌"嗨"。

我踌躇道:"我有一句话不知当讲不当讲。"

夜逐爵:"嗯?"

我："道路千万条，安——"

我还没说完，夜逐爵价格不菲的超跑就华丽地跟右边狂奔而来的小轿车来了个对对碰。

我一头撞在旁边的车门上，在烟尘漫天里鼻血横流。

我说什么来着？

道路千万条，安全第一条。

行车不规范。

前妻两行泪。

第八章

1.

——如果"穿越"了需要注意什么？

谢邀，人在"穿越"，刚下病床。

"穿越"需谨慎，霸总不是人。

车祸恒久远，狗血——永流传。

2.

我靠在夜逐爵的 VIP 病房外啃苹果。

左手还绑着圈石膏。

几天前夜逐爵实力演绎翻车版《速度与激情》，一路热血沸腾地把他自己翻进了抢救室，于是在短暂的空隙里我先后感受了 110 和 120 带来的温情，和集齐"救命三巨头"只差一个 119 的距离。

当然。

如果夜逐爵再"嗨"一点。

不要说"距离"。

我可能会直接离开这个美好的人间。

3.

房门开了。

夜逐爵的私人医生检查完他的身体情况，一脸严峻地走出来，通知我："夜先生醒了。"

我："哦。"

医生欲言又止："苏小姐好像一点都不担心？"

我："你不懂。"

我："吾日三省吾身——今天吃得好吗？睡得好吗？生活更加狗血了吗？"

我熟练道："说吧，失忆还是白血病？"

4.

医生半天不说话。

我很慌。

难道说……还有其他的可能？

我灵光一现。

我悲痛欲绝："莫非，我和夜逐爵是同父异母的亲兄妹？"

5.

医生的脸色变幻莫测，好半天才道："是失忆。"

哼，毫不意外呢。

我走进病房。

夜逐爵靠在床头，脸色还带点病弱的苍白，眨巴着一双好奇的大眼睛看我。

我握住他没有打点滴的那只手："还认识我吗？"

夜逐爵挑起嘴角。

夜逐爵："哎哟！人家不认识你啦！你怎么一进来就握人家的手手？！"

6.

我手一抖。

我走出了房间。

我关上了房门。

我看着医生。

我的语气飘忽而悠远："不好意思，我刚刚好像出现幻觉了，能给我开点药吗？"

7.

医生："您没看错，夜先生真的失忆了。"

我："……"

这能叫失忆吗？？？

这根本连人格都一起撞飞了吧？！

医生看着我："我们认为这是基于潜意识的行为，可能是您之前用这种方式和夜先生说话的时候给他留下了深刻的印象。"

医生："或者说，心理阴影。"

我："……"

你别骗我啊。

他看我演的时候明明什么表情都没有！

8.

霸道总裁的世界不需要逻辑。

没想到我躲过了这么多剧情，还是躲不过虐心。

从此我就要和一个时刻娇羞的大老爷们儿，在"我认识你而你忘记了我"的狗血剧情里纠缠不休，只因为我在他纯洁的霸道心灵里留下了一道伤口。

太虐了。

我要落泪了。

9.

我跟夜逐爵介绍我自己："我是你的前妻。"

夜逐爵委委屈屈地皱眉头："你已经跟人家离婚啦？为什么啦？人家不帅吗？！"

我："……"

我问旁边的医生："你们真的没办法治好他吗？"

医生："现在没有。"

我："没关系，我有。"

医生：“啊？”

我：“比如找根柱子猛烈撞击他的头。”

10.

夜逐爵猛男噘嘴：“你干吗？你这么好看！不要做那种血腥的事情嘛……”

我流下欣慰的泪水。

算了。

还是别治了。

现在这个比之前那个臭男人会说话太多了。

第九章

1.

夜逐爵变成娇羞男人以后，小嘴"叭叭"的。

超甜。

当我皱眉——

夜逐爵："啊哟……宝贝你怎么皱眉啦？皱眉就不好看啦！有什么事就告诉人家嘛！"

当我换新衣服——

夜逐爵："天哪！宝贝你今天好——美哦！衣服还有没有穿的啦？要不要刷人家的卡？"

当我笑——

对不起。

主要是听到"刷卡"，嘴角它自己胡乱上扬。

2.

咦。

等一下。

这个故事应该是这个发展吗？

再这样下去我就要和夜逐爵混成姐妹了啊！

我……

我可以。

3.

一声鸣笛。

医院门口停住一辆黑色的豪车，下来一个黑衣帅哥。

帅哥贴心地拉开后座的车门，微笑着向夜逐爵伸手示意他进去。

我："……"

我："您哪位？"

帅哥："您就是苏小姐？少爷以前常提起您。我是夜家的管家，太太听说少爷今天出院，让我来请少爷回家吃个饭。"

嘻。

吃饭啊。

我还以为兄弟情剧情现在就开始了呢。

4.

夜逐爵哼哼唧唧地非拉我一起去。

我很慌。

每一个霸道总裁都会有一个更加霸道的总裁他妈，如果我没有猜错，搞不好，这顿饭夜太太、夜逐爵和某个婆婆钦定的待上位优质儿媳将会齐聚一堂，从诗词歌赋探讨到人生哲学，共同展望美好的明天。

但加上我，就不一样了。

它会从美好的明天——

变成修罗场。

5.

我跟在管家身后往夜家大宅里走，努力维持情绪的稳定。

背后冷不丁飘出来一道声音："姐姐？"

啥？

修罗场剧情现在就要开始了吗？

哼。

我一点都不慌张。

呵。

我完全不会惊讶。

我转头——

看见了苏宁熟悉的脸庞。

我："……"

怎么又是你？

我求求你放手吧！！

他们真的会以为我是给"苏宁"打软广的啊！！！

6.

苏宁脸上带着自信的微笑。

她伸手去挽夜逐爵的胳膊。

我："……"

我："我劝你不要。"

苏宁不理我，含情脉脉："夜哥哥，我知道你失忆了，不过没关系，我们可以从头再……"

她的夜哥哥尖叫着推开她的手："噫！"

夜逐爵捂着脸："哎呀你们一个两个怎么都这样？！一上来就这么亲密人家会害羞羞啦！"

我："……"

苏宁："……"

你看。

我都说了不要。

不听姐姐言，吃亏在眼前。

7.

我们一路走到餐厅。

其间苏宁一直保持着那个五雷轰顶的表情，直到夜太太走出来亲切地拉住她的手，要和她进行美好明天的展望，她才猛然一惊。

苏宁："我真傻，真的。"

夜太太一脸不解。

苏宁落下两行清泪："我一大早就化好了妆，匆匆赶到这里，我叫夜哥哥，他没有应。我出门一看，没有我的夜哥哥了。"

"我单知道车祸会失忆，会忘记我。"苏宁指着夜逐爵，悲伤逆流成河，"我不知道车祸还会让人转性呜呜呜呜。"

8.
那不是转性啊！！！
而且你能不能不要学我说话？
夜逐爵的人设已经崩坏了！
你把你的白莲花人设给我保住啊！！

9.
夜太太不愧是生下了夜逐爵的女人。
遇此情景她毫不慌乱。
她先温柔地抚摸苏宁那颗被生活磋磨的小白莲脑袋："宁宁，不哭了，很快能治好的，你的夜哥哥谁也抢不走，明白吗？"
接着她就转头用睥睨众生的眼神看向我，嘴角往下狠狠一撇，面部五官变幻速度之快，堪称当代川剧变脸的文化传承者："苏玛丽，这究竟是怎么回事？"
我简直热泪盈眶。
我很欣慰。
这个夜太太——
人设稳定得让人好安心。

10.
不过妹妹可以，姐姐也可以，怎么不管人家叫"丽丽"？
人家不美丽吗？
哎哟。
讨厌。
我被夜逐爵同化了啦。

11.

我把这事儿掐头去尾地复述了一遍。

主要是"掐头",怕夜太太听了她家高贵不可亵渎的宝贝儿子不仅自扒衣服,还偷偷琢磨土味情话的光荣事迹后会厥过去。

我顺便去了一下尾。

我怕夜太太和苏宁知道夜逐爵变成这样完全是因为我给他留下了那么一点小小的心理阴影,而悲愤欲绝怒火中烧——

然后把我掐得厥过去。

12.

虽然我叙述得很平淡,夜太太看起来还是恨不得把"你这个扫把星,你离我儿子远一点,看见那边的漂亮妹妹了吗?那才是我家的儿媳妇,你心里能不能有一点数"写在脸上。

可惜篇幅有点长,最后演变成满脸脏话。

我是谁?

我瞬间就嗅到了薅羊毛的机会。

我:"其实如果您愿意给我两个亿……"

夜太太美丽的脸颊微妙地侧开了一个角度。

我:"要不一个亿?"

夜太太满脸的脏话不动声色地转换成一个平静而优雅的假笑:"大家吃饭吧。"

我:"……"

等一下!

你不要装作没听见啊?

你不是豪门太太吗??

你为什么这么抠门啊???

13.

当事人现在就是后悔。

非常后悔。

早知道就说一百万。

说不定还能凑个五千万的整。

第十章

1.

直到我和夜逐爵坐上回程的车，抠门的夜太太都在回避我的目光。

很悲痛。

同样悲痛的还有夜逐爵。他用他健壮的手臂搂住我，在我们俩难以忽视的体形差里旁若无人地撒娇："你怎么可以说那种话嘛宝贝儿……人家好伤心哦！人家可以把小钱钱都给你……你别离开人家嘛！"

我："……"

要求和我们同坐一车的苏宁："……"

苏宁神情肃穆而悲壮："我错了。"

我："……"

苏宁："这样姐姐也忍得下去，这就是真爱的力量吗？"

我："……"

苏宁郑重地把夜逐爵的手塞进我手里："我祝你们白头偕老。"

给我个反驳的机会啊！

2.

前排开车的管家轻轻地哼了一声。

管家："你们还真是天真得可爱。"

不知不觉中车子驶入一条黑暗的小巷，管家缓缓停好车，在四周渐渐靠拢过来的脚步声里脸上始终保持着一成不变的礼节性微笑："离预计的时间还有最后一分钟，你们还可以接着演吉祥三宝的戏码。"

他说："好好跟彼此告个别吧。"

3.

"天将降大任于斯人也，必先苦其心志，劳其筋骨，饿其体肤，空乏其身，行拂乱其所为，所以动心忍性，曾益其所不能。"

天将降大任于苏玛丽也，必先斗其女配，搞定其霸总，充裕其钱包，行拂乱其所为——

然后扔给反派。

天要亡我。

4.

管家下车打开后座的车门，背后是一溜穿得乌漆墨黑的精神小伙，他就着这个十分吓唬人的阵容慢条斯理地伸手，向我们比出一个"请"的姿势。

看起来非常像大哥。

非常像反派。

他似笑非笑地看着"三脸"茫然的我们："怎么？很意外吗？"

5.

怎么说呢——

是挺意外的。

主要是没想到在抠门贵妇夜太太、苦情女配苏宁和失忆霸总夜逐爵中间，居然还有这么一个在正正经经走剧情的反派。

而且这个看起来就很厉害的反派——

直到现在——居然连姓名都不能拥有。

好惨的一个反派。

6.

作为到目前为止最尽职尽责维持形象的反派，管家非常传统而话痨地秉持着能叨叨就先不要动手的原则，为我们献上了一段充满激情的演讲，逼迫我们站在阴森的巷子深处听他讲那过去的故事。

他："我是夜家的私生子，我——"

夜逐爵："你是人家的哥哥还是弟弟呀？有话我们好好说嘛！"

他："我蛰伏了这么久，就是为了这一刻。只要没有夜逐爵，我就能——"

苏宁在我身边难以抑制地哭出了一声花腔女高音。

强行被打断两次的管家："……"

管家额上肉眼可见地暴起一根青筋："动手。"

7.

转折来得太快，眨眼间十几个黑衣小伙就包围了我们。

一时间"左右为男"。

强敌在前，最强壮的夜逐爵选手首先出动。

他面沉如水。

他步伐矫健。

只见他打出一记漂亮的左勾拳，在人群中飞快地向前进攻，尽管"嘤嘤"之声不绝于耳，但手底下毫不留情的一拳一个。

这位猛男以迅雷不及掩耳之势突出重围又杀了回来，最后在满地横七竖八的手下败将里捂脸倒地，发出一声惊恐的嘤咛："吓死人家了啦！"

我："……"

你刚刚那么霸气我差点以为你失忆是装的啊！

8.

随着战斗获得局部的胜利，我们的白莲花选手苏宁紧随其后发起进攻。她从随身携带的精致包包里掏出一瓶防狼喷雾，用看见南方蟑螂时喷杀虫剂的频率对着周围的社会害虫一通猛喷，手上快出残影的动作配合她可以比肩海豚音的尖叫，对敌人的身体和精神进行了惨无人道的双重打击。

叹为观止。

精彩绝伦。

还好我现在不是这女人的敌人。

9.

至于我。

我正在跟大 boss 互掐。

这位始终刻意保持着贵族风范的反派，本来的目标大概是夜逐爵，但看到夜逐爵的英勇战绩后，他一言难尽地把目标对准了我。

我当时正趁着场面混乱躲在车后面打报警电话。

管家手里转着把刀子，对我邪魅一笑："苏小姐，你在干什么？"

我："……"

我刚才在干什么我不知道，但我现在比较想干掉你。

10.

我手头的保命工具只有一台手机。

还有一双高跟鞋。

对面拿着一把刀。

我果断拿着高跟鞋气沉丹田："夜逐爵——！救命啊——！！！"

11.

夜逐爵踏着小碎步过来之前，我们已经经历了一番惊险刺激的打斗，具体表现为管家划伤了我的胳膊而我用嘴狠狠咬住了他的手腕，刀落在了地上，两个人互相手拧着腿、腿拧着脑袋，维持一个尴尬的僵持状态。

于是这场肉搏变成了回合制的对骂。

我叼着他的胳膊含混不清地骂："菜鸡！"

管家："哼，不自量力。"

我："崽种！"

管家："哼，不自量力。"

我："你这个弟弟！"

管家："哼，不自量力。"

我："……"

我一时没忍住："你是不是只会这一个词？"

管家："……"

管家的面部表情陡然狰狞："哼，不自量力！"

你好歹恶补一下嘲讽语录啊！

连人都不会骂你当什么反派？！

12.

男人和女人的体力还是有差异，更何况我胳膊上还挂了彩，苦苦坚持半天，在看见夜逐爵出现的时候我彻底坚持不住了，腿一软就瘫在了地上，发出了咸鱼的声音："我不行。"

管家的动作快而敏捷，他迅速调整姿势转身给夜逐爵一记猝不及防的头锤，他看着夜逐爵捂头倒地之后深深地呼出一口气，然后摁着太阳穴看向我。

我："……"

我："那个，你知道打一个失忆患者的头会产生什么后果吗？"

管家狞笑："你知道惹怒我会产生什么后果吗？"

我："……"

我不就说你不会骂人吗？

倒也不必恼羞成怒吧哥哥！

13.

我："不太想知道。"

我："不好意思中文不太好。"

我："How are you（你好吗）？"

14.

管家没来得及说话。

他身后的夜逐爵捂着脑袋站起来，额头上刚好没多久的伤口又给撞裂了，鲜血顺着指缝往下流，看起来比反派还反派。

他二话没说给了管家一拳，拳头里还带着好不容易找回"账号密码"的火气，直到把管家揍得鼻青脸肿不能动弹，他才缓缓走到我面前。

他伸手把我拉起来，不再尖厉的声音钻入我耳朵。

"I'm fine, thank you, and you（我很好，你呢）？"

15.
那个……
我知道我现在应该很感动。
但是你满脸是血的样子看起来真的不太 fine（好）。

第十一章

1.

夜色深沉。

进行完这场小学生必修英语对话之后，夜逐爵就一直保持着把脸埋在我颈窝里的姿势，老半天了一动不动。

此情此景——

让我有点怀疑他不是给打回了大号。

他是给打傻了。

2.

等一下。

这个场景我见过的。

按照电视剧的一般套路，这个时候夜逐爵应该口吐一口鲜血，半闭着他那从来不曾在人前露出一丝脆弱的双眼，顺着我的身体慢慢下滑，然后握住我的手，嘴巴张张合合数次，终于在最后一刻喊出我的名字，说出半句明知说不完整还要撑着一口气硬说，结果说了一个字就断气的"我爱你"。

怪害羞的。

我是不是应该配合他仰天长啸一声"不——"呢？

3.

夜逐爵在我充满温情的幻想中突然出声："苏玛丽……"

我准备好了。

我："嗯！"

夜逐爵："我想起来了。"

我："嗯！"

夜逐爵："车祸发生的时候我以为自己会死。"

我："嗯！"

夜逐爵："现在回忆起这段时间……我觉得还是当时就死了比较好。"

我："……"

我："嗯？"

你是个假的夜逐爵吧？！

不要这么快就放弃人生了啊！！

会嘤嘤嘤的夜逐爵他不香吗？！

4.

我完全可以想象到夜逐爵看见最近那些新闻报道时暴跳如雷的样子。

《震惊！夜氏总裁被曝黑历史！冷血无情的他还有这样的一面》。

《难以置信！！人前人后两副面孔！霸道总裁竟是软萌小甜甜》。

《独家爆料！夜氏总裁深夜对神秘女子撒娇！疑抛下旧爱又逢第二春》。

停。

好像有什么奇怪的东西混进去了。

5.

夜逐爵陷在痛苦的回忆进度条里加载了整整半分钟，其间我尽职尽责地给他当一个人形支架。

巷子那头，苏宁和反派小分队合力为我们献上的尖叫二重唱响彻云霄，中间还夹杂着管家"吱儿哇吱儿哇"的骂街声。

叫声喧天，礼炮齐响。

欢聚一堂，难忘今宵。

场面非常热闹。

让人忍不住想拜个早年。

6.

管家骂了一会儿，又歇了一会儿，然后从地上晃晃悠悠地爬起来。

他看起来好像非常具有帅哥的偶像包袱，爬起来后的第一件事不是放狠话也不是插刀子，而是先整理自己的衣服，确保自己又是那个帅气的优雅男人，之后才勾了一下嘴角，从兜里摸出一个小型的遥控器。

他说："都别动。"

他说："我在车里装了炸药。"

7.

他声音不大，但是一句话说完，刚才还在过年的巷子里顿时变得很安静。

可能连自己人都没想到——

他得不到就要全毁掉……

够了，在这种危急的时刻就不要 rap（说唱）了。

8.

管家靠在豪车边上，双腿搭在一起摆了个造型，一时看起来不像反派——像 4S 店的销售人员。

这位"销售人员"狂"跩"炫酷地说："天凉了，不如让夜氏——"

我："那个……"

管家："能有你们给我陪葬，也不失为一件——"

我："打扰一下……"

百分百不会有人听他说话的管家脸都气红了："你有话就快点说！"

我："你接受过普法教育吗？"

管家一时呆愣住。

安静的巷子里传出细碎的声音，全副武装的警察在夜色里显出踪迹。

我庄严而肃穆："记住，不要试图挑战法律。"

9.

我不愧是社会的栋梁之材。

夜逐爵扒拉我这么半天。

生死关头，气氛如此暧昧。

而我忘却言情——

认真普法。

10.

我松了一口气。

之前管家过来逮我的时候，我刚对警方讲完车牌号码，看见他的那一瞬间，我简直展现出了短暂人生中的最佳演技，从颤抖的手到惶恐的表情，无一不用心演绎，拖了这么多章节总算等来了警察叔叔。

呵，这下看你这个反派还不束手就……

等一下。

他刚刚好像是打算和我们同归于尽啊！

我那口气又紧了回去。

11.

管家皮笑肉不笑："苏小姐，都到现在了，你不会还以为这些威胁对我有效吧？"

我张了张嘴。

找回人生方向的夜逐爵终于从变成"嘤嘤怪"的羞愤中醒悟过来，转过来挡住我，眯着眼睛看向这个和他有血缘关系的人："你到底想要什么？"

管家把玩着那个遥控器。

炸药对于警方来说同样也是威胁，以至于他在两方对峙的情况下居然保持住了不紧不慢的风度，舒展了一下长腿，定格在一个非常帅气的姿势："当然是破罐子破摔了，这个时候再问不觉得有点晚了吗，夜少爷？"

这回没人打断他，抵着他头的警察向前一扑，大喊一声："小心！"

管家摁下了按钮。

12.

一声巨响，夜逐爵一把捞起我就跑。

我百忙之中偏头往回看了一眼。

真正的男人从不回头看爆炸。

但是女人可以。

滚滚热浪从后袭来，不知道汽车的哪些零部件噼里啪啦地炸了一地，我只觉得眼睛被火光灼得很痛，其余什么都没看见。

我也看不见那个很有故事但是最终还是变成事故的管家。

13.

夜逐爵和我没跑出几步就被掀翻在地。

他死死地压在我身上，健壮男人的身体差点把我从幸存者直接压成遇难者。

我恍惚中都觉得自己听见了上天的召唤。

14.

等等。

这好像不是上天的召唤。

这是夜逐爵在跟我说话。

夜逐爵的声音很轻："苏玛丽，这次好像真的要死了。"

夜逐爵："还有个问题，我一直想问你。"

我迟疑地问："嗯？"

此时此刻夜逐爵和我的意识都已经不太清醒，一个强撑着问，另一个强撑着在听。还不知道生命是不是就此走到了尽头，但我们已经算携手在刀尖上走过一趟，所谓患难见真情，就算他现在问我关于复婚的问题我也一定会……

夜逐爵虚弱地一个字一个字往外挤："沈、疼、究、竟、是、谁？"

啊？？？

15.

为什么沈老师还有戏啊？！

所以你一直以来都吃的是沈老师的醋吗？！！

这就是我的男二吗？！！

我为什么有这么虚无的男二？！！

16.
我晕过去的时候心里只有一个想法——
夜逐爵他赢了。
这个问题太虐了——
是就算死了都不能瞑目的那种虐心呢。

第十二章

1.

……

我醒了。

眼前完全是陌生的场景，光洁的天花板，光滑的输液架，连隔壁床位静静看着我的男人的头也光……

我："你头发呢？"

夜逐爵："被火燎着了，剪了。"

挺"秃"然的。

2.

病房门被人轻轻地打开，苏宁探了半个身子进来。

当时苏宁拿着那瓶容量成谜的防狼喷雾越杀越勇，一路冲到了巷子那头，离爆炸源隔了十万八千里，就算平时再虚弱这会儿也比我们两个躺在病床上的健全，关键是她的脸色居然还挺红润。

她身后跟着我在酒会见过的那个警察小哥。

咦？什么情况？

在我疑惑的目光下，苏宁脸红的程度迅速提升了好几个百分点，原先的扇形分析图彻底崩裂，呈现出一张完整全面的大红脸。

我："嗯？"

我再看看警察小哥。

懂了。

英雄救美。

白莲花女配在放下男主角之后，感情线迅速发展，另觅新欢的速度比百米冲刺还快。我看看警察小哥再看看旁边夜逐爵的卤蛋脑袋，没有男二的泪水滑过我无知的脸庞。

我……

我好酸。

3.

帅气的警察小哥摸着后脑勺嘿嘿一笑，露出两颗虎牙："你们好，又见面了。"

我的语气不自觉透出了长辈看着小年轻谈恋爱时的沧桑："啊，好。"

警察小哥："自我介绍一下。"

我："啊，嗯。"

警察小哥："我叫马勺。"

我："……"

怎么是你啊？！！

你们这是什么神仙爱情啊？！！

合力掏我钱包的爱情吗？！！

我喘了口气，把苏宁送我的话原模原样地送了回去："这就是真爱的力量吗？我祝你们百年好合。"

苏宁和警察小哥："嗯？？？"

4.

苏宁和马勺告知我们，这次爆炸的死亡者最终只有管家一个，剩下的已经基本脱离危险。

他们为病房里的受难群众带来了贴心的问候和关怀，苏宁甚至亲手削了一个丑不拉几的苹果，以示与我建立文明友爱的和平关系，然后与马勺相携退场。

上面这一段真的不是企业形象广告。

5.

我叹了一口气。

生活好累。

我好疲惫。

男二也没。

反派炸飞。

就剩下一颗盯着我的卤蛋。

我："……"

我："你老看着我干吗？"

夜逐爵："女人，你还没回答我。"

哦。

"沈疼是谁不重要。"我磨着我的后槽牙，"因为我是他一辈子都得不到的女人。"

6.

结束了吗？

不，还没有。

我还有个疑惑了很久的问题。

我："夜逐爵，既然当初你和夜太太都不喜欢我，我到底是怎么嫁进来的？"

夜逐爵："……"

夜逐爵挑着眉头："因为我爸、我爷爷、我奶奶都是你的后台。"

啥？

原来我的后台这么强大吗？

你早说啊！

我在你家的时候腿都差点抖断了！

7.

我不慌了。

我完全可以。

整个夜家现在只有一个被"太皇太后"压制的"皇太后"，我杀回去还是那个"钮祜禄·苏玛丽"，分分钟感化这位豪门太太，打败上一站天后，书写下一部传奇。

我："夜逐爵。"

夜逐爵："嗯？"

我："我诚邀你下半辈子和我一起共建爱与和平的世界，你愿不愿意？"

夜逐爵："……"

夜逐爵面无表情："你怎么这么麻烦？"

我："……"

你以为我还会被你那张要用尺子测量才能看出微表情的脸欺骗吗？

你明明在笑我！

你都没停过！

8.

夜逐爵维持着那个僵硬的表情一本正经地跟我说土味情话。

夜逐爵："还好。"

夜逐爵："我喜欢自找麻烦。"

9.

哼。

看了一本书他就记住这一句——

他学历肯定是买的。

番外一

　　苏玛丽和夜逐爵复婚的第二年，两人终于喜提二人世界的"第三者"小夜同学。

　　无论是生的过程还是养的过程都非常艰辛。

　　别的妈生完都是抱着孩子抒发一下对于新生命到来的欢欣与期望，让孩子感受家庭的温情和母亲的关爱。深受套路学毒害的苏玛丽生完孩子的第一件事是叫夜逐爵给她拿来一本砖头那么厚的字典，立志在名字上就让小夜同学和玛丽苏的人生划清界限。

　　夜逐爵很不满："你这是不信任我们家的起名水平？"

　　苏玛丽："……"

　　苏玛丽："能把你的名字起成'野猪脚'，我觉得你们家水平可能确实不太行。"

　　夜逐爵："……"

　　很明显"苏玛丽"这三个字水平也高不到哪里去。

　　但他不能说。

　　因为比得罪女人更可怕的事情——

　　叫作得罪自己的女人。

　　苏玛丽躺在床上半死不活地看了半天。

　　然后放弃了。

　　苏玛丽觉得人生就是要勇于放弃。

　　她端详着夜逐爵给她端来的汤圆，大手一挥："不如就叫'夜宵'吧。"

这一点都不走心的两个字让夜逐爵的眉头以肉眼可见的幅度挑了上去。

苏玛丽："犹豫就会败北。"

夜逐爵："果断就会白给。"

苏玛丽："嗯？"

苏玛丽："你背着我都在看什么？为什么接得这么流畅？？这是你霸道总裁该说的话吗？？？"

看起来智商已经完全被苏玛丽带偏的霸道总裁夜逐爵，和他老婆凑着头一合计，最后决定就给孩子起名叫"夜枭"。

听起来可爱中带着一丝豪放不羁，读起来潇洒自由中又带着对命运的不屑，将"夜"这个姓氏充分利用，完美地体现他们家的精神面貌和文化魅力。

很得意。

以至于他们完全忘记生的是个女儿。

不能叫夜枭。

顶多叫夜枭枭。

瞬间就不知道该怎么形容这种如同猛男穿着小裙子般粗犷的可爱了呢。

同时拥有着粗犷名字和不靠谱爸妈的夜枭枭同学，在家庭文化的熏陶下，不负众望地向长歪了的方向百米冲刺。

她幼儿园学会了当"老大"，小学学会了开"嘴炮"，初中学会了她妈妈所谓的"经济头脑"。

再大一点她学会了领着一帮小弟在放学的傍晚堵住高年级的帅气学长，攥着自己的零花钱对着学长"叭叭"。清风徐徐落叶萧萧，她支着一条腿以"从了我吧男人"为开场，从美好的当下畅想到光明的未来，说到他们俩以后是养一只狗还是一只猫的时候，学长毫不动容地打电话给学校保安处——举报了。

苏玛丽和夜逐爵赶到校长办公室的时候就看见夜枭枭被训得跟只鹌鹑似的。

这能忍吗？

这不能忍。

苏玛丽和夜逐爵立刻分头行动。

苏玛丽负责教育夜枭枭，夜逐爵负责教育校长。

苏玛丽一撸袖子："夜枭枭，早就跟你说了不要学习你爸的行事作风！这种霸道总裁人设是没有正常人喜欢的！"

夜枭枭："你胡说。"

夜枭枭："你没喜欢上我爸之前他每一次要给你刷卡你都很心动。"

苏玛丽："……"

苏玛丽："我那是喜欢人吗？"

苏玛丽："我那是喜欢钱。"

她说完倍感心虚。

夜枭枭听完她妈妈的话，陷入了良久的沉思，然后在一瞬间就确定了人生的新方向：得不到人是因为钱不够多，所以唯有先有钱才能后得到人。

苏玛丽："……"

苏玛丽咬牙切齿："你以为全世界的帅哥都像我一样肤浅吗？"

苏玛丽："我在你这个年纪想的是好好做人，为什么你现在满脑子想的都只有最后那个字？？？"

夜枭枭小声道："可是这样的话我就要先有钱，为了有钱我就要好好学习，没问题嘛。"

无法反驳。

苏玛丽甚至觉得很有道理。

为了挽救自己快要破碎的教育理念，苏玛丽选择和夜逐爵交换场地。

但行不通。

因为夜枭枭在如何当一个霸道女总裁这方面简直可以说是取夜逐爵之精华去"霸总"文之糟粕，他们父女俩两分钟内就达成了共识，共同建立了先赚他几个亿的小目标。

他们俩看起来蛮开心的。

就是旁边的校长快厥过去了。

苏玛丽有一丝忧虑。

总感觉顺着这个节奏走下去，她的女儿就要亲手创作出一本《霸道富婆俏小生》，搞不好就要和某不知名的十八线小明星实现当下流行的隐婚剧情，在网络世界和万千粉丝里走出一条神奇的道路。

这场面还真没见过。

仔细想想也不是不可以。

为此苏玛丽认真地咨询了一下夜逐爵："如果夜枭枭以后跑去投资影视公司并且养小白脸你会怎么想？"

夜逐爵："没想法。"

苏玛丽："啊？"

夜逐爵："呵，她要是连个男人都搞不定，怎么替你承包喜剧界剩下的半壁江山？"

这完全已经把自己的想法强加给下一代了啊！

你已经是个成熟的霸道总裁了！！不要再说这种羞耻的台词了好吗？！！

直到今天。

苏玛丽也在后悔一时冲动跟这个臭男人复婚。

番外二

白莲花苏宁和警察小哥马匀的恋爱经历非常曲折。

用苏玛丽的话来说，他们俩这就是一段跨越次元和时空的感人爱情，虚拟电商和现实人物喜结连理，上下五千年她只在《神话》这部电影里见过类似的剧情，最后还是 bad ending（坏结局）。

虽然当时苏宁压根没听懂苏玛丽到底在说什么，但是直觉上感受到了对方对这段感情的悲观，好不容易压下去的胜负欲当即熊熊燃烧，那一瞬间，她和每一个开学时发誓自己这个学期一定要好好学习的学生一样热情高涨。

一星期后她就失去了动力。

非常真实。

毕竟不是每个人都能跟上白莲花的"脑回路"。

哪怕他起了一个听起来就能坐拥天下女性财产的名字。

警察马匀，我们姑且叫他小马。

小马是一个正义感十足的典型直男，从当初冲进危险重重的爆炸现场将苏宁一把扛出来这事就可以看出来，他这个人老实且善良，就是求生欲不是那么强烈。

所以当苏宁问出那个困惑了好几代人的送命题"我和你妈妈掉进水里，你先救谁"的时候，小马非常朴实地问她："你不是会游泳吗？"

苏宁："……"

苏宁挣扎道："如果我不会呢？"

小马认真又严肃："那在日常生活中更应该注意，不要靠近危险的水边，你知不知道落水的自救措施？要不我给你科普一下……"

然后苏宁被迫听了一小时落水知识讲座。

很痛苦。

毕竟不是每个人都会想在约会的时候了解掉进水里时应该先横着还是先竖着。

从当初设计夜逐爵的方式就可以看出来，苏宁表面上弱小可怜又无助，但是面对感情的时候，路子特别野。

所以约会时有些人表面上清清纯纯地在跟男朋友散步——

其实脑子里……

当然，苏宁作为一朵圣洁的白莲花，脑子里也不会有特别浓重的颜色。

如果某种颜色分为一到十个等级，她顶多想到第四级，也就是从亲亲小嘴到法式深吻的程度，再深层的内容她一概不想。

但是小马——

他连亲亲小嘴这个等级的都不想。

他满脑子只想当热心群众。

脑海中可能铺满了大红色。

这种"脑回路"的相悖让两个人在约会的时候实现了传说中的"跨频聊天"。

苏宁红着脸指小树林："你看这个小树林……"

小马："对，你出门的时候一定要小心这种地方。"

苏宁红着脸指灯光下的无人小巷："你再看这个小巷……"

小马："嗯，路过这种地方也要小心谨慎，晚上回家一定要结伴同行。"

苏宁："……"

苏宁灵光一现："那要不你送我回家吧。"

小马就把苏宁送到了家门口。

在苏宁害羞的目光中——

他温情道别并贴心地关好了门。

隔天听说了这事儿的苏玛丽过来凑热闹，扶着被脑子里颜色过于浓重的夜逐爵折腾坏的一把老腰，打开手机为苏宁倾情点播了一首《算什么男人》。

在周董美丽动人的歌声里，苏宁终于怒了。

她把小马叫到楼下，顶着11月的凛冽寒风，穿上最性感的吊带裙，涂上最辣的烈焰红唇，高跟鞋踩出六亲不认的步伐，上去就用自己的嘴糊了小马一脸。

刚下班的小马人都给她亲蒙了。

眼神很呆滞。

手还在机械地把自己的外套脱下来披在她身上。

在这场前所未有的深入交流中，他们俩的"脑回路"终于达成了空前的统一，大红色和大黄色融合成一盘番茄炒蛋，两人在寒风里冒着重感冒的危机实现了从亲亲小嘴到法式深吻的进阶。

最后当然是 happy ending（好结局）。

番外三

我又醒了。

我怎么老醒？

让我回忆一下刚刚发生了什么。

哦，对。

我死了。

已经是个老太太的我死在家里温暖的大床上，寿终正寝。

我当时闭上眼睛，正准备开始一段情感丰富的内心独白。

结果现在眼一睁，我好像"穿越"回来了。

这也太快了。

完全没给时间让我抒发人生感悟呢。

我直起身子。

21世纪的阳光透过玻璃窗落在我身上，当了好多年老年人，乍然感受到四肢百骸里独属于青春美少女的活力，我有点快乐又有点悲伤。

怎么说呢——

青春是蛮青春的。

就是很久没有体验过这种一觉醒来钱包空空的生活了。

没有老公女儿。

也没有钱。

人财两空。

好惨一女的。

我翻了翻手机，从已经非常模糊的陈旧记忆里推断出，这是我被"穿越"的第二天。

于我是美好的一生，于现实只是一个漫长的夜晚。

是梦吗？

如果是梦的话……

那我也太会做梦了吧。

这脑子怎么长的？

牛。

当然我是不太相信这是梦的。

因为我看到手机备忘录提醒我下午有个面试。

嘻。

这很明显就是把这个世界的夜逐爵用面试这种套路送到我面前嘛，接下来就是我们两个在面试时双双惊鸿一瞥，那刻夕阳在我们身后绽放出绚丽的余晖，我们像漫画剧情一样边流泪边向彼此伸出双手："请问，你的名字是？"

呵。

这永世不变的套路。

我都要怀疑我出生的这个世界也是部小说了。

而且一定是个脑子有坑的作者写的。

我抓紧时间恶补了一下自己的专业知识，然后精心打扮一番，踏上了去面试的路。

今天是个阳光明媚的好天气，我看看自己光滑又年轻的双手，脑子里不停地预演看见夜逐爵的场面。

我应该说什么呢？

上辈子他是个老头子的时候，常常握着我的手感叹人生，学着人家的心灵鸡汤说什么希望有一天他会比我先走，这样就不用感受失去的滋味了。

结果他真的就先走了。

这也太乌鸦嘴了。

我生平第一次看见把自个儿说死的霸道总裁。

我怀着忐忑的心踏进了面试的办公室。

啊，这精致的装修。

啊，这华贵的老板椅。

啊，这反着光的头顶。

等等。

这个秃头是谁？

难道说？

难道说！——

这个世界的夜逐爵——

他终究还是变成了一个秃顶油腻男？？？

上辈子他被火烧秃的时候明明还是一个帅气的秃子啊！

这前缘还是别续了。

告辞。

回来。

缘可以不续，但工作不可以不找。

经过一段深入的交流，秃顶——啊不，发型走在时尚前沿的面试官看着我，露出领导的笑容，让我回去等消息。

我："……"

面试官："你还有什么问题吗？"

我："不好意思……请问我们以前见过吗？"

面试官："……"

面试官："啧啧啧。"

面试官："真是世风日下啊，现在的年轻人，啧啧啧。"

我：打扰了。

虽然我头上顶着面试期间公然骚扰面试官的罪名，但我两辈子的口才和当霸道总裁他老婆的时候耳濡目染的知识不是吹的，我愣是挤进了通过名额，正式解决生计问题。

但我环视整个公司上下——

都很正常。

并不会有人连倒杯咖啡也要端着狂"践"酷炫的姿势。

我一时竟然有点不习惯。

所以——

夜逐爵完全没出现。

我是不是可以开始另找新欢了？！

可能是因为听到了我不是那么纯洁的心声——

公司里突然一阵骚动。

楼梯口电梯"叮"地响了一声，整齐划一的脚步声由远及近，一队穿着相当正式的职场精英围绕着一个高大的男人走进来，看着就不好惹的气势把全场的小职员瞬间压制，整层楼都鸦雀无声。

领导微笑着向大家介绍这位空降的总公司太子爷。

这熟悉的浮夸出场。

这靠谱的有钱背景。

这让在寻找新欢边缘不停试探的我有种不祥的预感。

太子爷浮夸地路过了我。

太子爷又浮夸地退回来了。

他一手撑在我的办公桌上。

我已经老过一次的心脏有点承受不住这种众目睽睽之下仿佛失了智的浪漫："您、您哪位？"

有着熟悉面孔的男人挑起他熟悉的眉毛："我叫夜逐爵，女人，你不认识我吗？"

你非得在这种场合给我搞这么尴尬的相认吗？！

你都活了两辈子了能不能有点长进？！

斜阳余晖洒进了屋子。

经年的岁月扑面而来，予我满面风霜。

我凝视着这张鲜活的脸，面无表情："认识。"

我："我家门口菜市场也有卖你这种型号的大猪蹄子。"

夜逐爵："……"

算了。

浮夸就浮夸点吧。

这些年我当霸道总裁小娇妻这种脸丢得还少吗？

我一把搂住他的脖子试图说点温情的告白，嘴刚张开，就听到了背后领导的声音。

领导："啧啧啧。"

领导："现在的女同志，啧啧啧。"

行吧。

入职的第一天。

新人女职员勾引上司实锤了。

下篇
开心枭枭乐

第一章

1.

A市一中有个传奇。

此人是个出名的"富三代"，不仅在学校自称"老大"，还曾经在学校门口大肆围堵高三学长，据说劣迹斑斑到一度在被劝退的边缘，结果后来转头就立誓要和学习生生世世不分离，一跃成为年级著名的学霸。

这个传奇的名字叫夜枭枭。

性别女，爱好钱和美色。

一听她就是主角。

2.

夜枭枭一路马不停蹄地高考上大学出国，回来的时候身上金光闪闪地挂了一串头衔，风风光光地从她的"富二代"老爸手里接过一家名气不小的影视公司，在本来就很传奇的人生中又添加了绚丽多彩的一笔。

从小信奉唯有有钱才能有男人的夜枭枭，当天抱着多年死党兼她的现任秘书长何杏同志一顿感天动地地号："杏杏——！我终于可以合法地坐拥天下美男啦——！"

何杏推推她鼻子上酒瓶子底厚的眼镜，打开笔记本电脑："我觉得不一定合法，咝，你等我查找一下……这究竟算不算胁迫。强迫男人是怎么定罪的来着？"

夜枭枭："……"

夜枭枭："住手，我不是那个意思。"

3.

在接手盛名影视公司之前，夜枭枭早就做好了功课，具体内容包括正常的公司业务和听起来很正常细品之下又觉得有哪里不太对劲的公司旗下艺人资料大全。

夜枭枭指指这个又指指那个："你看这个清秀的小帅哥就很适合参加选秀嘛，哎呀还有这个，瞅瞅这张标准的电影脸，哇！姐姐也很好看，祸国妖姬角色选起来选起来……"

何杏："……"

何杏："夜枭枭，停一停，你口水掉下来了。"

4.

夜枭枭抹干净嘴，看了一眼何杏的电脑。

何杏乍一看怎么也不像是会和夜枭枭做朋友的人，她气质文静内敛，秀气的脸有三分之一藏在超厚型大眼镜底下，一年间在白天摘下眼镜的次数不超过五次，因为据她说，摘下来只要相隔两米她就人畜不分，这种时候无论靠近她的是人是鬼她都会不认，不过大多数情况下她是一名合格的当代职业女性。

但安静的面容底下往往隐藏着躁动的内心。

她自称来自另一个世界，在那个世界是做什么橙光游戏的，大概被游戏思维毒害得太深，从此坚信人生充斥着选择题，只有不停地分析出每一条支线和每一个最佳选项，才能在获得事业的同时搞到最想搞的男人，成为人生赢家。

这点跟夜枭枭她妈妈很像。

夜枭枭她妈妈叫苏玛丽，也常常说她不属于这个世界，不过她妈妈跟她说人生就是相声，只要做一个优秀的逗哏，就会成为一个有趣的女人，遇到无数自投罗网的霸道总裁——

然后稳赢。

这对比让夜枭枭对她妈妈这条大型咸鱼越发鄙视，并坚定了要自强自立的心。

5.

何杏的电脑上果然并列着四条可能选项。

A. 夜枭枭遇到可攻略角色（男实习生）；

B. 夜枭枭遇到可攻略角色（男影帝）；

C. 夜枭枭遇到可攻略角色（漂亮大姐姐）；

D. 夜枭枭尽心尽力地为公司的运营做出了杰出贡献，但错过了攻略机会，此后和钱共度余生（bad ending）。

6.

夜枭枭："……"

夜枭枭："A和B我就不说了，后两个是什么玩意儿？和钱共度余生也能叫bad ending？？"

何杏忧郁地一抬头："愿得一人心，白首不相离。"

夜枭枭："……"

何杏："唉，你这种物质的女人是不会懂的。"

夜枭枭一时没忍住："那为什么你推算二十多年了，不要说现男友了，连个前男友都没有？"

7.

第二天夜枭枭上班的时候头上顶个了包。

因为何杏在戴着眼镜的情况下六亲不认地对她进行了无情"家暴"。

但是头上顶包的夜枭枭依然帅气不减，她秒速进入工作状态，把跑车在停车场一停，踩着狂"跩"酷炫的步伐往公司里走，行动间衣袂翩飞仿佛自带鼓风机，浑身上下充斥着霸道女总裁的气场。

公司高层对她夹道欢迎，齐齐鞠躬，秘书长何杏打头站，嗓音洪亮："夜总好！"

过于浮夸。

可能这是她们霸道总裁的家族传统。

夜枭枭点点头，接受了这个浮夸风格见面礼，正要接着往前走，只听一声"哎呀",一团黑影穿过人群滚到她面前,手里的咖啡准确并且无情地泼上了她的限量款小高跟。

当了多年大姐大的夜枭枭脱口而出:"我——"

后一个字还没吐出来,文化素养很高的老员工们纷纷侧目,向新任老总投去了死亡凝视。

夜枭枭面不改色。

夜枭枭:"我——操心本公司的每一位员工。"

8.

夜枭枭假笑着把那个趴在地上瑟瑟发抖的玩意儿扶起来。

这是个浑身上下写满了"我超尿"的年轻男人,他努力瞪大一双水汪汪的小眼睛,感觉下一秒钟就能一边流泪一边说她是个抛妻弃子的负心汉。

跟在夜枭枭身后的何杏小声叨叨。

"你看,男实习生这不就来了吗?"

9.

夜枭枭捏着实习生的手臂深吸一口气,脸色非常精彩。

"快把你的高跟鞋砸他头上呀!"何杏端着秘书长的表面架子小声怂恿,"他一定会说'我可以道歉,但你不能侮辱我',这样你就会发现世界上竟然还有敢这么对你说话的男人,真的好不一样让你好感兴趣,接着你就和他坠入爱河一起去看流星雨……"

夜枭枭:"然后再看流星雨、三看流星雨吗?"

何杏:"有何不可?"

夜枭枭:"不可能的。"

夜枭枭一脸惨不忍睹地指着这个一路滚过来的职场求生奇才:"介绍一下,他叫马文才,是我愚蠢的'欧豆豆'(指弟弟)。"

何杏:"……"

"槽点"太多了,一时竟然不知道该从哪里下口。

10.

马文才是夜枭枭的表弟。

名字听起来很具有反派气质，但是智商离反派的基准线还差着两个250，人生用三个字就可以完美形容：傻、白、尻。

这种人初入公司就带着一杯滚烫的咖啡空中转体360度摔倒在自己的顶头上司面前，感觉完全不奇怪呢，甚至非常像偶像剧情节。

但是如果他的顶头上司不幸是他的表姐——

那就演不成偶像剧了。

会演成《忌日快乐》。

11.

夜枭枭抬手示意大家回去干活，接着一把拎起马文才冲进办公室，姿态之霸道，不可抗拒地吸引了沿途无数小员工八卦的目光，每一道目光里都写满了说出来会被当场举报的内容。

等何杏跟进去之后大家的目光更诡异了。

仿佛面前正上演一出等边三角形的盛大狗血剧。

12.

夜枭枭关上门后，把拳头捏得咔咔作响："你整啥玩意儿？"

马文才试图去抱夜枭枭的大腿："姐！姐！！我可算把你等来了！！！"

夜枭枭冷酷无情地扒开他："你先说说你怎么在这儿。"

马文才哽咽："我妈和你妈合计让我来的。"

夜枭枭："那怎么只做实习生？"

马文才更加委屈："我妈说我这种智商基本就告别领导阶层了，从基层做起比较不容易败坏我们家的名声。"

夜枭枭："……"

何杏："阿姨英明。"

何杏："有一句话我不知当讲不当讲。"

夜枭枭："讲。"

何杏："已知，你走这么半天剧情了，一个可攻略人物都没有出场。"

夜枭枭完美消化何杏的现代词汇："嗯。"

何杏："而你弟弟这个时候恰好出现。"

夜枭枭："嗯？"

何杏："由此可得你可能要攻略你弟……"

夜枭枭："嗯？"

何杏的求生欲急剧升高："我是说……你弟弟可能就是个出来给你发任务的NPC（指电子游戏中的非玩家角色）。"

夜枭枭："哦。"

马文才茫然四顾："啥意思？"

夜枭枭："意思就是你像程序一样完美。"

——而且没有脑袋。

可可爱爱。

13.

NPC马文才努力地把眼睛里的那包泪憋回去："哦，姐，其实我还有个事儿想让你帮我……"

夜枭枭："……"

何杏高深莫测地微笑。

马文才："我跟的一个新人最近不知道惹上哪个大佬了，资源被压得死死的……"

夜枭枭："你傻啊？这种小场面你抬身份出来压他们啊！"

马文才的两只小眼睛立刻又垂下去了。

马文才："我说了，结果他们说豪门的儿子怎么可能出来当个小小的实习生，而且这之前从来没在社交场合见过我，说不定我只是恰好同名……"

马文才的眼泪最终还是没憋住，哗啦一下流成滚滚长江，充满了控诉："我当个死宅也有错吗？！"

14.

养弟不易，枭枭叹气。

夜枭枭把艺人资料一通猛翻："哪个新人？你不要以为找我就没事了，公司那么大我可是很忙……"

马文才："聂琰。"

夜枭枭："……"

夜枭枭手里的资料刚好停在聂琰的这一面，照片里的青年有一双偏长的桃花眼，但眼里跟装着冰碴子似的，冷淡地看着镜头。

眼熟。

15.

夜枭枭恍惚了五秒钟，果断地把资料往桌上一拍："何杏，一个小时内把所有相关资料整理好发给我，让其他人去查这件事的原委，搞他的人一个不落地把名字呈上来，让我看看是谁胆大包天在太岁爷头上动土！"

马文才目瞪口呆。

马文才偏头问何杏："秘书姐姐，这是什么情况？"

何杏："你听没听说过你姐以前在校门口拦人告白、结果被人打电话举报给学校保安处说她霸凌同学的光荣事迹？"

马文才："听说过，怎么了？"

何杏竖起一根大拇指："那不就巧了嘛，这个就是当年的勇士！连追男人都这么有始有终，真不愧是我们夜总！"

第二章

1.

在等待何杏呈上名单的一个小时里，霸道总裁夜枭枭辛勤地坐在办公桌前，对着桌上攒了一打的文件——

思考人生。

何杏敲门进来的时候发现她连坐姿都没变一个。

夜枭枭若有所思："我懂了。"

何杏："嗯？"

夜枭枭："我寻思我高中上的又不是表演学校，为什么就这么巧会在这里遇见聂琰呢？而且他居然还是以艺人的身份出现的，这说明什么？"

何杏很配合地做上司的捧哏："说明什么？"

夜枭枭："说明他暗恋我。"

何杏一脸问号。

2.

夜枭枭："你看，聂琰他不是科班出身，对不对？"

何杏："对。"

夜枭枭："全世界都知道我是夜家的继承人，而且我爸早就放话说要把这家影视公司交给我，对不对？"

何杏："对。"

夜枭枭："他又不是个傻子，在没有基础的情况下只身进入演艺界，还成了我公司底下的艺人，这还不诡异吗？！"

何杏："对……啊？"

"真相只有一个。"夜枭枭煞有介事，"我当年的举动成功吸引了他的注意，在他心里举起了爱的号码牌，从此他表面装作不在意，其实对我的一举一动了如指掌，为了接近我甚至不惜进入演艺界，只要我迈出撒钱的一小步，我们的爱情就会迈出历史的一大步！"

何杏："……"

你们霸道总裁在爱情面前都这么该死地自信吗？？我怎么觉得聂琰出场之后你这个智商出现蹦极式波动呢？？？

3.

何杏："我不想打破你的幻想，但聂琰进公司是董事长夫人亲自找人来签的。"

夜枭枭："我……我妈？"

何杏："对，董事长夫人当初见到聂琰惊为天人，拍着大腿说这张脸不奉献给娱乐圈是全国少女的重大损失，死乞白赖地用巨额工资把他撬过来了。"

夜枭枭："这败家娘们儿和我看上了同一个男人？！她签这种不平等条约我爸没阻止她吗？"

何杏："……"

何杏："董事长说，反正你以后得帮你妈赚回来，赚不回来你看着办。"

夜枭枭："啥？？？"

夜枭枭：懂了，没有人疼，没有人爱，我是地里的小白菜。

4.

聂琰的事其实很简单，就是某天搭人脉的聚会上有个富婆看上他精致的小脸蛋儿，试图和他讨论一些关于潜规则和金钱交易等等完全不符合职场励志故事的内容，然后被聂琰拒绝了。

拒绝的过程鸡飞狗跳，据说这位从小就很熟悉各种举报方式的冷漠帅哥差点把扫黄大队都叫过来。

夜枭枭："……"

上一个被他举报的"富婆"夜枭枭本人："我感觉有被冒犯。"

5.

夜枭枭扫一眼名单，确认下面一大半是她能搞定的，上面一小半是把夜董事长搬出来能搞定的，安心了，揣着文件风风火火地往练习室那边冲。

何杏跟在她后边，很激动："你终于要开始攻略爱情线了？"

夜枭枭："对。"

何杏："我建议你不要试图用撒钱的方式刷好感度，你看看，每一个做这种事的全都不幸 bad ending，你又不能存档……"

夜枭枭："我刚刚想好一个合适的攻略方式。"

何杏："嗯？"

夜枭枭："就是稍微有那么一点刺激。"

何杏："嗯？？？"

6.

只见夜枭枭头也不回地走进了新人练习室，里头聂琰正单独跟教表演的老师上课，夜枭枭摆摆手，示意老师先出去。

夜枭枭深吸一口气："聂琰，好久不见，我是夜枭枭。"

聂琰微微点了一下头。

夜枭枭："谈个事儿。"

聂琰眼神疑惑。

夜枭枭面不改色地吹牛："你上次聚会上惹的人背景特别大，这件事情可能影响到整个公司的发展，你有很大的责任，我可以帮你摆平，但是有个条件。"

聂琰从夜枭枭冲进来开始便始终表现出异于常人的平静，他眼睛都不抬一下："嗯？"

夜枭枭："我家有'皇位'要继承，天天逼我和别人商业联姻，我这人比较叛逆，想请你跟我签个结婚协议唬他们三年，这就是我的条件。"

等在门外的何杏震惊了。

你这个不是稍微有点刺激吧？？？你干脆已经把刺激贯彻到底了啊！！！

你们霸道总裁对这种狗血剧情都是无师自通的吗？！！

7.

练习室里一阵难言的沉默。

练习室外何杏和闻声而来的马文才脑壳抵着脑壳。

何杏："我赌答应，一百。"

马文才："我赌不答应，高岭之花可远观而不可亵玩焉，一百五。"

何杏："豪门之子就赌这么点？加价，两百。"

马文才："两百五，真的不能再高了！我妈停了我的卡，实习生工资低着呢！"

"小赌怡情嘛，我纵横橙光多年，这种先婚后爱的套路根本不在话下……"何杏探头探脑地一瞄，正好看见聂琰张嘴，她着急忙慌地把手往下一压，"好了停停停开盘了！"

在两个"赌徒"热切的注视下，聂琰非常平静地开口："我拒绝。"

纵横橙光的何杏："……"

何杏：今天起我就被言情界除名。

8.

夜枭枭也没想到这个答案，秀气的眉毛一飞冲天："为什么？？？"

聂琰淡定地垂眼，略略一扫她刚刚吹牛时拍在桌子上的文件："这些人对夜家构不成威胁，你在诓我。"

夜枭枭：这你也看得出来？

夜枭枭内心惊慌而表面丝毫不乱，一手撑在聂琰的椅子扶手上，把两个人直接拉近至隔一把小学生刻度尺就可以量完的距离，理不直气也相当壮："即便如此，和我签协议也是一本万利的事，而且期限只有三年，这买卖多赚啊，夜家继承人这样的老婆，你打着灯笼都找不到第二个。你现在答应，下午就能签字领证，明天我们就可以直接搬进新房开始新婚生活，服务贴心保质保量，心动不如立刻行动！"

9.
场面熟悉。

上一次夜枭枭这么干的时候还正值青春期，她当时在校门口极其嚣张地把聂琰堵住，表演了整整二十分钟的单口相声，现在过去好几年了，她居然只有年龄在进步，巧取豪夺的技能完全没有升级，连巧取豪夺的男人都是同一个。

菜。

如果没猜错，面前这个人下一秒钟不是拒绝她就是举报她，简直毫无悬念。

所以强取豪夺还不成功。

太菜了。

10.
良久的对视后，这高岭之花果然偏过头冷漠地说："夜总，您签结婚合约之前都不调查对方家庭背景的吗？"

夜枭枭："啊？"

我是一个霸道总裁啊。

"霸总"抢人还需要看家庭背景吗？

聂琰带着满脸对"霸总"传统家庭文化的不认同，往后一挪："我的'聂'是聂氏集团的那个'聂'，不太需要别人包养。"

夜枭枭："……"

聂氏集团，A城排名前几名的大集团之一，现在主要致力于IT行业，风向找得很准，钱赚得很多。

总的来说——

财力雄厚。

并不需要富婆。

契约结婚的桥梁还没有建立起来就胎死腹中了呢。

11.

夜枭枭猛虎落泪。

蹲在门口看戏的何杏默默在心底为多年好友哼起一首老歌。

怎么唱来着?

对。

"出卖我的爱。

"你背了良心债。

"最后知道真相的我眼泪掉下来。"

12.

夜枭枭觉得自己的头隐隐作痛。

现在的富人已经可以量产了吗?怎么满地都是??

"霸总强抢民男不成反被民男打脸"这种剧情会不会把她直接钉上言情界的耻辱柱啊???

夜枭枭:"那你跑这儿来做艺人干什么?"

聂琰:"体验生活。"

夜枭枭:"……"

夜枭枭:"那你惹了事儿还这么不慌不忙的,也不打算自己解决一下,这也是体验生活??"

聂琰:"给生活增添一点乐趣。"

夜枭枭:"……"

同样是有钱人,你这个有钱人的生活真的好无趣啊!!!

13.

何杏和马文才腿蹲麻的时候夜枭枭终于走出来了。

看起来很悲痛。

何杏勉强找回一点良心:"你别难过,天下之大,可攻略对象还有这么多……"

马文才点头附和:"就是就是。"

夜枭枭:"不要误会……"

夜枭枭："我只是有些悲伤。"

她西子捧心式扶墙："我妈居然用巨额工资把这么个人签进来，太亏了，早说是体验生活嘛，不知道我现在跟他说用百分百真实的职场生活体验抵他工资，还来不来得及挽回我失去的钱钱和爱情呢。"

何杏："……"

你活该没有爱情。

14.

夜枭枭回到办公室，签好堆积的文件，打了几个电话，又特地交代好马文才关于聂琰后续资源的事宜，才靠在椅背上缓了一口气。

何杏进来给她倒茶："夜小姐，攻略一号人物聂琰再次宣告失败，请问您有什么感想？"

夜枭枭："真不愧是我看中的男人。"

何杏："嗯？"

夜枭枭："呵，第一次有人敢这样一而再，再而三地挑战我的底线。"

何杏："啥？？"

夜枭枭："一个成熟的霸总不会给小娇妻逃跑的机会，我要让他知道，我夜枭枭可不是他惹得起的女人。"

何杏怜惜地摸上她的额头："宝贝，你终于还是被气得系统紊乱了吗？"

15.

"按理说，一个具有隐藏身份的人物，是不应该这么快掉马的。"何杏展示笔记本上的人物关系图跟夜枭枭分析，"你们这个配置也太不符合言情定律了，我有预感，聂琰这条线是走不动的，后期搞不好要出来一个自立自强的贫苦灰姑娘。你还是好好赚钱走主线吧，娱乐圈这种背景，其他攻略人物还不是说来就来？！"

夜枭枭："你说得对。"

夜枭枭："我立刻又想到一条生财之道。"

何杏："嗯？"

打不死的小强本强夜枭枭重整旗鼓，咬牙切齿地说："把聂琰给我捧爆！剧给他演！综艺给他上！在把他的最后一滴价值榨干之前，就是聂董亲自来都别想把人带走！我现在就让他体验遇上一个黑心老板的职场生活！搞快点！！"

　　何杏："……"

　　这么半天了，你居然现在才开始恼羞成怒吗？！！

　　而且你说的这些到底哪里黑心了？至少给我点有说服力的打压措施啊夜总！

第三章

1.

在"黑心"老板夜枭枭的特别关照下，聂琰过上了充实的工作生活。白天上课，晚上练习，火速接到剧本，飞速进行试戏，比"996"（指早上 9 点上班，晚上 9 点下班，一周工作 6 天的工作制）还要"996"。

闻者落泪，听者伤心。

然而面对社会的毒打，聂少一声不吭，反倒是每天跟着跑上跑下安排打点的马文才先受不住了，在一个来之不易的休息日里，他鼓起勇气把他表姐堵在家门口，声泪俱下地控诉她的暴行。

马文才："夜枭枭！你没有心！你懂不懂劳逸结合？把人玩坏了怎么办？！"

"怎么会呢？"夜枭枭语气非常欢快，"玩坏了我会对他负责的。"

马文才："……"

马文才小声骂："女流氓。"

夜枭枭一个糖炒栗子敲上他脑壳："注意你的言辞，我现在是你老板，你究竟来干吗的？"

马文才捂着脑袋两眼泪汪汪："你不是给聂琰一个男二号资源嘛，他昨天进组了，你不打算去看看吗？"

夜枭枭："……"

马文才："他的那个小助理对他非常照顾哦！"

夜枭枭："……"

马文才："姐？"

夜枭枭的目光严肃而复杂："去。"

马文才小小的眼睛里充满了大大的疑惑："那你想半天想啥呢？"

夜枭枭从上到下把马文才打量了一遍，语气凝重。

"我在想……你是不是真的是个NPC。"

2.

"你看看，我说什么来着。"何杏一边开车一边摇头晃脑地嘚瑟，"灰姑娘这么快就出现了，接下来的剧情还用猜吗？你还是快点刷别人的好感度避免孤独终老bad ending吧夜总！"

夜总没空"杠"她。

夜总正在生无可恋地研读何杏专门为她准备的豪门娱乐圈小说，试图从男主们的身上获取巧取豪夺的正确方法，恶补一个霸道总裁必备的一百种攻略知识。

夜枭枭翻完一本，又翻一本，迟疑道："杏杏啊。"

何杏："嗯？"

夜枭枭："我觉得这些不是很实用。"

何杏："嗯？？"

夜枭枭脸都扭曲了："你看里边的小演员，自己那么努力却天天被同组的小鲜肉、小花欺负，还得等演技洗白或者总裁暗中帮助，别的我就不说了，你能想象聂琰被小鲜肉欺负到全网黑的情景吗？"

何杏："……"

不能。

按照聂琰这种行动派的性格，他甚至根本不会等一个用演技证明自己的机会。

他会带着他庞大的专属律师团队直接寄出律师函，不出一天，这个可怜的小鲜肉就要被全面搞定。粉丝还在微博骂人的时间里，正主已经在这个娱乐圈销声匿迹，并且罪魁祸首一脸无表情地坐在新人练习室里跟他的老板夜枭枭解释，这是因为小鲜肉影响了他体验生活的热情。

说到底这种人究竟跑来当艺人干吗啦？！

不仅夜枭枭的大脑"系统"，整个娱乐圈的"系统"都要紊乱了啊！

3.

车子缓缓停靠在剧组旁边。

夜枭枭在给聂琰塞资源的时候疯狂夹带私货，嘴上还美其名曰是在开拓聂少的戏路，角色除了惨就是虐，好不容易演个偶像剧，还是那种从学生时代就暗恋女主角，到事业有成了都爱而不得，最后偏激了、黑化了直接把自己作进监狱的狠角色。

何杏看到这狗血剧本的时候，就和看到娱乐圈"霸总"小说的夜枭枭一样面部表情扭曲。

聂琰举报她，她就要弄个狗血剧本把聂琰"整进监狱"。

夜枭枭究竟是个什么睚眦必报的狠女人啊？！

4.

但是橙光的经验告诉她，千万不要质疑一个看起来脑袋上就顶着主角光环的女人。

要是这狗血剧就是这么巧对了观众的胃口。

那她就要在短短的时间内打脸无数次。

从闺密角色惨变搞笑角色。

等等，这里根本全部都是搞笑角色吧！

5.

顶着主角光环的夜总扒着车窗看了一会儿，从这个角度刚好能看见聂琰。他站在场地中间，穿着一身蓝白相间的国内传统校服，身心上都装嫩装得很彻底，还真叫她看出一点儿学生气。

看得她恍惚了半天。

现实画面映在夜枭枭那双瞳孔里，晃出许多陈旧的影子，何杏的碎碎念被隔绝在耳外，她差点就要开始回忆那个老套的暗恋故事——

然后她及时地打住了。

因为她突然听清楚何杏说的是："哎，那个就是'灰姑娘'吗？小小只居然有点可爱哦。"

夜枭枭："什么？！"

6.

夜枭枭果断开门下车。

据调查，这个小助理叫路桐，家境贫寒成绩优秀，通过自己的努力进了盛名公司，给聂琰当助理当得尽心尽力，和灰姑娘人设完美重合。

何杏在旁边感叹："灰姑娘遇上隐瞒身份的富家公子，我竟然有种剧情终于回到正轨的安心感……"

夜枭枭："……"

夜枭枭刚想张嘴反驳，就看到前方拿着水杯的路桐使出偶像剧女主必备技能——平地摔，倒在了平坦的校园石砖地上，甩了聂琰一身水，可怜又无助，委屈得直"嘤嘤"。

这熟悉的套路。

这熟悉的动作。

相比起来，真正的"傻白甜"马文才小朋友居然显得那么真挚而聪慧。

夜枭枭："……"

何杏："……"

何杏："对不起。"

何杏："这个可能是穿着水晶鞋的灰姑娘她姐姐。"

7.

夜枭枭于是捋袖子准备去会一会这个"灰姑娘她姐"，气势汹汹的动作成功吸引了包括聂琰和路桐在内所有剧组人员的目光。

然而大家的注目礼仅维持一分钟就被打断，因为旁边堆积的大型道具突然发出令人毛骨悚然的吱呀声，接着毫无预兆地往夜枭枭走来的方向倒去。刚才还充满各种不同意味的注视瞬间转化成和谐统一的尖叫，此起彼伏上蹿下跳，震得夜枭枭耳膜生疼。

夜枭枭眼疾腿快地往后退，混乱中有两条胳膊伸过来把她捞进一个陌生的怀抱里，随后一声巨响，道具轰然倒在她身边，激起滚滚烟尘。

烟尘之中，她被男一号李云生护在怀里，英雄李云生双手还在微微地颤抖，而美人夜枭枭扑闪着她的大眼睛——

　　思考究竟为什么她明明都退远了，这个憨憨却把她一把捞回了危险区域。

　　8.

　　烟尘散尽，还不知道自己已经被定义为"人间憨憨"的李云生松开夜枭枭，向她咧嘴一笑，露出标准的八颗小白牙："没事吧？"

　　夜枭枭也礼节性地笑回去："谢谢，没事。"

　　旁观者窃窃私语。

　　聂琰插着兜站在他们不远处——

　　看到了李云生的助理悄悄去给道具做手脚，然后李云生冲上去救人的全过程。

　　何杏目瞪口呆地站在更远处——

　　看到了聂琰注视完李云生的助理动手脚后，跑过去救人时百米冲刺，却愣是被路桐一把拽成原地踏步的全过程。

　　何杏：哇哦。

第四章

1.

天朗气清。

虽然夜枭枭什么都没看见，但是这不妨碍她觉得眼前这个憨憨挡住了自己开阔的视野。

而且让她浑身鸡皮疙瘩。

短暂地缓了一口气之后，夜枭枭毫不犹豫地起身跟李云生拉开距离，并公事公办地伸出右手："这次真的很感谢你，我是盛名的总裁夜枭枭，以后有事可以联系我的秘书，当我欠你个人情。"

"不用了，偶然而已。"李云生伸出手松松一握，"能让夜总记住我倒也不错。"

夜枭枭："……"

李云生低头浅笑："您说呢，夜总？"

夜枭枭："……"

老实说夜枭枭不是很想记住这个让她全身鸡皮疙瘩差点携手跳楼的致命男人。

但是李云生来握手的时候，她用余光瞟到不远处一动不动的聂琰，这一刻，之前恶补的无数狗血言情知识瞬间涌上了她的脑海。

知识告诉她，吃醋往往是爱情的开始，而误会就是吃醋的开始，于是她立刻找到了此情此景的行为模板，完全忘记了自己公事公办的初衷。

夜枭枭邪魅一笑："呵，男人，你引起了我的注意。"

不远处的聂琰："……"

闻着八卦赶来的何杏："……"

2.
感觉自己的好姐妹追人追傻了怎么办？
在线等。
挺急的。

3.
乱七八糟的片场被迅速清理恢复，劫后余生的夜枭枭在旁边支了个凳子看聂琰演下一场戏，姿态之放松之舒展看起来完全不像前来探班的总裁，像每个小区门口都有的乘凉大爷。

何杏坐在"夜大爷"旁边，把刚刚李云生和聂琰的精彩表现抑扬顿挫地叙述了一遍。

夜枭枭情绪意外稳定，甚至洋洋自得："我就知道这个李云生不对头！"

何杏表示震惊："那你还这么配合他？"

夜枭枭："我这不是试图让聂琰产生一点危机感吗？而且李云生白莲花段位太低了，动手脚居然动得人尽皆知，还不如我小姨呢。"

何杏："嗯？"

何杏："你小姨又是哪位得道高人？"

一说这个夜枭枭就非常来劲："就是马文才他妈妈，听说她当初和我妈一起争我爸，场面那叫一个精彩纷呈，至今江湖上还有她的传说……"

何杏："嗯？？？"

啥家庭啊？？

这么刺激？？？

敢情你这识别白莲花的能力不仅是遗传的，而且是从小锻炼出来的啊！

4.
夜枭枭并没有机会讲完她小姨的传说。

因为讲到一半这场戏拍完了，聂琰轻轻巧巧地搬个凳子坐到了夜枭枭旁边，后边跟着如影随形的小助理路桐，李云生可能看大家凑一块挺热闹的，过一会儿也颠颠儿地拿着水来了。

一时之间，这块小小的阴凉地，挤了五个人。

路桐和李云生用意味不明的眼神相互横扫，聂琰和夜枭枭老神在在地欣赏天边的飞鸟，何杏自觉靠边吃瓜，一分钟过去了居然谁都没有说话。

这就是人间修罗场吗？

5.

情场如战场，路桐第一个打破沉默，她给聂琰递上了保温杯，细声细气地对夜枭枭发出试探："夜总好，夜总专门来探聂哥的班呀？"

夜枭枭优雅地把试探拍了回去："对。"

李云生单方面和聂琰打了个招呼，也递给夜枭枭一瓶拧开了的矿泉水，话中有话地隔山打牛："夜总是来探班的？刚才出意外没见其他人过来扶一下，以为您是路过呢。"

聂琰侧过脸瞟了他一眼。

李云生完全不知道，自己小学六年级级别的阴谋诡计，在场的其他四个人都心知肚明。

他这一句话说出来成功惹怒了刚刚还明枪暗箭的两个女人，夜枭枭在"利用他让聂琰吃醋"和"'怼'他让自己爽"之间疯狂仰卧起坐。

然后她选择了后者。

夜枭枭："你这是什么小学生言论？我不喜欢，给我收回去。"

李云生："嗯？？？"

聂琰也慢悠悠地开口："意外？"

李云生："……"

李云生：打扰了。

6.

第一回合迅速宣告结束，"白莲花"种子选手李云生被两位霸总一击致命，进入短暂的"重生冷却时间"，此刻战场气氛更加肃穆，唯有吃瓜群众何杏内心振臂高呼：绝美爱情！夫妻双打！"枭琰"是真的——！

7.

路桐选手深吸一口气，发动第二次攻击。

路桐娇羞低头："夜总别介意，聂哥刚刚是被我拖累才没能赶过去，因为我之前摔倒了，扭到了脚，所以……"

一切尽在不言中。

此时无声胜有声。

真是年度最有勇气白莲花。

居然敢当着两个不走寻常路的当事人说这种鬼话。

夜枭枭："……"

夜枭枭表情冷漠得像个没有感情的杀手："所以他当场把这个场地铺地砖的员工举报了？"

路桐一脸茫然。

夜枭枭："我不吃你这一套，懂吗，妹妹？"

路桐彻底呆愣。

聂琰："扑哧。"

8.

高岭之花昙花一现般的笑容吸引了全场的注意。

路桐打不过夜枭枭，一转攻势："聂哥，起风了，要不要我去把外衣拿过来？"

李云生搞不定聂琰但也不甘落后，把自己的外套披在了夜枭枭的肩上："夜总，小心着凉。"

路桐真挚温柔："聂哥你饿了吗？今天我带了自己烤的饼干，可以拿过来，大家都尝尝。"

李云生体贴豪气："要不我让我助理订个餐吧，这边的东西夜总吃不惯可怎么办？"

路桐假笑："订餐怎么比得上自己的手艺？"

李云生咬牙："那也比吃不饱强吧？"

夜枭枭："……"

聂琰："……"

这两个人完全已经放弃攻略了，自己打起来了啊！

要给你们准备一个"白莲101"在线battle（较量）决出C位（指核心位置）吗？！

9.

李云生和路桐最终决定分头去订餐和拿小饼干——

誓要决出谁才是最温暖贴心的小宝贝。

聂琰的嘴角还残留着笑意，他转头看夜枭枭："受伤了吗？"

夜枭枭霸总表皮下的尾巴已经翘到天上去了："没有！"

聂琰："嗯。"

天上云卷云舒，夜枭枭假装注视两位白莲匆匆而去的背影，不显山不露水地把椅子往聂琰那边挪了一点。

10.

何杏："……"

何杏：我好像完全被遗忘了。

何杏：你们谈你们的，不用管我的死活。

11.

夜枭枭最终还是没能见识到路桐的小饼干和李云生的豪华大餐。

毕竟总裁的行程很满，不是每一个总裁都能空出工作日的时间探班小白脸，更何况家里还有个特别败家的老妈和残酷剥削下一代的老爸随时打探她的工作情况。

生活不易的夜总在片场磨蹭了好半天，终于还是叹了一口气，重新拾回自己被美人迷得五迷三道的事业心，一步三回头地回公司扑进了工作。

12.

等晚上夜枭枭猛然从工作的诱惑里回忆起这一天，觉得似乎还发生了别的大事的时候，何杏已经给她打来了九个"夺命连环call（电话）"。

何杏："枭啊。"

夜枭枭："嗯？"

何杏装模作样地哽咽："我好欣慰，我原本以为我们需要历经艰辛才能在娱乐圈开天辟地，没想到你现在就凭着花边新闻走出了毁天灭地的新道路呢！"

愣了整整十秒钟后，夜枭枭："啊？？？"

13.

夜枭枭立即打开网页。都不需要搜索，首页界面就非常贴心地为她自动弹出了满屏的头条新闻大字：当红小鲜肉英雄救美，盛名老总疑动心气氛暧昧！

标题底下还附了张高清大图，图片里周围一片狼藉，夜枭枭睁着大眼睛被李云生搂在怀里，两个人含情脉脉地对视，从照片就能看出这家偷拍的媒体真的很良心，因为他们甚至给李云生ps（指修图）了一下他的绝美下颌骨。

夜枭枭："啧。"

何杏："嗯？"

夜枭枭："我随便一拍都拍得这么明艳动人，和李云生配对怎么想都是我亏了呀，这个标题怎么能把我描述得这么猥琐？"

何杏："……"

何杏回忆了一下白天的场面。

何杏："我做证。白天你咧着嘴角说'男人，你引起了我的注意'的时候真的很猥琐。"

14.

夜枭枭仔仔细细地把文章读了一遍，顺带看了看评论，评论已经被李云生的粉丝齐齐占领，清一色的"李云生天性如此，抱走不约，请多关注帅哥的新剧，离他的私生活远一些"。

夜枭枭：学到了。

夜枭枭自信地把页面一关，登录微博。

@夜枭枭：在现场，我是那个被救的美女。我喜欢谁还需要等狗仔报道吗？我会直接包下所有一线城市市中心大屏幕昭告天下的，天性如此。请大家离我的私生活远一些，多多支持我的事业，为我有钱包下全国大屏幕秀恩爱的美好愿景贡献自己的一份力量。

后面还附带了一条公司投资新剧的广告。

接着她迅速打了个电话，几分钟内这条回应以肉眼可见的速度蹿上了热搜第一名，讨论网友人数众多，夜枭枭粗略地算一算，觉得自己洁身自好的同时还省了一笔巨额广告费，便高兴地搂着被子睡了。

15.

夜枭枭睡了，而网络世界彻夜狂欢。

吃瓜网友：纯路人，想见识一下夜总谈恋爱。

普通网友：什么？？？我从未见过如此厚颜无耻之人！！！

颜控网友：美丽富婆我可以！我真的可以！

准备骂人的李云生粉丝网友：……

李云生粉丝没话讲。

他们甚至觉得这个文案和这个广告都有那么一丝的眼熟。

16.

大概日有所思夜有所梦，当晚夜枭枭就梦到她和聂琰签下了结婚协议，无比嚣张地承包了全国上下的巨型广告屏幕，把她和聂琰的结婚照全国投放。

投放当天到处都是他们俩的大脸，她牵着聂琰的手幸福又快乐地说："聂琰，你看这个广告屏幕又大又方，像不像咱们俩的绝美爱情？"

聂琰也微笑着回复她："对不起，你侵犯了我的肖像权，你看这个又大又方的屏幕，像不像我即将向你发出的律师函？"

然后他和路桐手挽着手走了。

夜枭枭："啥？！"

延迟了整整一天才突然感受到"绿光危机"的夜枭枭，一头冷汗地爬起来打通了何杏的电话："杏杏啊，我突然有种不祥的预感。"

何杏："嗯？"

夜枭枭："我总觉得路桐要搞事。"

何杏："不仅要搞，而且是和李云生一起搞。"

夜枭枭："嗯？"

何杏："你没看出来吗？他们俩完全可以组成'失恋阵线联盟'啊。"

夜枭枭："……"

夜枭枭成功地被何杏带歪："那为什么不是他们两个先掐起来？"

何杏："嗯？"

夜枭枭："你见过哪家 CP（指人物配对，泛指搭档、组合）两方的'毒唯'友好相处的吗？"

何杏："……"

有道理。

但你不是个"霸总"吗？

怎么还有时间偷偷研习粉丝文化？

17.

中华文化源远流长，博大精深。

从古至今就有"说曹操曹操到"的俗语。

具体表现为——

一句话放在脑子里想想可能没什么，但是一旦说出来就会有百分之八十以上的可能发生。

18.

上面这段话是瞎说的。

小孩子不要信。

19.

总之几个月后聂琰的新剧拍摄完毕，夜枭枭作为最大投资方去参加他们的庆功宴的时候，深刻意识到了这一点。

如果要用"起因、经过、结果"的标准三段式来描述这一段跌宕起伏的意外，那么起因就是李云生和路桐既没有结成同盟也没有互相伤害，这两个人选择无视对方各搞各的。

一个想要在封闭的空间里创造危险，和夜枭枭增进感情，于是找人搞坏了电梯；一个想制造停电意外，在众人兵荒马乱的危急时刻激起聂琰的保护欲，并顺便做点什么，于是找人搞坏了电路。

两人都觉得自己真是聪明绝顶，拿出了十二分的热情等待这场庆功宴。

然而命运有时候就是这么让人意想不到。

带着路桐的聂琰和带着何杏的夜枭枭前后脚撞进了同一部电梯里，几分钟后迷路的马文才和准备实施计划的李云生先后到来，大家在电梯里面面相觑，心里都觉得挺诧异，接着李云生的计划按时进行，一阵摇晃伴随着"刺啦刺啦"的卡顿声，电梯稳稳地卡在了大楼 44 层和 45 层之间，不动了。

连数字都透露出一股衰气呢。

20.

路桐当时心里就暗叫一声不好，试图拿出手机终止自己的计划，但电梯里手机根本没有信号，于是十分钟之后，大楼准时断电，电梯一片漆黑，马文才当场差点抱住他姐的大腿哭出声，作为罪魁祸首的两朵白莲花在黑暗中无声地对视，目光充满了对彼此的谴责。

21.

不管怎么说，气氛还是非常符合他们俩的计划。

就是人多了点——

整整六个。

22.

窄小的电梯里一片死寂。

只有马文才在"嘤嘤"。

马文才："好黑哦。"

马文才："你们有没有听见什么诡异的声音？"

马文才："刚才有人按那个应急按钮吗？"

"要是没人发现我们在这里怎么办？！"黑暗中马文才悲伤地把头

靠在臂弯里的大腿上，"姐，我们不会死在这儿吧呜呜呜呜呜……"

所有人："……"

没人理他，只有何杏忍无可忍地磨后槽牙："马文才，你抱的是老娘的腿。"

23.

老实说事情发展成这个样子也出乎了何杏的预料。

她熟读了上下五千年的"霸总"小说都没见过这么单纯的白莲花角色，来庆功宴的前一天晚上，她还拉着夜枭枭分析了各种白莲花搞事的可能性，结果这两个人完全没有要认真搞事情的意思，何杏甚至觉得以他们俩的心机，他们俩不应该出现在这里——

他们应该手拉手去跟小朋友们进行普法教育。

24.

马文才再傻也是自家表弟，夜枭枭打开手机自带的手电筒，薅了一把他毛茸茸的大脑袋，安慰道："别担心，刚刚聂琰把求助和报警按钮都摁过了，这种情况不会持续很久的。"

一直不出声的聂琰在旁边配合地点了点头。

这种妇唱夫随般的和谐场面完美戳中了因为心虚一直安安静静缩在角落的路桐的每一根神经，她看着李云生明讽暗刺："怎么好好的电梯就这会儿坏了，不会是有人动了手脚吧？"

李云生当即刺了回去："你看我干什么？我还说好好的大楼今天就停电了才是有人动的手脚呢。"

路桐："反正不是我。"

李云生："也不是我。"

其余听众："……"

我看你们两个都是。

25.

两个罪魁祸首吵架技术不分上下，一套温文有礼的问候下来不分胜负，于是纷纷转换措辞，完全放弃伪装，回归原始而野性的吵架方式。

路桐："大明星私底下净想这种不要脸的龌龊手段，捅出去还不知道会发生什么。"

李云生："你以为你就很清白了吗？心里没点数。"

路桐："我看你才没有数。"

李云生："我怎么也比你强。"

路桐："卑鄙。"

李云生："无耻。"

夜枭枭："……"

夜枭枭悄悄地跟何杏咬耳朵："我怎么觉得他们俩跟谈恋爱似的。"

何杏："你说得对。"

何杏："我给你'科普'一下，在我们那边，这种吵架方式叫作'明撕暗秀'。"

26.

夜枭枭看得很起劲，但是对聂少来说可能听小学生吵架的每一分钟都是在浪费生命，他不耐烦地皱起眉头："破坏公物，危害他人生命财产安全。"

路桐和李云生："嗯？"

聂琰："要吵架去派出所吵，有应对方案就快点实施，没有就闭嘴。"

路桐和李云生："……"

惹不起。

打扰了。

27.

聂琰这人长得其实温柔又舒服，但是冷冰冰的气质往往把长相压下去一截，皱着眉的时候看起来特别凶，路桐和李云生被吓得没话讲，双双在电梯角缩成鹌鹑，和本来就缩在那儿的马文才相映成趣，简直就是"尿包三兄妹"。

救援看起来遥遥无期，电梯里的氧气也不知道能撑多久，气氛很严肃，夜枭枭左看看右看看，忍不住嘴欠说了一句："聂琰，你要不再考虑考虑我那个结婚协议？"

聂琰看着她，没说话。

夜枭枭比画："我感觉我好像快要进人生的坟墓了，你要不答应我吧，这样等会憋死的时候，我脸上还能带着死而无憾的幸福笑容，应该会比蹲在这儿的三只鹌鹑好看……"

聂琰："……"

聂琰叹了口气，侧过来的脸在昏暗的光影里好看得不行："你不会死的。"

夜枭枭："嗯？"

聂琰深吸一口气，道："财务报告看了吗？会开了吗？明天的行程安排了吗？死的话刚投下去的钱就打水漂了，这也没关系吗？"

夜枭枭瞬间燃起求生欲，并异常感动地拉住聂琰的手："你好懂我，现在这么懂老板的人不多了，出去我一定让你当老板娘！"

28.

"老板娘"把头撇过去懒得说话。

老板的贴心小秘何杏也不想说话。

见色忘友的女人这么多，夜枭枭绝对是其中翘楚，她不仅忘小秘，连自己亲表弟都忘，马文才在那哼哼得都快打嗝了，她居然还在这里和她的小白脸卿卿我我。

别人都是谈恋爱，你们居然谈工作。

等等，这个时候应该先谈谈求生方案吧！！

29.

路桐和李云生：你为什么不嫌她吵？你双标。

30.

大家各自腹诽的时候电梯突然亮了起来，电流的声音轻微作响，话筒里有人问道："喂？听得到吗？"

大家提起的心纷纷落地。

唯有"套路王者"何杏说:"我感觉好像没有这么简单……"

话音未落,电梯猛地往下一坠,灯光闪烁有如恐怖片再现,硬生生把大家沉下的心一口气吊回了嗓子眼。夜枭枭踩着高跟鞋没站稳,一头撞在了聂琰身上,蹲在地上的"尿包三兄妹"尖叫声此起彼伏,何杏靠着墙壁,感觉马文才像个翻滚的土豆一样滚过来一把抱住了她的老腰。

她原本是抱着"主角不会死"的心态安静地等一个转机,结果马文才这个意外一路滚过来,她才觉得自己真的要死了,差点摆好了英勇就义的姿势。

当然这个姿势并没有起到最后的作用,电梯在数字猛降成"20"的时候恢复平缓,稳稳下落停在了一楼。

31.

电梯门缓缓开启。

门外站着紧张的安保人员和维修人员,人群里还有个穿着警察制服的中年人,正满脸担忧地望着里边。

里边挺热闹。

马文才一把鼻涕一把泪地拖着灵魂飞天的何杏,夜枭枭相当安逸地趴在冷静的聂琰身上,旁边两个互相看不顺眼的"鹌鹑"在翻滚的过程中也不知道谁碰了谁,差点打起来,此刻脱离危险心里一松,惺惺相惜地蹲在地上抱头痛哭。

中年人:"……"

夜枭枭在看清门口中年人的时候猛地立正站好。

顺便把马文才抓了起来。

夜枭枭出奇乖巧:"小姨夫,晚上好啊。"

来者正是马文才的父亲马匀。

32.

六个人被一起带走。

简短的笔录后,路桐和李云生不幸被双双拘留,从在电梯里抱头痛哭变成在局子里抱头痛哭，马警官看了一眼外边剩下的四个人，果断打电话叫马文才他妈苏宁来对马文才进行深刻的思想教育。

苏宁一听夜枭枭也在，果断又打电话叫来了夜枭枭的爸妈夜逐爵和苏玛丽，一家人浩浩荡荡地开着加长豪车抵达现场，每个人脸上都写着"我来看一下自家人的热闹"。

何杏："……"

等会儿。

你们一家这都什么起名鬼才啊？？？

第五章

1.

每个小孩在成长的过程中，或多或少都得听父母讲述一次那当年的故事。

夜枭枭也不例外。

但是相对于别人家含蓄内敛的风格，夜家显得格外简单粗暴，每次提到这事儿苏玛丽都是一副理所当然的样子："为什么和你爸结婚？这你看不出来吗？"

夜枭枭回忆一下她脾气贼坏还不会好好说话的老爸夜逐爵，表示看不出来。

苏玛丽："因为他有钱。"

苏玛丽："还有颜。"

苏玛丽："腹肌八……小孩子不需要知道这个。"

夜枭枭："……"

年幼无知的夜枭枭虽然不知道她爸妈到底为什么在一起，但她真实感受到了她妈妈的肤浅。

为了不将这种肤浅延续下去，夜枭枭一度给自己设立了长达五十条的择偶标准，由内到外从上到下全部挑剔了一遍，把理想型描述得天上有地上无，誓要做他们家不一样的烟火——

结果遇见聂琰的时候打脸打得脸都肿了。

三月里头春风正好，清隽少年往那儿一站，什么都不用做，夜枭枭的理智就已经连着她的五十条择偶标准飞到九霄云外去了，哪还管什么肤不肤浅的，她就想和他从经济模型聊到人生爱情，完完全全回归了他们家一贯的行事风格。

2.

夜家的行事风格非常果断，用苏玛丽的话来说，就是看见钱就赚，看见美男就冲。

前半条"败家娘们儿"苏玛丽做得不是很好，但是后半条她实施得相当彻底，比如抵达意外现场看热闹的第一瞬间，她就发现了自己死皮赖脸签下来的小帅哥聂琰，笑眼弯弯地跑来唠起了家常，完全忽视了刚经历一场生死劫难的亲闺女夜枭枭和身后脸色逐渐阴沉的亲老公夜逐爵。

苏玛丽："小聂呀，给我们家枭枭当员工辛苦了吧？"

夜枭枭："嗯？"

聂琰回忆了一下刚刚电梯里不知道到底是怕还是想吃他豆腐总之疯狂扒拉他的夜枭枭："是。"

苏玛丽语重心长："当员工就是这么辛苦的啦，当老板就不辛苦了，或者娶一个老板也成。"

夜枭枭暗暗为亲妈的助攻竖起大拇指。

然而苏玛丽还有下一句："老板你看不上的话也还有老板她妈妈可以考虑嘛。"

聂琰："嗯？"

一直在后边当背景板的夜逐爵："嗯？？"

夜枭枭："妈？？？"

苏玛丽继续语重心长："闺女啊，你就让妈自由飞翔吧，你爸这张脸看了二十几年了，实在是腻……"

夜逐爵一字一句："苏玛丽，你不要玩火。"

不敢出声的苏玛丽被夜逐爵沉着脸一把拎走，转移阵地去听苏宁的安全知识讲座，临走前夜逐爵还指着聂琰对夜枭枭委以重任："闺女，搞定他。"

夜枭枭："……"

你们俩已经老大不小了，不要再当众演这种烂俗偶像剧了啊！！！

3.

聂琰笑了一声："你爸妈真有趣。"

夜枭枭觉得自己一直努力经营的正经形象完全被她爸妈带进了搞笑领域，自觉颜面尽失，自暴自弃地问："那我呢？"

聂琰："嗯？"

夜枭枭揉了一把自己的苦瓜脸："亲亲，这边为您提供的搞笑生活体验您还满意吗？满意的话请给我们五星好评呢。"

聂琰又笑了一下。

今晚的聂琰好像特别好说话，夜枭枭和他并排坐着，觉得此时此刻是她离聂琰最近的一次，比在电梯里还要近得多。

聂琰的声音平静而清晰："你很好。"

周围人来人往，他们两个却像被隔离在人群之外，此刻一切喧闹都化作细碎的低语，只有聂琰的声音震耳欲聋，每个字都敲在夜枭枭的小心脏上。

她好像一瞬间明白了两个不同的人为什么会想要在一起。

毕竟这种一群小鹿排队往心上撞的感觉谁顶得住啊。

4.

相比较他们两个人的安静，大厅另一头就显得热闹得多，人群中唯一低着头不敢出声的就是马文才，他妈妈苏宁正一本正经地教导他如何正确地规避生活中的危险——比如少去一看就会出事儿的宴会，少去一看就会有意外的片场，以及少接触一看就特别温柔可爱但是细看脸上表情复杂多样的美少女和美少男。

苏宁："实在不行你看看我，像我这样的就离她远点。"

旁听的何杏："嗯？？？"

太努力了吧阿姨！

被夜逐爵拽过来的苏玛丽插了一嘴："你也不用那么担心，文才这次就是被无辜牵连了，他这样的哪有机会遇上心机配角啊，除非那人叫梁山伯或者叫祝英台。"

苏宁非常习惯地忽视苏玛丽满口听不懂的鬼话，但是何杏陡然一惊。

何杏："您也知道梁祝？"

苏玛丽也是一惊。

苏玛丽试探道："我不仅知道这个，我还知道《千年等一回》。"

何杏："我无悔？"

苏玛丽："忘记了姓名的请跟我来？"

何杏："现在让我们向快乐崇拜？"

苏玛丽一把抱住何杏："亲人哪！"

5.

夜逐爵："……"

老婆刚撩完小鲜肉又去抱漂亮姑娘，就是不搭理我怎么办？"嘤嘤嘤"有用吗？

6.

苏玛丽抹泪："我就知道组织没有抛下我，埋伏这么多年，不惜以身饲'霸总'，终于等来了亲人！"

何杏热泪盈眶："亲人辛苦了，只要我们共同努力，就能开创美好明天，共建爱与和平的世界！"

其他人：嗯？你们在说什么东西？

7.

热闹非凡的认亲大会和白莲花辨识讲堂结束后，这事总算是告一段落，路桐和李云生当晚就因破坏电力系统和危害他人生命安全被拘留，惺惺相惜的萌芽还没有长好就不幸夭折，只能蔫巴巴地接受回炉重造。苏宁拉着马文才和马匀准备回家，苏玛丽自告奋勇要送何杏，最后只剩下聂琰和夜枭枭相望无言。

不对。

等会儿。

妈你想抢我男人我还没说什么呢，怎么你连我姐妹也抢？！！

8.

聂琰注视着大家绝尘而去的背影，最终选择了送夜枭枭回家。

回家的路途不算太远，夜枭枭在车上嘴就没停过，聂琰有一搭没一搭地回她个语气词，最后终于无奈地叹了口气："夜枭枭，不要影响我开车。"

夜枭枭就闭嘴了，觉得聂少好严格。

没一会儿聂琰将车停在了她公寓楼底下，夜枭枭依依不舍地和他告别，刚关上车门，她又绕了一圈走到驾驶座门外，轻轻地敲了敲窗。

聂琰降下车窗："嗯？"

夜枭枭："聂琰，我跟你说个事哦。"

聂琰："嗯。"

夜枭枭："我今天也超喜欢你。"

9.

打完直球不等聂琰反应，夜枭枭就大手一挥："好了，说完了，拜拜。"

聂琰无言地转头。

聂琰平静地点火。

聂琰稳当地返程。

完全看不出来耳根红了的样子。

10.

电梯事件后，夜枭枭上班的积极性上升到了前所未有的高度，堪称年度优秀总裁。

在何杏的认知里，总裁们的生活往往枯燥而单调，每天不停地围着女主角打转，除了打钱就是宣示主权；而女主角们也非常自强自立，绝不能轻易接受总裁给的资源，就算接受了也是要打欠条的接受，总之不能吃总裁的软饭。

但是夜枭枭和聂琰完全不一样。

夜枭枭的生活的确是相当枯燥，但是让她打转的是工作，工作的空闲才用来追男人，追男人的方式也别具一格，她甚至亲自写了一份计划，并且试图把这份计划排进自己每天的日程里。

何杏给她送文件的时候带着敬仰的心情观摩了一下这份恢宏巨制。

11.

《攻略老板娘计划书》

Day1（第一天）

今天要工作，明天再说。

Day2（第二天）

今天要开会，明天再说。

明天我必然堵住聂琰。

Day3（第三天）

今天聂琰不在公司，计划失败，明天再说。

············

Day8（第八天）

这也太磨叽了，不如回家找我爸跟聂家谈商业联姻吧。

Day9（第九天）

今天要工作，没空，商业联姻明天再说。

12.

何杏："……"

你这样能追到就有鬼了啊！！！

倒也不用这么热爱工作吧夜总！！！

13.

再说聂琰。

作为一个体验生活的富家子弟，聂少尽职尽责地演绎着他表面无权无势小白脸的角色，软饭吃得心安理得、得心应手、手到擒来。

何杏敢用她写过的所有套路打赌，她就没见过这样的高岭之花。

事实上不止她没见过，狗仔也表示自己没见过，希望广大网友见识一下。

于是聂琰很快继片场事件和电梯意外之后再一次登上热搜，标题是《聂琰带资进组，背靠大山，作为盛名娱乐的艺人傍上了自己的老总》。

短短几个小时内，这条娱乐新闻像是有预谋的一样，风风火火地席卷了每一个社交软件。

14.

马文才垂着悲伤的小眼睛把聂琰带进总裁办公室的时候，夜枭枭正在翻这条新闻。

她旁边站着刚刚和公关部联系完的何杏。

"皇帝不急太监急"这话说得对，目前看来，两个当"太监"的急得像热锅上的蚂蚁，两个"皇帝"一坐一站，情绪都还挺稳定。

夜枭枭甚至看评论看得饶有兴致。

因为除了吃瓜看戏的网友，也有那么一小部分，对着聂琰那张糊得不行也依旧帅的图片发表了激进言论。

比如"姐姐可以我也可以，帅哥看看我"。

又比如"夜总你看长我这样的可以当你的小白脸吗？我不想努力了"。

再比如"我竟然想嗑他们的CP？谁来打醒我"。

何杏："……"

何杏："夜总，收敛一下，你笑出声了。"

15.

夜枭枭立刻摆正表情。

"太监一号"何杏小秘首先捧着笔记本严肃发言："这次事件可能会危及本公司艺人和公司的声誉，必须尽快发表声明，剩下的舆论控制由公关部和技术部进行处理……"

"太监二号"马文才也垂头认错："确实也是我这里没有做好相关的保密措施，才出现这种情况……"

两个"皇帝"就在边上看着他们俩一来一回，颇有"江山亡了就亡了吧"的气势，半天夜枭枭才撑着下巴问聂琰："聂琰，你怎么想的？"

聂琰："随你。"

夜枭枭："啊？"

聂琰："我演得不差，没加戏，除了目前看来是你的小白脸以外没什么可说的，不过我尊重公司做出的所有决定，实在不行我也可以离开这一行去干点别的。"

有道理。

但你不是目前看来是我的小白脸啊聂少。

你是真的在吃我的软饭你没有发现吗？

16.

夜枭枭瞬间就做出了决定，打开手机，再一次登录自己的社交软件账号。

没一会儿在场其他三个人的手机叮咚一声，夜枭枭新发送的博文大大地横在他们的手机屏幕上。

@夜枭枭：各位新闻媒体人注意一下，不是包养小白脸，是我在倒追，有朝一日追上了给大家伙发钱，按照今天这个新闻的规模再给我来八百篇，谢谢。还要造谣的咱们法庭见。

17.

短短几分钟内，这条不要脸的博文迅速被网友占领，广大吃瓜群众纷纷对这种毫不接地气的倒追方式表示了震惊，刚刚试图打醒自己的人民群众站了起来，大张旗鼓地组起了"消炎CP"，一夜之间她们的口号响彻天地：总裁保底，入股不亏！

想体验真实的霸道总裁爱情吗？"消炎"满足你的所有想象！

18.

一片欢天喜地里，只有公关部长小心翼翼地给何杏发信息。

"何秘书，请问接下来需要做总裁形象的危机公关吗？"

何杏："……"

何秘书不知道。

何秘书想辞职。

等等。

辞职之前先和这个肆意妄为的霸道总裁同归于尽。

19.

肆意妄为的夜枭枭快乐地核算完这回扩大聂琰知名度又省了多少营销的钱，"脑回路"终于回归了她作为老板的正确位置："聂琰现在又不出名，这小新闻没多大价值啊，怎么在网上传播得这么快？"

何杏皱着眉头看数据："应该是有人在后面推动，如果不是针对聂琰，那有可能是我们的竞争对手。"

沉默了一阵后，夜枭枭："我们居然有竞争对手？"

何杏大跌眼镜。

夜枭枭："我爸掌握着全球经济命脉，我居然还有竞争对手？我不应该只用端着一杯九二年的拉菲站在落地窗前凝视着这个偌大的城市，然后对你说——'去吧，我不想让他们看见明天升起的太阳'吗？"

何杏："……"

我宣布你从我这个橙光作者手底下毕业了。

青出于蓝而胜于蓝。

夜枭枭甚至悲苦地站起来拉住了聂琰："老板娘，当老板好难，好危险，要是我创业未半而中道崩殂，你就忘了我，重新找个好人家吧！"

何杏："……"

不要在这种时候演情景剧啊！

而且你代入的角色根本不对吧！！！

是要和别人拼得你死我活的那种程度啊！！！

20.

自从那天被夜枭枭当头用告白糊了一脸之后，聂琰对这种情况的适应能力迅速提升，完全不慌，任由夜枭枭挂在他胳膊上满嘴跑火车，他低头发了条消息。

几十分钟后，一份简短的新闻来源调查报告被发送到在场每个人的手机上，聂琰在大家一脑门的问号里淡定地关闭手机抬头："一点数据的收集整理，不算违规，请。"

21.
对不起。
你吃软饭太久了——
差点忘了你们家是 IT 巨头。

第六章

1.

IT巨头不愧是IT巨头，聂琰发动聂家太子爷技能得来的这份小报告非常靠谱，涵盖了那条八卦新闻的最初来源和目前为止网络上带节奏的所有营销号。

它们纷纷指向同一家公司——最近靠着公司老板声名鹊起的高世娱乐。

高世娱乐老板名叫钟岐，帅哥身兼数职，不仅要当老板，还要当他们公司的一哥，上半年刚拿了一个最佳男演员奖，红红火火地照亮了娱乐圈半边天。

然而报告到这里还没有结束。

看起来非常严肃的报告后面居然还跟着钟岐的年龄、星座和个人喜好，爱打游戏这种小事写得比他的履历还清楚，甚至还跟了一句礼貌而不失狗腿的询问："小聂总，要帮您黑进他的电脑或者账号吗？连十年前的非主流悲伤语录都能翻出来哦！"

夜枭枭："……"

夜枭枭很心动："我觉得行，黑出来我帮他挂在全国广告牌上以供观瞻，用心理战术让他当场暴毙。"

2.

"聂·超爱举报·琰"抬头看了她一眼。

夜枭枭立刻正襟危坐："哎呀，觉得上一刻的自己好卑鄙！"

3.

夜枭枭说完觉得自己认怂认得太快了，不是那么符合她一直以来的形象，她小声叨叨："又不愿意当老板娘，还要管这么多。"

聂琰："……"

按理来说这个时候就应该走出一个特殊的角色，比如聂少的助理，或者聂少的管家，脸上带着一种奇异的微笑说"夜小姐你不知道，我们少爷从来不对其他人这样的，我已经好久没有看到过这样的少爷了"，让夜枭枭恍然大悟感动到不能自己，让聂琰惊觉"哦我竟然变成了这个样子难道这就是那传说中的该死的爱情"。

夜枭枭环顾四周——

并没有找到合适的人选。

聂少经理人马文才心安理得地在角落当一个无人问津的废材，垂着脑袋昏昏欲睡；套路家何杏低头看报告，表情奇特而诡异，看起来没空接收她的眼神暗示。

这就是助攻用时方恨少的感觉吗？

4.

夜枭枭只能自己再把头扭回去："聂琰。"

聂琰："嗯？"

聂琰这人一看家庭教育就很严肃，连听人说话时都特别认真，别人跟他说话的时候他一定会抬起头来看着对方好好听，往往还会不自觉地凑近一点。于是这一抬头他们俩瞬间达到了前所未有的近距离，夜枭枭深吸一口气，刚张嘴就把接下来想说啥给忘了。

夜枭枭："……"

这么近看这张脸的冲击力好强哦。

5.

夜枭枭张开嘴，又合上，愣是没想起来自己要说的词。

过了好半天聂琰都不见她说话，只好自己开辟了一个话题："你最近好像很忙，如果这件事处理不过来，我可以帮忙。"

"不急不急，我搞得定。"夜枭枭迅速抓住重点，"你怎么知道我很忙？"

聂琰："……"

聂琰："员工知道老板忙很奇怪吗？"

6.

这会儿他们俩的距离真的很近，聂琰虽然脸上什么表情都没有，但是夜枭枭用她5.0的视力清晰地看到一小片红色爬上了高岭之花被细碎黑发遮得七七八八的耳朵尖。

夜枭枭顿时获得了莫大的勇气，甚至贼胆包天地伸手抱了聂琰一下："你对老板的关怀我非常满意，你想升职、加薪还是嫁老板？"

聂琰恼羞成怒："夜枭枭。"

夜枭枭："……"

夜枭枭只好灰头灰脑地缩回去了。

觉得自己好像一个"夫管严"。

7.

用非主流语录打败对手的心理战术悲惨夭折，夜枭枭老老实实地想战略，目光在自己庞大的商业帝国上转了一圈，停在从看到钟岐的报告起五官就以脸为舞台开始在线表演扭曲的何杏身上。

她已经把和钟岐有关的报告看了八百次。

这个表情——

是有鬼的表情。

夜枭枭："杏杏，你干吗呢？"

何杏："……"

何杏："你记不记得我以前跟你说过我有一个打游戏特别厉害、骂人特别溜的朋友？就是他。"

夜枭枭："……"

对不起。

听到"我有一个朋友"这种句式，我一直以为说的就是你自己呢，原来是真的有一个朋友吗？？

8.

嚯。

我方出了一个敌方的奸细。

夜枭枭立即拍桌："何杏！老板在此，你知道什么还不速速招来！"

拍桌声音不小，旁边听得快睡着的马文才被她吓得一抖，气氛陡然从本来就不怎么正经的公司内部小会议变成更加不正经的公司内部情景剧。

情景剧主角何杏凄风苦雨地丧着一张脸："老板明鉴！小的虽然和这逆贼是旧相识，但小的一直对公司忠心耿耿，从来没有做过背叛老板的事！"

夜枭枭眯起眼，后仰靠在她相当气派的老板椅上，右手轻轻敲打着办公桌，一开口就来了句"霸总"经典的死亡威胁："嗯？"

何杏举起三根手指："真的，如果我说一句假话，我以后打手游掉线，打网游停电，点外卖没钱，吃泡面没面！"

夜枭枭："……"

倒也不用对自己这么狠。

9.

于是何杏饱含热泪开始讲述她和钟影帝那不得不说的故事。

哦其实并没有什么故事。

何杏认识钟岐甚至在认识夜枭枭之前，不是什么机缘巧合，是玩游戏的时候加好友，随手摇一摇给摇出来的。这人乍一看好像是个帅哥，没想到是个炮仗，嘴巴"嘚嘚嘚"能直接给她炸出春节十二响，在游戏的虚拟天空徐徐绽放，气得何杏当场放弃操作和他对骂，吵了个昏天黑地日月无光，最后因为影响游戏体验双双被队友举报。

"炮仗兄"因此对她颇有好感："兄弟，交朋友吗？"

没有感情的吐槽机器何杏："……"

何杏："我是姐妹。"

10.

熟了以后，何杏发现钟岐是个奇人。

一定要形容的话，他就是一个行走的男频网文男主角，自带吸引小姑娘体质，还没当演员的时候迷妹数量就非常惊人，而且上至顶尖富婆下至邻家妹妹都觉得这个男人贵气逼人，令人不敢直视。

每一个男频网文男主角身边除了迷妹还会充斥着数不尽的炮灰们。

所以钟岐还喜欢给自己搞多重身份。

这样爆出身份的时候他就能疯狂打炮灰们的脸。

比如现实里炮灰们攻击他不会打游戏，转头就会发现他竟然是网上那个操作巨牛、骂人贼溜的大神玩家，而且他出大招的样子——

竟霸气如斯。

又比如他得了最佳男演员奖之后炮灰们攻击他终究是个戏子，接着他就被爆出来是高世的老总，而且他坐在会议桌前的样子——

竟！霸！气！如！斯！

11.

何杏摊手："所以这场商业竞争根本上是言情网文和男频网文的巅峰对决，你懂了吗？"

夜枭枭表示不懂。

何杏慈爱地摸她的脑壳："没事儿，回去问问你妈，她肯定懂。"

夜枭枭："……"

夜枭枭："所以你为什么没有成为钟岐迷妹的一员？'把世界当橙光游戏的女人'和'把世界当男频小说的男人'听起来不配吗？"

何杏："我和他不一样，他把这里的人当NPC，但我知道这里都是活生生的人，怎么听都是我更高级，他不配当我的被攻略对象。"

夜枭枭："唔。"

于是夜枭枭快乐地挽住了她，小声道："其实你活生生的老板等下想提前下班去和老板娘增进感情，所以有几个工作要分配给你……"

何杏："……"

12.

她收回自己刚刚感天动地的言论。

全世界都可以是人，但夜枭枭肯定不是。

13.

夜枭枭是一个标准的行动派。

比如当她说要提前下班，就绝对不会在公司多待一分钟。

说要追老板娘——

这个还得看老板娘同不同意。

14.

聂琰是一个标准的实干派，能动手绝不叨叨。

所以遇上夜枭枭这种特别能叨叨的，他就叨叨不过——

只能被她连哄带骗一把拖走。

在老板的带领下，他被迫实现了自己连上课迟到都从未有过的板正人生中的第一次翘班。

嘻。

遇到夜枭枭以后的人生劣迹斑斑。

15.

两个管事儿的溜了，现场就只剩下两个打工的。

何杏在"咸鱼派"与"精英派"之间流畅转换，她擦擦眼镜哀叹一声，拿着笔记本又哀叹一声，认命地开始处理夜枭枭留给她的各种事务，键盘打得噼啪作响。此时此刻她基本屏蔽外界干扰她的任何信息，马文才在旁边叫了她好几声，她一句都没听见。

马文才只好自己哪儿凉快哪儿待着去了。

毕竟他和这几个精英人才没什么关系。

充其量他只能算个热乎的苹果派——

没用、费钱，吃完还会发胖。

16.

何杏处理完事务已经是深夜，长舒一口气抬头一看，就看见马文才在旁边自己找了个椅子坐着睡着了，关键是睡得还挺香，呼噜呼噜的。

何杏："……"

这好像不应该是出现在这里的画面吧？

一般情况下不应该是霸道总裁和他的甜心助理吗？

比如这个时候总裁就要给小助理盖上一块温暖的毛毯，然后小助理惊醒，湿漉漉的大眼睛咣当撞进总裁心里，于是气氛升温干柴烈火……

何杏想象了一下马文才睁开小眼睛含情脉脉地看着她的样子。

给他盖毯子的手……

微微颤抖。

17.

马文才果然惊醒了。

醒得非常鸡飞狗跳。

这厩孩子睡梦中隐隐约约感觉有人接近自己，睁开眼就对上一张放大的脸，当即受到一万点惊吓暴击，嗷嗷叫着往后一仰，连人带椅一块翻在地上，同时椅子原地转体半周准确无误地撞上何杏的小腿，于是场面顿时从马文才一个人的独唱变成两个人的惨叫大合唱，这首配合完美、响彻天际的午夜号叫多年后还在世间流传，一度被列入该城的十大都市传说。

这是后话。

反正现在何杏才不想管马文才有没有受到惊吓。

她只想给他头上来一下。

18.

何杏揉着腿叹气："你不是没事吗，怎么还待在这儿？"

马文才抱着毯子："哦……因为没人叫我走。"

何杏："……"

你别是个傻子吧？

马文才虽然人傻了点，但是自个儿犯的错从来不推脱，他自告奋勇地替何杏买了跌打损伤药，并准备尽职尽责地把她送回家。

何杏本来是想拒绝的。

主要是马文才这人带着 NPC 属性，总感觉跟他待在一起就要触发任务事件，让人觉得好不安心，但是看着他垂着头道歉可怜巴巴的样，何杏在接受和拒绝中艰难挣扎，最后还是接受了。

19.
老话说得好，女人永远不要怀疑自己的直觉。

20.
并没有这句老话。

21.
总之马文才把何杏送到她家楼底下的时候，他们俩都看见门口站着一个人，长腿长外套，头戴鸭舌帽，看起来就像不法分子在外潜逃。

何杏："……"

这个触发的剧情是不是过于刺激了？

接下来的剧情难道是她和马文才双双死亡，夜枭枭大受打击放弃聂琰远走海外，接着聂少幡然悔悟失去才懂得珍惜、继承家业追至海外开始"冷面霸总追妻火葬场"吗？

马文才看起来也很紧张。

马文才："杏姐，这是抢劫的吗？月底了，我真的一分也没有了……"

何杏："……"

能不能争气点啊弟弟？！

22.
何杏大着胆子走近一些，总算看清了"不法分子"鸭舌帽底下那张属于新生代影帝钟岐的帅脸。

钟岐正好看向她的方向，两道视线在空中交会，钟岐招了招手。

何杏："你怎么在这儿？"

钟岐微笑着点点手机："看到新闻说你最近出了点意外，来看看你有事儿没有。"

何杏："……"

信你个鬼哦，新闻上连我的名字都没有。

钟岐看起来也不太介意何杏不相信，他的目光在马文才身上扫了一遍，笑嘻嘻摊开自己的双手："我的何秘书，咱们来谈个合作吧。"

何杏目露疑惑。

钟岐："我看来看去，发现这个世界只有咱们俩活得最清醒，按照你的方式来说——攻略完这个世界的所有任务，财富和名气就都是我们的，对不对？"

何杏："……"

不用麻烦聂家黑你电脑了。

你现在的语录放广告牌上也挺惊人的。

已经成年这么久了给我从"中二病"里毕业啊你！！！

23.

钟岐："你会很有钱。"

何杏："嗯。"

钟岐："你想要什么我都可以满足你。"

何杏："哦。"

钟岐灵光一闪："可以不上班，游戏新皮肤必买，礼包我给你全包，只要你能帮我预判盛名的举动，一年带薪休假365天。"

何杏："……"

这条件该死地令游戏死宅心动。

24.

马文才的电话打进来的时候夜枭枭正在和聂琰看电影。

准确地说只有聂琰在看电影。

夜枭枭翘班后就拉着聂琰吃了饭，又包了影院的午夜场，挑了部海报看起来贼吓人的恐怖电影，准备看的时候顺理成章地完成被惊吓然后靠在聂琰身上哭哭"唧唧"求安慰等一系列举动。

结果国产恐怖片根本就是雷声大雨点子小，她最近工作又累，看到一半就歪着靠在聂琰身上睡着了，最后只剩下聂琰一个人看，还得顺带帮她接电话。

聂琰："嗯？"

马文才预备好的控诉顿时吞下去一半："聂少？"

聂琰："嗯。"

马文才："我姐呢？"

聂琰："睡着了。"

马文才瞳孔地震："哦打扰了打扰了你们已经到这个进度了吗真不愧是我姐……"

聂琰："……"

聂琰："我们在看电影。"

马文才："哦。"

对不起。

但我竟然有一丝失望是为什么？

25.

聂琰低头看了一眼夜枭枭，她完全没有要醒的意思，之前头靠在他肩膀上，后来可能觉得不大舒服，睡到中途又往下滑了不少，这会儿半靠在他胳膊上，中间还隔了根扶手，硬邦邦地硌着他们俩。

这个姿势怎么看怎么别扭，聂琰给她调整了一下，放轻声音继续打电话："如果不介意，有什么事跟我说也可以。"

在马文才心里，聂琰已经被恭恭敬敬地放在了姐夫的位置上，所以他没怎么犹豫地当了一回告小状的，同时十分紧张地问："聂少，杏姐不会背叛我们吧……"

聂琰眉头皱着不说话。

这个时候夜枭枭终于醒了，眼睛透亮得跟没睡过似的，她留恋而不着痕迹地在聂琰身上蹭了蹭，伸出手："聂琰，借我一下手机。"

电话那头的马文才："嗯？"

"知道电视剧里的误会都是怎么来的吗？就是背后猜很多但是死都不肯当面说。都是做文化产业的，能不能专业点？"

夜枭枭接过聂琰递来的手机并迅速拨打何杏的电话："嗨，美女，听说你要转行当商业间谍了，真的吗？"

26.

何杏笑了好半天。

何杏："实话说对面的要求让我非常心动。"

夜枭枭："所以呢？"

何杏："所以我决定背叛你一秒钟。"

27.

何杏笑着看向对面脸色不明的钟岐，声音轻快："1，背叛完毕。"

28.

何杏表面上看起来非常从容——

其实内心觉得自己帅爆了。

如此感天动地的壮举应该被载入史册，专门打印装在相框里裱起来，挂在夜枭枭的客厅墙面上，让无良总裁每一次回家都铭记此刻，从此不敢让她深夜加班。

夜枭枭在电话那头无情地打破她的美好幻想："好的美女，那明天也要记得准时来公司开会哦！"

何杏："……"

后悔了。

带薪休假365天它不香吗？！

我一个优秀的"套路预判专家"究竟为什么要跟随这个"无良"老板？！

29.

何杏默默地捂住手机："那个……"

在听到何杏回答的瞬间，钟岐脸上就如同在线播报天气预报一样，唰唰变幻了各种各样阴晴不定的神情："不必再说了，我已经明白你的意思了。"

何杏："不是，我……"

钟岐："从现在开始，我们就是对手。"

何杏："我后……"

钟岐非常帅气而潇洒地向她一摆手，走入了漆黑的夜色："保重，下一次见，我可不会像这次这么友善了。"

何杏："……"

听人把话说完啊"中二病"！！

给个机会！！！

30.

何杏捂住手机的举动完全没用，夜枭枭在电话那头听完了全程，第二天开会前对自己不得不准时到达的秘书进行了360度全方位嘲笑，当时就被何杏狠狠瞪了一眼。

何杏："你这样会失去我。"

夜枭枭："可是你现在已经没有办法投敌了，我还掌握着你的经济命脉呢！"

何杏："……"

现在当事人就是后悔，并且准备回家在自己的客厅墙壁上挂个相框，写上一行血红的大字——

交友不慎，后悔终身。

31.

夜枭枭一边提防钟岐，一边也需要开始推进自己的工作，比如看看最近的投资，视察一下公司艺人的发展，以及重点关注一下某些艺人的情感状况。

何杳一边给夜枭枭整理报告，一边对她的攻略计划表示不屑："你这样得追到猴年马月啊夜枭枭？"

夜枭枭很委屈："姐姐，我都追了这么多年了也才这点进度，你这么厉害你给我开个加速器啊。"

这就涉及何杳的重点知识领域了，她带着稳操胜券的神秘微笑掏出了她的笔记本："你知道推动感情发展的三大套路是什么吗？"

夜枭枭洗耳恭听。

何杳："车祸失忆、重症身亡和移情别恋，其中最绝的就是'在确诊重症后的回家路上车祸失忆然后移情别恋'，在这生与死的冲击下没有男人不为之动容。"

夜枭枭："有道理，但是这个套路我为什么觉得有一点耳熟？"

何杳："因为你爸用过。"

夜枭枭："……"

这你也知道？

说好的家丑不可外扬呢？

32.

何杳："没关系，我们还有其他的方案，虽然你实在是太生龙活虎了，重症身亡这个不太好实施，但你还可以装作移情别恋嘛。"

夜枭枭很疑惑："我之前对李云生表现的移情别恋还不够吗？"

何杳："……"

何杳："你反思一下你自己，你当时顶多表现了一分钟，一分钟后你就肆无忌惮地和聂琰开始了'男女混合双打'，直到现在剧都快播了人还在拘留，你知道李云生他公司每天花多少钱压他这条黑料吗？！"

"对不起。"夜枭枭诚实地举手，"我们霸道总裁行事都是很有原则的，我的原则就是——李云生可以糊，但是聂琰不可以受委屈。"

何杳："……"

"消炎"是真的。

等等我们讨论的好像不是这个话题。

33.

听完何杏整整一个下午的套路指导后，夜枭枭自觉已经掌握了移情别恋的精髓，第二天就给自己招了个贴身男助理，非常招摇地去聂琰眼前转了一圈。

去的时候，聂琰正坐在练习室里看他新戏的剧本，简单素净的衬衫被动作勾勒出腰身上劲瘦的弧线，光线透过窗户洒在桌上，一派岁月静好的和谐气息。

阳光，美男。

夜枭枭还没说话就看见自己的新助理脸色可疑地红润起来。

夜枭枭："……"

夜枭枭："你脸红什么？"

新助理突然扭捏："老板，我跟你说一件事哦。"

夜枭枭："……"

新助理笑出两个小酒窝："其实我们是姐妹来的啦！"

夜枭枭："……"

新助理，上班的第一天——

惨被辞退。

34.

夜枭枭觉得不行。

在这个鱼龙混杂的社会里，她根本不知道会招到什么样的情敌。

所以要求一定要明确。

于是第二天，盛名公司的招聘信息里堂而皇之地出现了如下文字：现有女总裁招聘男助理一名，要求身体健康、五官端正、形象气质佳，工作待遇高，愿者上门面谈。

何杏久久凝视这条招聘信息："你觉不觉得，你这个，特别像个重金求子诈骗广告？"

夜枭枭认真思索："但如果请助理就是为了表演移情别恋的话，我不就是个骗子吗？"

她忧伤地捂住心口："我是爱情的骗子啊！"

何杏："……"

求求你闭嘴吧。

35.

夜枭枭最后还是招到了男助理。

——通过正规途径。

这位名字听起来就非常像路人的陆仁助理欣然接受了夜枭枭的要求，表示他愿意成为夜枭枭和聂琰之间爱的丘比特。

夜枭枭很感动，当时就亲密地拉住了他的小手，说"兄弟你可真是太义气了，今天我必须得请你吃个饭"，然后拉着人就翘了班。

这一切是当着聂琰的面干的。

36.

夜枭枭在招到陆仁后就做好了分工，何杏负责规划行动，夜枭枭负责秀，马文才负责监控聂琰的反应并及时反馈给两位中央控制人员。

这次的行动计划被他们亲切地命名为"一边加班一边帮你谈恋爱真的是累死了求求老板别折腾了"计划。

简称"死求"计划。

等等这个计划名和计划本身根本一点联系都没有吧！！

而且这个简称根本就是在诅咒老板的情感人生啊！！！

37.

总之"死求"计划如火如荼地进行，夜枭枭拉着陆仁一通操作后迅速离场，留下"007"马文才暗中观察聂少的反应。

聂少表情无异常。

聂少动作无异常。

聂少……等等聂少转头了。

聂琰："你看着我干什么？"

马文才："呃……看你，今天好帅。"

聂琰低头看了一眼时间："吃饭了吗？"

马文才心虚而乖巧："没有。"

聂琰："夜枭枭平时请人吃饭都去哪家店？"

马文才："对街那家。"

"嗯。"聂琰长腿一迈，"走吧，我请。"

38.

夜枭枭其实没想到聂琰会跟来。毕竟聂琰一向活得遗世而独立，这种事看了也未必在意，在意也未必会做点什么。所以"死求"计划原本是一个长期计划。

万万没想到计划刚开始好像就要宣告成功，马文才发短信告知夜枭枭的时候她差点儿没膨胀得飘起来。

控制中心的何杏立刻建立起通话频道并勒令马文才和夜枭枭戴上耳机。

何杏："听好了夜枭枭，接下来的每一步都会决定你最终的攻略是否成功，而且我们没有存档机会，你给我好好表现！"

夜枭枭点头如捣蒜："嗯嗯嗯好好好，一切听从秘书长指示！"

何杏哼了一声决定暂且相信她最后一次，摩拳擦掌地问聂琰的进度："马文才，聂琰到哪儿了？"

马文才："聂少现在进门了。"

39.

这是一家位于商业大楼顶层的高级西餐厅，为了360度无死角地向聂琰展示自己的移情别恋，夜枭枭特地选择了靠窗的两人位置，窗外城市繁华的夜景一览无余，窗内钢琴声舒缓而浪漫，聂琰进来时她正对着陆仁浅笑吟吟，一只手撩起自己微卷的长发，露出修长而秀美的脖颈，陆仁笑着对望回去，气氛暖昧得令人窒息。

聂琰只看了一眼，没什么反应地在他们俩附近坐下了。

也不知道他有没有被窒息到。

反正夜枭枭跟随何杏的指示做这些动作的时候真的挺窒息的。

40.

夜枭枭这一套动作非常不熟练地做完,眼睛一瞟聂琰那桌,在耳机里酸唧唧地叭叭:"我好失败啊。"

何杏:"嗯?"

夜枭枭:"我现在也不过就和聂琰单独吃了一次饭而已,马文才却可以被他主动请吃饭,我都没有这种待遇。"

马文才:"……"

夜枭枭:"我刚刚还看见聂琰把菜单拿给他让他随便点。"

马文才:"……"

马文才哭丧着脸把刚拿起的菜单递回给聂琰:"聂少,还是你点吧。"

聂琰:"嗯?"

耳机里传出马文才战战兢兢的哭腔:"我、我觉得这个菜单折我的寿……"

何杏:"……"

你搞清楚这是让谁吃醋的计划啊夜总!

连自己亲表弟的醋也要吃也太丧心病狂了吧!!

41.

酸也没有用,该演的戏还是要演,夜枭枭只能一边毫无感情投入地和陆仁上演"霸道总裁爱上你",一边借着偏头的角度悄咪咪观察聂琰的动静。

夜枭枭"棒读"(指没有感情地诵读)台词:"陆仁,我看见你的第一眼就觉得我们一定很有缘。"

啊,聂琰这个角度也好好看。

夜枭枭:"陆仁,你相信一见钟情吗?"

嗯,聂琰喜欢的菜要记在小本本上。

夜枭枭:"陆仁,你……"

陆仁笑着打断:"夜总,你不适合说这种话。"

夜枭枭感同身受:"你也觉得挺土的是不是?"

陆仁:"对,不过我喜欢。"

聂琰……聂琰的餐刀啪嗒一声掉在了地上。

42.

陆仁过于真挚的演技让夜枭枭忍不住出戏："你品味挺独特啊？"

陆仁替夜枭枭切好牛排，再放回她面前，笑得柔情似水："因为是你说的。"

陆仁："你说的我都会喜欢。"

夜枭枭："……"

旁边传来餐刀磕在陶瓷盘上的尖锐响声，聂少面无表情地用新换的刀子把面前的炭烤小羊腿一分两半。

43.

夜枭枭默默地收回注视聂琰的目光，觉得自己的小腿有一丝疼痛："我有罪。"

何杏："啊？"

夜枭枭："真正的霸总应该万花丛中过片叶不沾身，坚贞不屈只等一人，去他的移情别恋。"

何杏："嗯？？"

夜枭枭起身："而且我觉得聂琰那桌的菜看起来比较好吃。"

夜枭枭："风景也好。"

"全餐厅最好的风景就是你这桌的风景！"何杏想直接把耳机砸在她毫无底线的老板脸上，"醒过来啊夜枭枭！！"

44.

计划刚开始二十分钟。

夜枭枭投敌了——

完全已经投敌了。

陆仁在我方出了一个叛徒的情况下还勤勤恳恳地扮演好自己的角色，一把将夜枭枭拉住，愣是把她摁回了座位上。

45.

何杏深吸一口气。

不能慌。

她是一个优秀的套路人才，不论发生什么都可以完美控场。

与此同时，很久都没有出声的马文才那边终于出现了一点响动，聂琰举着属于马文才的耳机，声音清晰地传进夜枭枭的耳朵里："夜枭枭，别演了，你过来。"

何杏："……"

这场子控不住了。

这边根本全都是叛徒啊！！！

"死求"计划完全死了啊！！！

46.

马文才很委屈。

来的路上聂琰就把他的话全给套出来了，两边他谁都不敢得罪，只好坐着看聂琰装作不知情地配合真的不知情的夜枭枭演戏。

结果谁能想到陆助理这么能演，搞得跟真的似的，聂琰开始还挺淡定，这会儿整个人已经冷成一根大冰棍儿了，看起来分分钟可以用切羊腿的手法把在座的各位五马分尸，让各位提前欣赏天国的风景。

47.

夜枭枭被吓了一跳，立刻就想过去忏悔自我，把聂琰捧在手上虔诚地焚香，又被陆仁摁了回去。

夜枭枭一脸疑问。

陆仁一只手搭在夜枭枭肩膀上，俯身贴近她的耳朵："别动，我觉得看到这个姿势他可能更生气一点。"

48.

陆助理不愧是本场年度情感大戏的MVP（指最优秀选手）。

聂琰果然很不高兴，一言不发地冷着脸走过来揪住了他衬衫的后领，把人扯远到安全距离后拉起夜枭枭就走。

陆仁在夜枭枭一脸"陆助理厉害"的震惊中笑着整理好自己的衬衫，比出一个"ok"的手势，深藏功与名。

49.

马文才："……"

马文才更委屈了。

说好请客的，要跑路谈恋爱，你也先把饭钱给我付了啊！

你们都把我当工具人吗？？？

50.

聂琰拉着夜枭枭一路走到了无人的街道才终于停下，自己也觉得自己冲动得有点幼稚，叹口气松了手："夜枭枭。"

夜枭枭："嗯？"

聂琰："下次不要干这种事。"

夜枭枭："哦。"

夜枭枭低头看地上他们两个人的影子："你生气啦？"

聂琰不说话。

夜枭枭："你肯定是生气了。"

对于夜枭枭来说，聂琰不说话就等同于纵容，越纵容她胆子就越大，她把手张开："我认错我是大猪蹄子，我从小到大都只喜欢你，别生气嘛，来抱一个。"

聂琰别过头懒得理她。

"说你喜欢我，你又不理我，说你不喜欢我，看我演戏还要生气。"夜枭枭双手抱住自己，泫然欲泣，"不抱就不抱吧，我也太惨了，追这么多年连个抱抱都不能拥有。"

聂琰："……"

聂琰叹了一口气，上前把夜枭枭搂进怀里。

夜晚的风有点冷，但是聂琰特别暖和，夜枭枭抱着他就不想撒手，聂琰让她抱了老半天，无奈地说："好了吗？回家吧，天冷。"

夜枭枭："我能不能再提个要求？"

聂琰低下头："嗯？"

51.

夜枭枭眨眨眼睛，踮脚亲了一下聂琰的脸。

52.

夜枭枭觉得自己已经可以死而无憾了,美滋滋地准备松手："提完了，走吧。"

聂琰："……"

聂琰面不改色："夜枭枭，我一般不太管别人的闲事。"

夜枭枭："嗯？"

聂琰："如果之前那些举动你看不出来我是怎么想的——"

53.

枝叶在风里轻轻作响，灯光下的两个影子交叠在一起，聂琰红着耳根轻轻吻了吻夜枭枭的唇。

聂琰："那这样你知道了吗？"

第七章

1.

夜枭枭完全忘记那天她是怎么回到家的了。

全程失忆。

第二天夜枭枭去上班的时候看见何杏，捧着她的手久久无言，半天就憋出来一句话："杏杏。"

何杏："嗯？？"

夜枭枭："爷发达了。"

何杏："啊？？？？"

夜枭枭："爷泡到了十里八村最高冷的那个男人。"

何杏："陆助理厉害！但我觉得好像还有点不够。"

夜枭枭："怎么个不够？"

"你见过哪个霸道总裁跟你们似的？"何杏点点她存满了各式小说的宝贝笔记本，"人家都是直接从'带球跑'开始，你们现在才进入成年人的世界，进度已经落后别人一大步了。"

夜枭枭欲言又止，止言又欲："你想象一下我'带球跑'？"

夜枭枭："然后聂琰在街上偶遇和他长得一模一样而且绝顶聪明的三胞胎？三胞胎当场认爸然后聂琰追妻火葬场？"

夜枭枭摸摸下巴："咦好像还蛮刺激的哦？"

何杏："……"

你老实说吧夜总。

你上班的时候是不是在偷偷看我笔记本里的小说？

2.

夜枭枭亢奋了一早上，跟何杏炫耀完跟陆仁炫耀，甚至连被迫付账掏空钱包的马文才都被她揪过来倾听她如同万里长征一般的恋爱史。

马文才听完眼中含泪："姐，那你能帮姐夫把饭钱付了吗？"

夜枭枭："嗯？"

马文才："我妈说，像我这样的指不定哪天就被人把钱骗完了，卡都给我冻结了。我就这点工资，或者你就当给我发个新年红包……"

夜枭枭顿时精神振奋："红包？你提醒我了，我还有广大网友可以秀。"

马文才："姐……你听得见我说话吗？"

夜枭枭："我还有广告屏可以包。"

马文才："姐？？？"

夜枭枭快乐地起身离开："我现在就去买上几百个营销号，让全网倾听我和我男人的绝美爱情！"

马文才："……"

在患难中艰难成长的马文才小同学抹了一把自己的辛酸泪。

3.

夜枭枭说到做到，迅速编辑好文案并点击发送，同时上百营销号疯狂转发，场面极度宏大，她特别像个被美人冲昏了头脑一掷千金的昏君。

@夜枭枭：追到了，过来收红包。

全网震惊。

其中属CP粉最震惊，震惊且嚣张，恨不得冲出来摇旗呐喊："'嗨'起来！！！都给我嗑！！！正主发糖还发钱！你在哪里能找到这样的快乐？！！"

吃瓜网友震惊了："富婆追人这么容易的吗？？？"

"真的有红包？！我好了！！能不能聂琰做大我做小？！"

@夜枭枭：我觉得不行。

@聂琰：不行。

4.

夜枭枭震惊了。

夜枭枭拿起手机就蹦去聂琰门口，把工作时间偷摸玩手机的聂少当场抓包。聂琰抬头看看她，装得跟个没事儿人一样，在夜枭枭的视线里坦然地放下手机，继续在本子上写他剧本的人物小传。

大概昨晚已经是聂琰最主动的一次了，等时间一过他就自动更新，第二天再见又是全新的《平静版2.0》，但是这完全不影响夜枭枭自我放飞："手机看得开心吗老板娘？"

聂琰下笔平稳："还行。"

夜枭枭："那什么时候和我商业联姻呢？我觉得如果要包广告屏的话，好像还是放结婚照好看一点。我们的房子买在哪个地段好？养宠物的话养猫还是养狗呢？咦对了，你喜欢儿子还是女儿？"

聂琰："……"

夜枭枭："或者，聪明绝顶会当街管你叫爸的三胞胎你喜欢吗？"

聂琰："还有这个选项？"

5.

夜枭枭其实觉得这事儿好像急不得。

毕竟还有很多的事要处理，比如李云生总算是在剧要播放的前两天接受完教育给放出来了，据说放出来的当天他和已经被开除的路桐抱头痛哭，立誓这辈子好好做人，绝对不再招惹任何一个霸道总裁。

这回李云生意志很坚定，说不招惹就不招惹，连钟岐找上来谈合作都闭门不见。

钟影帝顺风顺水的人生连遇何杳和李云生两个小坎，"中二病"现场发作，打个电话就把李云生被拘留的黑料甩上网络，一边还要悲伤地发微信小号的朋友圈：这个世界终是负了我。

6.

这个故事告诉我们，男频网文男主角强大且帅，但是他的身份决定他有百分之九十的可能性是个好人，就算他当反派，也必然要给自己找一个充足且正义的理由，当一个人人称颂的好反派。

找不到也没关系，他还可以得"中二病"，毕竟"中二病"做事不需要理由。

——就是在一定程度上影响智商。

7.

等等。

夜枭枭："你连钟岐小号都有？？"

何杏："你不懂，我们走套路的从不放弃任何一条支线，我怕用得着，还是特地起了他的情侣名装作女粉丝加他的呢。"

夜枭枭探头看了一眼钟岐的小号名称：钟岐无畏走歧路。

有够让人牙酸的了。

夜枭枭："那你叫啥？"

何杏："我叫'杏杏不是杏鲍菇'。"

夜枭枭："……"

什么玩意？？？

8.

夜枭枭："有趣。"

夜枭枭："成功地吸引了我的注意。"

当晚钟岐的小号连续收到了多条好友申请，分别是"陆仁是路人""文才有文采"和"我就不伪装了我是夜枭枭我来看你的非主流语录"。

钟岐一脸茫然。

钟岐点击拒绝。

钟岐收到好友申请：你这样我就要开始伪装了。

钟岐再次点击拒绝。

"夜宵宵"请求添加您为好友。

钟岐："……"

你这伪装也太敷衍了吧！！！

9.

这一天。

相比起来居然一身正气的钟影帝终于感受到了——

被盛名公司几个神经病来回调戏的恐惧。

10.

待播剧出了个有实锤的劣迹艺人，钟岐又带着高世疯狂搞事，剧自然是糊得一塌糊涂，只有聂琰靠着和夜枭枭的关系冒出点水花，算是彻底坐实了"夜家小白脸"的名号。不过聂琰不是很在意的样子，连看都懒得看，这让夜枭枭几乎确信聂琰当初说的是真话了，聂少就是日常生活太单调了，出来在角色里体验生活的。

那么问题来了。

同样是有钱人——

为什么我夜枭枭不能体验生活？

11.

何杏："你不可以，你走了公司谁管？"

夜枭枭："我们公司就没有投资什么生活类综艺吗？我流量这么大，带上聂琰去转一圈也行啊！"

陆仁在办公室外面探头："体验生活有利于情感交流。"

何杏："……"

何杏一脸木然地抽出文件："有，比如《帅哥去哪儿》《向往的撒钱生活》之类的，你要吗？"

夜枭枭脸都听皱了："这充满了奢靡风格还有一种莫名其妙的山寨气息的节目都是哪个二百五投的？"

何杏："您伟大的母亲。"

夜枭枭："……"

夜枭枭："对不起。"

12.

夜枭枭对苏玛丽女士简直无话可说。

夜枭枭："要不你再顺带问一问我伟大的母亲，如果我要去综艺她打不打算再投一个？"

何杏迅速抬起手机："好的。"

五分钟后何杏扶一扶眼镜："董事长夫人说她愿意为你投一个《维少利亚的秘密》，请100个帅小伙加上聂琰一共101个走秀给你看。"

夜枭枭："……"

该死。

她竟然真的想看。

13.

夜枭枭挑挑拣拣到最后也没挑出来，瘫倒在她舒服的老板椅上想出了新方案。

钟岐最近搞这么多有的没的小动作，她也不能坐着不动，得去看看钟岐最近有没有要参加的综艺，誓要阴魂不散地把这个"中二病"患者硌硬到底。

结果还真有，是个直播大型竞技类综艺，名字就叫《逃生游戏》。这名字有着和节目本身一脉相承的狂野，一边荒野求生，一边还要淘汰他人取得胜利。

夜枭枭倍感惊吓："怎么会有人想看明星荒野求生？？"

何杏："小问题，如果你去的话，他们还能看见'霸总'荒野求生呢，百年难得一遇。"

何杏："而且你带上聂琰的话就是两个'霸总'野外生存，还挺刺激，我也想看。"

夜枭枭："……"

14.

夜枭枭是一个传统的总裁。

传统的总裁每天都是从舒适的大床上醒来，饭有阿姨做，事有管家管，生活很单调，除了撒钱和加班，唯一的生活乐趣就是看聂琰、追聂琰以及和聂琰谈恋爱。不要说荒野求生了，单单是"荒野"两个字她就没接触过，她就是一株合格且标准的温室花朵。

夜枭枭立即提出反对意见："我觉得不行，之前说的每一个都比这个靠谱。"

陆仁又很及时地从办公室外头探出脑袋："夜总，危险和不熟悉的环境能促进感情的提升。"

夜枭枭："嗯？"

陆仁竖起一根大拇指："患难见真情，出来就结婚。"

夜枭枭："……"

夜枭枭把她温室花朵的求生欲望瞬间抛之脑后："去，去爆！"

15.

然后夜枭枭就擅自把聂琰安排了。

她不仅把自家"老板娘"安排了，连秘书也不放过，直接用投资往里砸，硬生生用资本的力量把一个只邀请明星的节目变成了明星和素人共同参加的节目，还美化其曰：这样可以在增加参与人数的同时省去一大笔邀请费，添加无数的可能性，为节目带来新生力量，为综艺开辟新兴道路，今日的改变，就是明日的希望之光。

节目组："……"

信你个鬼。

你就是拖家带口过来自费旅游的。

16.

节目开始录制的当天，聂琰被分在明星组，夜枭枭作为特约嘉宾，何杏混入素人队伍，三个人在录制场地集合，都被夜枭枭安排得明明白白。

但是录制现场还有个没被安排也依然出现在这里的意外。

夜枭枭挑起眉，瞅着站在素人队伍最后边的马文才："我亲爱的弟弟，你怎么在这儿？"

马文才欲哭无泪："你们把我钱吃没了，我出来赚点外快。"

夜枭枭："我不是让你看着点公司和陆仁吗？"

马文才："你还说呢，你爸听说你和你妈暗地里策划了很多伤风败俗的节目，气得不行，说要过来亲自检视整顿，然后我们这批跟着你的'小叛徒'就被暂时休假了。"

夜枭枭："……"

不是。

哪儿伤风败俗了？

不就是看看小帅哥吗？

富婆的事，能叫俗吗？这叫体验生活！

17.

"体验生活"这个理由真是该死的好用。

18.

随着压轴嘉宾钟岐入场，节目正式开始录制，录制场地在一座面积不大的小岛上，参与人数一共 20 人，时间为两天一夜，每人都会发放一定数量的生活用品，此外还可以在自己携带的物品中选择一样带走。录制期间每个人都可以在岛上找到特殊的任务点，做完任务可以随机抽取 R（稀有）、SR（超级稀有）、SSR（更高级的超级稀有）三个不同等级的卡片，获取物品或技能，从而淘汰其他玩家。时间结束前，唯一的生存者胜利，被淘汰者则要集中接受惩罚。

节目组给的背包里装有三瓶水、压缩饼干、打火机和一顶小型单人帐篷，夜枭枭看看自己的包，陷入了沉思。

她的包是苏玛丽女士亲自给她准备的，听闻她要参加荒野求生节目，苏玛丽女士兴致勃勃。但是她仔细看看，包里居然连一个具有实际用途的东西都没有，里面整整齐齐放着《荒岛求救法》《野菜烹饪 36 计》和《如何追到冰山美男》，此外还有一张黑卡，黑卡上面贴心地写了小字条：没有什么问题是买通节目组解决不了的，放心搞对象去吧，妈妈爱你。

夜枭枭："……"

夜枭枭果断选择了《如何追到冰山美男》。

正巧聂琰走过来帮她拎包，对着她包里的书展示出了浓厚的兴趣："你录节目的时候还有兴致研究这个？"

夜枭枭正经而严肃："知识的海洋是无穷的。"

聂琰："《维少利亚的秘密》也是无穷的？"

嗯？

你怎么也知道啊？？？

19.

参与者算上夜枭枭和聂琰，一共是十个明星，剩下的是十个素人。按理来说正好可以组成两支队伍相互对抗，最好是明星队把素人队淘汰后再内部斗争，这样可以保证明星的镜头分量。其中钟岐和夜枭枭的热度最高，所以这两个人留的时间越长，节目收视率也就越高。

这是节目组的剧本。

钟岐在镜头前一向非常懂得如何展示魅力，何况这个剧本对他很有利，这会儿他面对镜头亲切地对着观众说话："我还是第一次参加这种综艺，希望我可以活到最后，先找认识的人组队吧！咦看到了吗？那边是夜总！"

20.

夜总没空。

夜总正在精神上跪搓衣板，拽着聂琰的衣服卑微认错："我错了，真的，我一点也不想看别的小伙子，'你是电你是光你是唯一的神话，我只爱你，you're my superstar（你是我的超级明星）'。"

聂琰忍着笑："嗯。"

钟岐直播间的观众们："……"

这不是个正经的竞技综艺吗？

你们这么喜欢秀恩爱，给我去上恋爱综艺啊！

21.

何杏注视着完全已经把她抛之脑后的夜枭枭："所以我来这里的意义是什么？"

马文才把带不了的零食一股脑塞进嘴里："杏姐，你不知道恩爱这种东西，秀给别人看才更有快感吗？"

　　马文才："最好这个人还是个万年'单身汪'。"

　　何杏："……"

第八章

1.

古来争斗，两方对阵，各有战术。

钟岐在节目刚开始就得到了节目组内部的剧本安排，知道他和夜枭枭是节目组必然要保到最后的看点，于是装模作样地找到夜枭枭提出了组队邀请。这样的方式可谓强强联合，而且他们组队彼此都能掌握对方的行动，为最后的内部斗争提供有利情报，这群人都不是傻子，这么两全其美的计划当然会——

夜枭枭："对不起，我拒绝。"

钟岐大为震惊。

2.

我看你不顺眼。

——哦，这个不能说。

我只有一个目标，就是把你干掉，你跟着我，我不好实施。

——哦这个也不能说。

夜枭枭环视一周终于为自己找到了正当的理由："你看我们队现在的配置，看到了吗？两男两女，分配均匀，为了你的身心健康，我不建议你进来当电灯泡。"

钟岐："……"

夜枭枭饱含感情地叹气："当我们成双成对，你只能呆坐一边；当我们相拥而眠，你只能独自干瞪眼。听我的，我是为了你好。"

被迫成双成对的何杏和马文才在钟岐的注视下假笑着抱了抱。

钟岐："……"

3.

观众们："是不是看不起单身汪！"

"钟岐女友粉来了！！不允许夜总这么欺负我们哥哥！！"

"这也太惨了吧哈哈哈，哈哈哈哈！"

4.

钟岐：我错了——

我就不应该在这群神经病面前想什么战术。

5.

组队邀请宣告失败，钟岐和另外几个相识的明星组队离开，夜枭枭也带着她的亲友团踏上了野外求生的道路。说野外其实也没有那么野外，毕竟节目组连粮食都准备好了，只需要找个过夜的地方就可以。他们几个运气好，找到一处靠河的平地，地势平坦风景优美，非常适合安营扎寨。

日常生活中非常宅的何杏这会儿体力不支首先倒下："这节目为什么不给带手机？我今天的步数肯定是我本年度最多的一次。"

马文才挪到何杏身边，看看她的脸色，从兜里抓了一把糖出来："杏姐，来点糖？"

何杏拿一颗放嘴里："你带的那一个物品就是这个？"

马文才鼓着腮帮子吃糖："不是啊，是一瓶花露水。"

何杏："嗯？"

节目组导演：嗯？

等等，刚刚不是检查过了吗？你塞在哪儿带进来的？？

6.

何杏还没有来得及表达她的疑惑，就听见夜枭枭站在河边问："这河里鱼能吃不？"

聂琰："能吧，但下去捉可能有点难度。"

接着马文才就从裤腿里抽出一根用登山绳绑在腿上的折叠鱼竿："我有这个。"

夜枭枭和聂琰："嗯？？"

节目组导演："嗯？？"

马文才又从外衣内兜里捞出一盒鱼饵："这个也有。"

夜枭枭："你到底还有多少东西？"

马文才看了看摄影人员不敢吱声。

夜枭枭："没事儿，你尽管拿，我是他们的半个老板，保证不没收你的。"

马文才顿时露出如释重负的笑容："好的。"

然后他从帽兜里拿出一罐午餐肉，从袖口里滑出一把小刀，从捆紧的裤腰处拿出两小袋盐和孜然，从另一条裤腿里拎出一根电击棒，还在鞋垫下抽出两包湿纸巾。

夜枭枭："……"

夜枭枭："怪不得我觉得你变高了。"

马文才腼腆一笑，打开单人帐篷的袋子，抖出无数塞在缝隙里的小零食。

节目组导演："你们没搜他的身吗？？？？"

工作人员："已经搜过一轮了！他之前还在衣服里塞了个哈密瓜说是油肚呢！"

节目组："……"

节目组：算你牛。

7.

四个人的中午饭暂定为零食配罐头。

好吃。

特别是午餐肉，用打火机烧个火堆热一热，路过的其他队都馋哭了。

等等，马文才你的智商加成不要加在这种奇奇怪怪的地方啊！！！

8.

吃过饭大家都决定休息一会儿再分队出发寻找任务点，聂琰替大家搭好帐篷，然后搬了块石头坐在河边老神在在地钓鱼，夜枭枭把东西都收拾好，也搬了块石头拿出她的书坐在聂琰旁边。两个人坐在一块，浑身上下都散发出岁月静好、安享晚年的老年夫妇气质。

马文才远远地看见了书名："还有人写这种书？？？"

何杏："不才正是在下。"

马文才："啊？"

何杏："这是在下早年间的拙作，之前送给董事长夫人让她闲暇时光阅读，没想到最后落到了夜总的手上，说起来我当初写这本书就是因为夜枭枭去校门口拦人还被拒绝了呢。"

何杏遥望着远方的天空："缘，妙不可言。"

马文才："……"

9.

夜枭枭翻开了书——

《如何追到冰山美男》，教你如何轻轻松松获取高岭之花的爱，作者：杏杏不是杏鲍菇。

夜枭枭："嗯？"

夜枭枭合上了书。

10.

聂琰余光瞥见夜枭枭的动作："怎么了？"

夜枭枭："没有，就是反思一下自己为什么交友不慎。"

反思归反思，大老远背本书过来还不看总觉得亏了，夜枭枭翻开第一章，看见开篇的几个大字：如何引起他的注意？

"要引起一个高岭之花的注意并不容易，在此举一个反例，千万不要仗着自己是校园大姐大就随意地堵截冰山系学长，不然你不仅会给学长留下行为不端的印象，还有可能被学长举报。"

夜枭枭：嗯？你内涵我？

11.

夜枭枭把书往腿上一扣，询问当事人："老板娘。"

聂琰看着浮标微微低头："嗯？"

夜枭枭："上学的时候你为什么举报我？"

可能举报别人这事儿对于聂少来说属于家常便饭，他居然还回忆了一下："唔，品行不端？"

夜枭枭："我难道没有让你觉得我好特别好不一样吗？"

聂琰："有，你当时把我拦住的时候问我未来结婚是养猫还是狗，一般人跟我告白不会想这么长远。"

夜枭枭死皮赖脸："你应该被我的深谋远虑震撼到。"

聂琰点头："是挺震撼的，早恋早得理所应当,应该被叫去思想教育。"

夜枭枭："……"

夜枭枭觉得很不可思议："那你究竟是什么时候喜欢我的？"

话音未落，浮标往下狠狠一沉，聂琰直起身子收竿，一条胖鲤鱼咬着钩剧烈地挣扎。

夜枭枭撸起袖子，帮着他把鱼放进河边浅滩用石头围起来的水坑里，被鱼扑腾了一脸水花。

她觉得以聂琰的性格，这个话题大概没法再继续了："无情的男人，你看看我和这鱼有什么区别！我还是愿者上钩呢。"

聂琰帮她擦脸："不一样。"

聂琰："你非得这么形容的话，我觉得我才是上钩的那个。"

被太阳晒得懒懒的声音轻轻地钻进夜枭枭的耳朵，和着周围的风声、鸟声鸣奏成一首欢快的圆舞曲，夜枭枭差点没当场跳一个爱的华尔兹。

12.

观众："今天也嗑到了！谢谢谢谢！！"

"别的组都在做任务，只有你们组在度假，还是边谈恋爱边度假。"

"聂琰是什么绝世好男友我酸了。"

"哈哈哈哈哈你们快去钟岐直播间看看哈哈哈哈哈哈！"

13.

钟岐默默放下了手中的卡片。

他刚做完一个任务，背着同行的男艺人做了整整三十个深蹲，然后抽到了一张珍稀度为 SR 的技能卡，作用是可以窃听任意参加者的谈话十分钟。

在队员的协同一致下，他们选择了立刻使用，窃听夜枭枭组的进度。

然后他们听完了小两口秀恩爱的全过程。

全组沉默。

不想说话。

只觉得委屈。

14.

夜枭枭一行人完全不知道钟岐组的惨状，开开心心地钓鱼，休息了好一会儿才出发去找任务点。

本来计划是分队去的，因为他们的帐篷和鱼得有人看着，结果四个人一合计，小组里头出去还能自己找得着方向回来的只有聂琰一个，剩下的三个互相都觉得对方非常不靠谱，最终四人决定抱团走，让马文才抱着摄影机自己拍自己，留下他的跟拍摄影师在营地看守。

突然失业的摄影师一脸茫然。

节目组："您这个犯规……"

夜枭枭微微眯起眼睛："规则有这条吗？"

节目组："……"

节目组摆手："没有！"

节目组："怎么会呢？！"

节目组："您慢走？！"

15.

夜总就嚣张地带着她的亲友团走了。

临走避免摄影师太无聊她还贴心地给他递上了鱼竿。

反正最后钓上来的鱼还是他们吃。

这就是万恶的"霸总"吧。

16.

临走时大家就方向又产生了分歧，马文才摸出个骰子："双数左，单数右，扔吧。"

夜枭枭满脸疑惑："你带这玩意干什么？"

马文才无辜地举起双手："这不是我的。"

夜枭枭质疑："野外生存会带这种东西的，除了你我真的想不到还有哪个脑——"

聂琰："是我的。"

聂琰慢条斯理地把骰子接过来："刚刚借他拿着玩，就放在他那里了。"

夜枭枭面不改色："——哪个脑子这么好用的小机灵鬼儿。"

马文才："嗯？"

何杏在后边探出头："聂少你带这个干吗？用来崩人设的吗？"

聂琰把骰子捏在手里晃了晃："轻，好背。"

夜枭枭："……"

夜枭枭遥望远方，默不作声地删除了内心想装走不动让聂琰背她一程的计划。

17.

走了大半个小时，他们还真瞎猫碰上死耗子般地找到了任务点，而且就情况来看，该任务点设在岛上一座废弃的房屋外，任务有分简单和地狱两种，这个任务点是个特殊任务点。

发布任务的漂亮姐姐笑得就像服装店的金牌导购："欢迎欢迎，需要点什么？"

何杏："这个任务……"

漂亮姐姐："本任务点现在做地狱级任务的话，可以享受原本四连抽现在六连抽的优惠哦！错过这次机会，下一次就没有这样的大型优惠活动啦！"

何杏和夜枭枭一脸茫然。

漂亮姐姐："看你们的成员组成，真的很适合我们的地狱任务！而且我们这个任务现在是限量的，整个节目组也只有三个哦，还等什么呢？"

俗话说得好，只要有会说的导购，就没有卖不掉的货物。

何杏秒速切入穷人逛街防备模式："不用不用，我就随便看看。"

夜枭枭被何杏说得一愣，也下意识切入霸道总裁逛街全包模式："别听她的，刚刚说的都来一套，替我包起来。"

全组成员："嗯？"

小姐姐微笑着打开身后的大门："好的，请开始。"

18.

四个人看着漆黑一片的废弃旧宅："……"

胆子最小的马文才指着祸从口出的他姐："不好意思，她是VIP客户，现在能退货吗？"

小姐姐递上手电筒，笑得非常温柔："不可以哦，任务是在宅子中找到唯一的一只小猪玩偶，限时90分钟，请加油哦！"

四人："……"

这座宅子一共三层，欧式风格，每扇窗户都被节目组封得严严实实的，只有墙壁有些缝隙，偶尔漏光，非常漏风。

简直可以说阴风阵阵。

几人踏进屋子，随着手电筒微弱的光线，看到整间屋子放满了各式各样的娃娃，新的旧的，完整的残缺的，有倒挂在吊灯上的，有趴在地上的，摆放的位置和姿势各不相同，唯一的共同点是她们的眼珠都静静地注视着门口的方向，阴森又诡异。

小姐姐在身后啪嗒关上了房门。

被无数个玩具娃娃围观的场面太有冲击力，四个人都愣了一下，然后夜枭枭格外柔弱地抱住了聂琰开始"嘤嘤嘤"，何杏扯住了后面的跟拍大哥，只有马文才没人相依相偎，抱着自己的摄影机瑟瑟发抖，看着面前木柜上的八音盒试图转移注意力。

短暂的寂静过后，八音盒自己叮叮当当地响了起来，缺了一只胳膊的芭蕾舞舞者在八音盒顶缓缓旋转。也不知道这八音盒设了什么机关，不论她怎么转，那张狰狞的脸始终面对着马文才，在光线的变化下仿佛拥有生动的表情，反包马文才当场就吓跪了。

他一把拖住夜枭枭的腿鬼哭狼嚎："姐！！她瞅我！！！"

夜枭枭正抱着聂琰"嘤嘤嘤"，被马文才拽得一激灵："你瞅回去啊！拽我干啥，我也害怕！"

马文才一把鼻涕一把泪："你别装了，你明明以前去鬼屋能面不改色地把道具的头拧下来！你还能研究如何走工作人员的密道吓工作人员呢！"

聂琰："扑哧。"

夜枭枭："……"

夜枭枭咬牙切齿："我现在比较想把你的头拧下来。"

19.

被亲表弟无情拆穿的夜枭枭只好被迫肩负起寻找道具的任务，途中马文才就像满月夜晚的孤狼，踩到娃娃胳膊了"嗷"一声，有东西掉落在地"嗷"一声，连不留神看见摄影机里的自己也要"嗷"一声。何杏走在他旁边，本来就怕，被马文才的一惊一乍吓得更怕了，忍不住上前一把捂住这倒霉孩子的嘴巴："别叫了马文才，算我求你！"

"唔唔唔。"马文才委屈巴巴地抹自己的眼泪，转头看见个放在墙角的落地镜，眼睛又瞪大了，"唔唔唔唔唔唔！！！"

何杏死死地捂住他呼之欲出的惨叫，闭上眼睛："看不见……我看不见……我近视……我看不见。"

马文才死命挣扎："镜子里……是不是有个人？！"

何杏要哭了："看不见……我近视……我看不见。"

最后她还是没忍住抬头看了一眼，只见镜子里映出无数支离破碎的娃娃，那里有一扇被封紧的窗户，长长的米色窗帘垂落在地，一个看不清楚的人形黑影站在窗帘前，似乎正透过镜子在看着他们俩。

两个人夺路狂奔。

20.

夜枭枭和聂琰从楼上下来的时候就看到马文才和何杏坐在出口前面

抱头痛哭。

夜枭枭一脸疑惑。

何杏彻底呆滞，哽咽着问："娃娃找到没？"

夜枭枭拿出一个面部扭曲的人形玩偶："没有，但我把这个掰成猪鼻子了，能算吗？"

何杏和马文才哭得更惨了。

21.

最后夜枭枭也没找着，抱着休闲娱乐的心态，拉着聂琰陪何杏和马文才上去确认他们俩看见的到底是什么。结果每个角度看一遍他们也没发现什么人影，倒是发现一只粉红色的小猪安静地坐在窗子底下的阴影里。

夜枭枭觉得有点奇怪："你们真见着人了？"

何杏和马文才齐齐点头。

夜枭枭安慰道："别怕嘛，有可能是节目组设置的投影，为的就是防止我们轻易找着这个玩偶呢。"

有道理。

聂琰也安慰道："也有可能是有人一直跟着我们，神不知鬼不觉地混进来了。"

闭嘴吧聂少！！

听起来更恐怖了啊！！！

22.

消除恐惧的最好办法，就是面对恐惧。

何杏瘫软了半天，在去出口交任务的途中终于把理智找回来了一点："根据我的套路分析法，在这个世界里是不可能出现灵异事件的，进门的时候我回头过，确定跟着我们进来的只有其他三个摄影大哥，那么真相只有一个。"

马文才非常配合地睁大眼睛："是什么？"

何杏表情严肃："是任务。"

马文才："嗯？"

何杏指指大门："已知任务有两个，根据套路来讲，没有这种专门跟进来就只为藏个娃娃的幼稚鬼反派，所以这个应该是和地狱级任务相对的另一个普通任务——通过节目组设置的密道藏匿娃娃且不被我们发现，同时加大我们的任务难度。如果是这样的话，那么我们出门以后遇见其他队伍的可能性为80%，再加上主角光环加成，外面是钟岐队的可能性占一半。"

夜枭枭和聂琰走在前面，打开门刚好看到门口站着支队伍，三男两女，都是明星嘉宾，其中身穿运动服肩宽腿长的钟影帝帅得尤为突出。

夜枭枭和他大眼瞪大眼了一会儿，转身对何杏竖起大拇指："不愧是你，套路王者。"

23.

事实证明恢复理智的何杏猜测得完全正确，看见他们拿着玩偶出来，钟岐组的人脸色都不是很好。

夜枭枭把玩偶交给任务点的小姐姐，极其不要脸地打趣："刚刚进去的是哪一位仁兄？是见我们家杏杏和才才哭得梨花带雨给我们放水吗？"

钟岐组不久前才从令人倍感人间不值得的"窃听风云"里缓过来，转眼间又在夜枭枭这儿遭受任务失败的重创，都这么惨了还要被嘲讽，简直悲从中来。

但观看直播的观众只想说"哈哈哈"。

观众看到钟影帝真的没有放水，他不仅认真地躲避其他人的视线，还全程保持了轻手轻脚、相当完美的做贼姿态，从找到娃娃到拿走藏匿，一切都行云流水。万万没想到还有个一声接一声惨叫的马文才，真真实实地把他脆弱的小心脏给吓着了，他站在那儿愣是没敢动，最后还被马文才和何杏看了个正着，最后被判定为任务失败。

但这种丢脸的事能说吗？

不对。

影帝的事，能叫"丢脸"吗？！应该叫"你所能看到的都是演技"！

24.

钟岐："我们当然是放水了。"

钟岐："真正的王者都喜欢强大的敌人。"

何杳："……"

你又开始了。

干脆改名叫"钟二病"算了。

25.

夜枭枭组完成了任务，顺利获得六连抽。

夜枭枭首先抽卡。

她雄赳赳气昂昂地在节目组预备的卡池里捞了半天，捞出来一张R卡。

【R勺】：使用本卡可以获得一个可爱的陶瓷勺子。

夜枭枭：嗯？

她又捞了半天，出来第二张。

【R失聪】：使用本卡可以使你失聪一分钟。

夜枭枭：嗯？？？

夜枭枭："打扰一下，这个卡的作用是让我失聪？？？"

小姐姐脸上的营业微笑在夜枭枭的运气下都多了几分真诚："是的呢。"

夜枭枭：嗯？？？

你们这节目是坑人的吧！怎么还有这种毫无用处的debuff（指游戏中的负面增益魔法效果）卡片啊？？？

26.

何杳和夜枭枭运气值完全一致，抽中了一张R卡，获得一个好看但看起来没什么用的捕梦网。聂琰则是抽中一张SR卡片【病毒携带者】，可以作用于其他参赛者，使其下一次抽卡时抽中R卡的概率提高至90%。

马文才最后抽，和求神拜佛认祖宗的何杳不一样，小马同学非常随意，走到卡池前用左手一捞，捞出一张SSR卡。

【SSR情话】：最动听的话也是最甜的毒苹果。

右手再一捞，又捞出一张SSR卡。

【SSR梦魇】：你的梦放在他的床头，无尽的深渊将他带走。

小姐姐在旁边拍手："恭喜您获得两张最高级卡片！"

夜枭枭："……"

何杏："……"

连同后边观看他们抽卡的钟岐队："……"

马文才在众人的死亡凝视下一脸理所当然地继续给予暴击："有什么好惊讶的，我玩游戏抽卡一直都是这样的啊，很简单的。"

众人更难受了。

27.

观众："本节目第一个双SSR！！吸欧气！！！"

"马文才是什么吉祥物？！！"

"夜总脸都气白了哈哈哈哈哈！"

28.

回去的路上，夜枭枭对自己记事起到现在的运气进行了全方位的分析，越想越气："我运气居然这么差？我还以为追到老板娘只花了我上半辈子的运气呢，原来是把这辈子的运气全花完了？"

聂琰在前边带路没说话，何杏拿着马文才的两张卡凑过来："你知道人的数值守恒定理吗？"

夜枭枭一脸疑惑。

何杏甩甩卡片："意思就是，每个人的数值是一定的，有些地方高有些低。比如马文才，抽卡的运气这么好，但是脑子不好使，抽了两张卡，连文案都看不懂，还得叫我给他分析。又比如我们，除了抽卡不行，其他样样都很行。"

夜枭枭倍感欣慰："有道理。"

何杏："咦，等等。"

"'你的梦放在他的床头'，这个难道是放捕梦网吗？"何杏瞅瞅自己的卡片，"这么说来我的也说不定有用，刚才的当我没说。"

夜枭枭："……"

夜枭枭挪到聂琰身边落下了悲伤的泪水："老板娘，他们欺负我。"

聂琰安慰地拍拍她的肩膀："你可以用你的卡。"

夜枭枭："嗯？"

聂琰语气里的那点儿笑意都快溢出来了："失聪了就什么都听不见了。"

夜枭枭："……"

你是不是幸灾乐祸呢聂琰？！

29.

四个人一路磕磕绊绊地回到营地，看到这块平地上又多了几顶小帐篷，再加上一直跟在他们后边儿的钟岐组，这里俨然变成了大型露营基地。

马文才抱了一路的摄影机，快累瘫了，往帐篷里一摊就不肯起来了，何杏兴致勃勃地准备实践她的"捕梦网理论"，于是原地就剩下了夜枭枭和聂琰。

摄影大哥都去吃饭了，现在只有一个放置好的摄影机对着他们，夜枭枭站起来，毫无顾忌地把它关闭，靠在聂琰身上长长地叹了一口气："好累，想回去加班。"

聂琰没说话，夜枭枭又自己扭了个更加舒服的姿势："虽然我是觉得陆仁不太对劲才顺着他来的，但是他不会是真心想让我录节目的吧？为什么都现在了一点幺蛾子也没搞？"

聂琰垂下眼睛，把骰子拿出来放进她掌心里："不知道。"

夜枭枭把骰子拿起来仔细看了看："这里面放了什么？摁一下会变成变形金刚吗？"

聂琰："定位追踪器。"

夜枭枭拉长声音："哦——你怕你的小宝贝我丢了吗？"

聂琰："怕有意外。"

夜枭枭："你知不知道……立这种 flag（旗帜）真的会出事的。"

聂琰："防患于未然。"

"那我也防患于未然。"夜枭枭郑重其事地握住聂琰的手，"聂同志，你现在赶快记住我的银行卡和社交账号密码，我出事儿了记得登上去帮我养鸡、浇花、偷能量，搞快点！"

聂琰在夜枭枭头上狠狠敲了一下。

30.

这段观众当然是不知道的。

捧着饭碗来看小甜饼下饭的观众们只能对着一片永久的黑屏发出灵魂的质问——

嗯？我的糖呢？！

第九章

1.

《逃生游戏》综艺节目持续到现在，别人都在认真地进行淘汰赛，唯有夜枭枭等组所在的大型露营基地一片祥和。

观众甚至给他们的直播间划分出了频道。

夜枭枭和聂琰是双视角恋爱频道，双开能够获得双份的柠檬，无死角体验别人家霸道总裁的恋爱，全天适合观看，酸酸甜甜很下饭。

钟岐组是美颜频道，不仅能看帅哥美女齐聚一堂，还能看帅哥美女齐头并进地在夜枭枭组那儿体验花式失败。其中又以钟影帝最为突出，号称"人间美强惨第一人"，强不强的主要靠粉丝吹，但是惨这一点全网都非常认可。

何杏和马文才是素人相声频道，对口相声说得特别带劲，一个脑回路清奇，另一个根本就没有脑回路，离传统相声喜剧频道只差一个快板的距离。当然这两个人分开也能当个人搞笑频道观看，比如马文才正在学习如何处理活鱼，小刀在手结果人跳得比鱼还高，吱哇乱叫吸引了全场的目光；又比如何杏正在鬼鬼祟祟地拿着个捕梦网往人家帐篷里头钻，被帐篷里头伸出的一只手拉了进去，另一只手还顺带把门也拉上，彻底阻挡了摄像机的拍摄，这样的情景还真是……

嗯？？？

2.

何杏刚刚研究了半天马文才的卡片，觉得这个"把你的梦放在他的床头"，最大的可能就是在别人的床头放上她的捕梦网，配合道具淘汰对手。于是秉持着"实践出真知"的严谨态度，她趁着夜色摸进了隔壁组场地的一顶小帐篷。

帐篷里头黑漆漆的，看着不像有人，正是进行实践的最好时机，她想也不想就迅速跨进去了一条腿。

然后她就和坐在黑暗里不知道给谁打电话的钟岐面面相觑。

何杏："……"

被钟岐拉进去的时候，何杏脑子里千回百转的十万个套路汇成两句话——

我知道得太多了。

我要没了。

3.

钟岐整个人藏在黑暗里，只有扔到一边的手机散发出微弱的光亮，这个场景非常有反派杀人灭口的派头，他就着这个派头说出反派的经典台词："你听见什么了？"

何杏举手投降："小的什么都没听见，您说话的声音轻细如蚊，我就是贴着帐篷听也听不见的。"

钟岐："……"

钟岐："你好好说话。"

何杏："那我们能和平讨论吗？"

钟岐："成。"

何杏舒出一口气："我说你说话跟个蚊子似的，我要是听见了我还自己钻进来送死吗？长点脑子吧你。"

钟岐："……"

倒也不用说得这么直接。

4.

钟岐捏着她的手臂，仔仔细细看了她半天："那你进来干什么？"

何杏扶扶眼镜："好问题，晚上太黑，我近视，走错了。"

钟岐："……"

钟岐憋了半天，一句话都没讲出来，反倒是何杏觉得有点儿奇怪。

她和钟岐有多年的交情，这些年下来面见得不算太多，但是线上的交流很多，往常她"怼"一句，钟岐能说回来十句。奇怪的是，线下的钟岐脾气一直挺好，不管有没有镜头在，用语都还挺文明，和网上的那个暴躁老哥简直判若两人。

何杏默默在心里计算各种剧情的可能："能问个问题吗钟岐？"

钟岐："什么？"

何杏："莫非你也是'生活里是个弟弟，网络上就重拳出击'的那类人？"

钟岐："嗯？？？"

5.

何杏看看钟影帝的反应，嘴里莫名其妙地窜出一句："你到底是不是钟岐？"

钟岐目光疑惑。

何杏不动声色地把屁股往后挪了挪："我是说，这么多年来线上那个和我打游戏的钟岐，和每次线下这个和我见面的你，真的是同一个人吗？"

其实这完全是何杏自个儿瞎猜的，可能还夹杂了今天鬼屋任务里头一惊一乍的后遗症，但是说出这句话的瞬间，她清晰地看到钟岐僵住了。

哦嚯，完蛋。

难不成堂堂大影帝也会玩"网骗"这一手？

不至于吧？？

你长成这样，就算你只会玩扫雷我也是可以接受的啊！

6.

钟岐一言不发地松开了手。

何杏等了半天他也不说话，随着后遗症的消失，她的理智再度回到了大脑，猛然惊觉自己刚刚撞破了钟岐偷偷打电话的现场，现在又戳破了钟岐疑似找人多年网络代打的真相。根据一般套路来说，知道得太多容易被杀人灭口，今晚又是阴风阵阵、乌云密布，正是天时地利。

她当即打了个哆嗦，转身去拉帐篷门："那什么……没事儿我就走了啊……"

直到她整个人跨出去了，钟岐才低低地叹了一口气："钟岐从来都不是一个人。"

何杏不解其意。

站着时视线被帐篷阻隔了一些，在这个方向何杏只能看见阴暗光线里钟岐的下半张脸，光看下半张脸，小伙儿长得还挺悲伤，好像有无数的念头藏在阴影里，以至于唯一能透露出来的也意味不明："钟岐只是一个代号，我是这个代号的一个组成部分，那个爱打游戏爱骂人的也是。"

何杏皱眉："什么意思？"

"何杏，我不是最早认识你的那个钟岐，但我是最喜欢你的那个。"钟岐压低声音，说道。

他起身从帐篷里跨了出来，指尖夹着一张卡片向不远处的节目组工作人员晃了晃，脸上的神色难以分辨。

"出去以后多运动一下吧，天天宅在家，我都摸着你手臂上的肉了。"

7.

何杏看见了他手上的那张卡片。

【SSR印记】：我和你有共同的印记，我将目送你去那遥远的彼方。

何杏大感不妙。

她迅速翻看自己的袖子，果然看见刚刚被钟岐拉住的地方被贴上了节目组的贴纸道具。与此同时三个壮汉将她带离现场，她身上的道具和卡片自动归属钟岐，场地里响起了节目组欢快的大喇叭声。

"玩家何杏，淘汰。"

8.

何杏："……"

想吐槽的太多了让我吐完再走啊！

爱我就要淘汰我吗你？！

果然知道得太多是要被灭口的吗？！

夜枭枭你也太没用了吧！你的主角光环都保不住你的得力手下！

9.

沉浸在自家老板娘温柔乡的"没用主角"夜枭枭确实被这一大喇叭惊得毛都乍了。

眨眼间江山就亡了一半。

怎一惨字了得。

10.

夜枭枭反应过来的时候，整个营地都乱了。

何杏的淘汰似乎终于让大家想起这个游戏还有淘汰机制，钟岐淘汰何杏后简直就跟疯了似的迅速行动开始淘汰下一个，被淘汰成员的卡片都会自动归属给他，这完全引起了众人的恐慌。和和美美的露营基地瞬间变成了混乱的大逃杀现场，有卡的拿卡，没卡的抢卡，宣布成员淘汰的大喇叭声此起彼伏。

夜枭枭看到此情此景，简直悲从中来，双手颤抖地依偎在聂琰的怀里："爱妃，朕的天下亡了。"

马文才蹲在旁边烤鱼，配合地指着钟岐号了一嗓子："皇上，那边还有起义造反的呢，何丞相她死得好惨！"

一瞬之间"国破家亡"的"昏君"夜枭枭痛哭出声。

11.

何杏刚才带走了马文才的梦魇卡，现在三个人手上的淘汰卡总共只剩一张情话卡，卡片格外稀缺。队长夜枭枭还沉浸在"亡国之痛"里不能自拔，暂时无法加入刺激的战场，只好蹲在角落看戏。

角落里的夜枭枭抹了一会儿并不存在的泪水，拉过旁边一个工作人员："请问一下，你们这里人淘汰了之后都安置在哪里？"

工作人员看看手表："淘汰的成员都会被暂时安置在出发点，包括他们的跟拍摄影师，晚上节目组会安排人把他们集中接走离岛，直接送到最近的城市，之后就可以自行安排。"

夜枭枭："所以……最后这个岛上的工作人员和嘉宾都会越来越少？"

工作人员被她突然正经的语气吓了一下，小心翼翼地回复："是的，淘汰到最后也不需要这么多工作人员了呀……"

一阵寒风刮过，天上的乌云又多了几朵。

也就是说，如果其他人全部淘汰，这座岛将只剩下钟岐、夜枭枭这组剩下的三个人以及少量的工作人员，他们的通信工具在节目开始时都已上交，如果再不幸加上恶劣的天气，阻断交通，直播停止，那这段时间内他们就会彻底地被困在这座孤岛上，无法求救。

这足够发生很多意外了。

12.

夜枭枭深吸一口气："马文才，把你的卡给我，等会儿被淘汰了快去找何杏，你们一起走。如果明天我没出来，你立刻找你爸和我爸说明情况，不论这里官方传出的是什么消息，都不要信，注意提防高世，明白了吗？"

马文才被陡然严峻的情况吓得只敢点头："姐，你不能淘汰自己吗？"

"这套比赛机制在我身上已经没用了，钟岐不会让我被淘汰的，况且我也很想知道他为什么针对我。"夜枭枭拍拍马文才的圆脑袋，"弟弟，靠谱这一次，拯救我们全家，都听明白了？"

马文才眼睛里已经含了一包泪："听明白了。"

夜枭枭："行。"

她刚要转头再去嘱咐聂琰，马文才猛地蹿上来把眼泪蹭得夜枭枭满身都是："呜呜呜呜呜姐我会想你的！你社交软件上养的鸡、你的森林、你的绿色能量、你的游戏账号我都会帮你好好照顾的呜呜呜呜！！"

夜枭枭一脸问号。

马文才含泪抬头："对了姐，你的银行卡密码是……"

夜枭枭："……"

爷还没死呢！！

你还我对你难得的温情！！！

13.

夜枭枭万分嫌弃地掰开马文才的脑袋，转向她亲亲爱爱的老板娘："聂琰，你……"

聂琰低头检查马文才带的电击棒，眼睛抬都不抬一下："我留着。"

夜枭枭："……"

聂琰："从概率上来说，两个人存活的概率比一个人大。"

夜枭枭："……"

聂琰："别组织措辞了，你那点语文水平劝不动我。"

夜枭枭："……"

夜枭枭远远地对着钟岐摇头："哼，竟然有机会让你一箭双雕。"

顿一顿，她摇着头继续补充："哼，还是神雕侠侣的那个双雕。"

扒拉在夜枭枭腿上的马文才："……"

他姐和他姐夫对于秀恩爱这事儿是不是也太执着了？

这种时候也要秀。

这就是死了都要爱的觉悟吗？

14.

聂琰被夜枭枭逗笑了，伸手："把你的卡给我。"

夜枭枭："啊？"

聂琰："失聪者。"

夜枭枭："……"

夜枭枭一歪脑袋："你知道我想干吗呀？哎呀，你怎么这么懂我！有老板娘若此，美得很、美得很……"

聂琰懒得理她。

15.

安排好一切，现在要做的就是尽快让马文才和何杏出去找支援，加速比赛进程，淘汰大批无辜的参赛者。

夜枭枭手上只有一张卡——【SSR情话】，看文案也知道是听到使用者说的情话就会被淘汰。

关键在于节目组和卡片都没说这不能是个群攻技能。

夜枭枭跟满头问号的节目组借了他们的大喇叭，仪态万方地登上营地旁边的小山坡，底下站着已经使用了【R失聪者】的聂琰。他耳朵里被节目组象征性地塞了两个耳塞，正安静地抬头看着夜枭枭，背后是营地刺眼的灯光、乱跑的人流，还有更远处孤寂而黑暗的群山。

夜枭枭眨眨眼睛，恍然觉得自己好像穿越了时空，像个站在学校操场上要当着全校人的面跟高年级学长告白的"不良学生"。

实话说这事儿她早就想干了。

夜枭枭悄悄地说了一句："聂琰——"然后打开喇叭的开关，把喇叭对准整个营地，憋足了几年来最足的一口气。

"你——怎么——这么——好看——？！！这么好看怎么办？！！"

16.

人群内有短暂的沉默。

连节目组都没反应过来。

说情话可以。

能不能给我解释一下你突然的土味？

17.

林中鸟都给这土味吓停了，万籁俱寂中夜枭枭抽出自己的卡片，喇叭里的声音在此刻格外清晰："在场，除钟岐和聂琰，全员淘汰。"

18.

人群开始骚乱，终于反应过来的节目组立刻维持秩序，一边懊恼自己卡片上的bug（指漏洞），一边还只能勤勤恳恳地安置人员。

谁让这节目现场直播，刚开始第一天就出现这种大场面，现在想反悔也没机会了。

19.

马文才已经把何杏和自己的东西都收进了夜枭枭和聂琰的包里，顺着人群一步三回头地往出发点走，表情悲壮，迎风流泪，颇有生死诀别的气势。夜枭枭远远看了他一眼，本来想在眼神中传递一点鼓励，却硬生生地被他壮士断腕、涕泗横流的样子给吓到憋回去了。

马文才就一直保持着这个表情，直到见到何杏。

何杏一脸疑惑。

何杏把马文才看了一遍："'夜大黑心'用你弃车保帅了？"

马文才哽咽："没、没有。"

何杏："哦……那你哭这么惨干什么？"

马文才于是抽抽噎噎地把事情叙述了一遍，何杏神情凝重地点点头，又把马文才看了一遍。

马文才："杏、杏姐，你怎么老看、看我？"

何杏："……"

何杏："我还没见人哭得这么丑过，上次在鬼屋太害怕了没看清，这回仔细看看，挺稀奇的。"

马文才于是哭得更丑了，嗷嗷地叫。

何杏欣赏了一会儿，从兜里掏出两颗之前马文才给她的糖，剥好了塞进他嘴里，把夜枭枭憋回去的温情给续上了："别担心，祸害遗千年，她那种黑心老板大概能活个几万年，我们会有办法的。"

马文才眼泪汪汪地抬起脑袋："真、真的吗？"

何杏笃定道："真的。"

20.

不知真相的其他被淘汰群众十分迷惑。

不就是被淘汰了吗？

你们在演什么偶像剧？？

第十章

1.

老实说，事情发展到这个地步，观众都一脸茫然。

没见过这样的，开播第一天你就把 90% 的人淘汰完了，那接下来玩什么？

这节目真就改成《跟着夜总野外求生》？

再说也没见钟岐拿出啥技能卡来，他怎么就没被淘汰？

2.

钟岐正琢磨现在这种场面该怎么解释。

夜枭枭估计得没错，整个节目只是个披着综艺幌子的谋杀计划而已，这里很快就会下起长达两天的暴雨，飞机和船只都难以进入，届时其他淘汰者和多余的工作人员已经被转移出小岛，整座岛上就只剩下他们的人。他们可以以暴雨为由停掉直播，切断通信，夜枭枭的手机进来的时候就被收走了，根本无法求救，等两天过去，夜枭枭的死亡就会被伪造成一场意外。

因此，夜枭枭和钟岐这两个核心人物都是处于节目游戏机制之外的，无论怎么样都会留到最后，根本就不会被淘汰。

然而钟岐万万没想到，夜枭枭先来个群攻技能，又号了一嗓子，众目睽睽之下把他的特殊给点出来了。满头问号的观众都涌进他的直播间试图一探究竟，这个时候找节目组要张卡片圆场，根本就是把自己和围观群众的智商一起摁在地上摩擦。

3.

"我知道你们都很奇怪钟岐怎么没被淘汰。"夜枭枭对着镜头义愤填膺，她已经站累了，但是面部表情依然充满了激情和真诚，"我举报他买通节目组，游离在游戏机制之外获得无限重生。唉，妈，你要是在看记得给我带点钱来啊，我也要买通节目组，你整架飞机来，装个几百万撒他……"

观众："嗯？？？"

正在观看夜枭枭直播的苏玛丽："嗯？"

聂琰拍夜枭枭的头："不要说脏话。"

夜枭枭捂头："行行行……算了妈你体力不行叫小姨夫来吧，记得——"

夜枭枭说到一半，直播画面中断了，所有的直播间画面统一切换成一张陌生的脸。他穿着工作人员的制服，对着镜头拘谨地笑了一下："很抱歉，因为即将有暴风雨，结合各方面原因，节目组决定暂停直播，请大家谅解。"

接着画面彻底黑了。

观众们一脸茫然。

刚举着两杯咖啡过来准备和老婆一起看女儿综艺的夜逐爵疑惑地皱起眉。

4.

夜逐爵："怎么回事？"

苏玛丽："说是暴雨……这节目怎么回事？录制之前不看天气预报？"

夜逐爵皱眉打电话："说要下至少两天，不能人工降雨把雨量提前下完吗……喂？《逃生游戏》负责人是谁？一分钟，全部信息给我。"

苏玛丽喝着咖啡探头："谁啊？"

屏幕上的资料都挺陌生，不过名字挺有趣，叫钟奇。

苏玛丽："跟节目那小帅哥名字读音一样啊……这么奇怪的名字也能重名？"

夜逐爵的不爽写在脸上："谁知道有几个钟岐，你老关注这个干什么？"

5.

其实不只苏玛丽关注这个，夜枭枭也想关注这个。

因为她面前就有三个钟岐。

一个她认识的，一个穿着工作人员制服的，还有一个过来跟其他两个嘀嘀咕咕一阵后跑了的，仨全都跟她自我介绍说"你好我叫钟岐"。

老实说，钟岐这个名字已经让夜枭枭够硌硬的了，一个钟岐在那儿起码还能养眼，但是三个长得不一样的钟岐在面前连连看属实有点恶心。

夜枭枭扶着聂琰大喘气："我没有骂人的意思，但是你们的妈是不是只会起这一个名字？"

熟悉的那个长得帅的钟岐看了她一眼："我们没有血缘关系。"

夜枭枭一口气堵在喉咙管里："三个大男人起一样的名字，搞一样的阴谋诡计，听起来更恶心了！！老板娘救命！！！"

6.

恶心归恶心，夜枭枭有点好奇："那你们平时怎么区分啊？"

长得帅的钟岐指指自己又指指那个穿制服的："我叫钟岐,他叫钟其,跑了的那个叫钟奇。"

夜枭枭："……"

夜枭枭："我必须友情提醒您，听人说话是听不出来字的区别的。"

钟岐放弃了："那你叫我钟二吧，我排行第二。"

夜枭枭："……"

好的。

"中二。"

7.

杏杏的套路说得好，反派都是孤独的。

孤独的反派必然有桀骜不驯的名字和独孤求败的气质，如果连钟岐这么听起来就不走正道的名字都能扎堆出现，那说明他不是那个最终的反派，他上面必然还有个更大的 boss。

纵观全局，确实有这么一个人很符合这个反派形象，那就是开局就获得极大好感信任度，以至于他撺掇夜枭枭来这个综艺都没人觉得奇怪的——陆仁助理。

8.

夜枭枭想着就随口诈了一句："啊莫非你们这名字都是陆助理让叫的？"

那个穿着工作人员制服、长得丑的钟其面露震惊之色："你怎么知道？"

还真是啊？！

夜枭枭："啊莫非他才是幕后主使？"

钟其脸色凝重："你是什么时候知道的？"

还真是啊？！

夜枭枭："啊那莫非他现在就在这里？"

钟其懊恼地对着林中某棵大树90度鞠躬："老板对不起！！！属下失职了！！！"

还真……

夜枭枭看着钟岐："你看你有这么个蠢队友，要不考虑一下加入我的阵营？"

9.

陆仁笑着从树后边儿转了出来："夜总见笑了，他一直负责后勤，人有点傻。"

天空中响起一道惊雷，陆仁打开一把黑伞，走来时颇有"天空一声巨响，反派闪亮登场"的气势，他看着夜枭枭和聂琰："真是没想到夜总这么快就发现了我的计划，既然你们发现了还杵在这儿不逃，难道是做好双双殉情的准备了？"

夜枭枭："倒也不是。"

夜枭枭："我本来是想看看你到底为啥想对我下手，现在看来你好像不是很想花篇幅来解释，那我说两句话就走。"

陆仁目露疑惑之色。

夜枭枭瞅瞅"文明小卫士"聂琰："聂琰你能不能把耳朵捂上？"

聂琰有点疑惑，但还是把刚拔下来不久的耳塞塞了回去，捂住了耳朵。

夜枭枭拉起聂琰拔腿就跑："陆仁我出去就拿着我家的祖传大刀杀你全家你这个浑蛋——！！！"

10.

深夜。

苏玛丽猛然从床上翻身坐起。

夜逐爵艰难地睁开眼睛："怎么了？"

苏玛丽："不对，咱女儿是在求救啊！"

夜逐爵："嗯？"

苏玛丽："她说的是小时候我跟她约定的暗号，我们约定好如果她被人拐了或者误入传销组织，就打电话跟我报这个暗号求救。"

夜逐爵："什么暗号？"

苏玛丽："撒币。"

夜逐爵："嗯？？"

苏玛丽："撒……算了我先给她秘书小何打个电话。"

11.

电话那头没人接。

只有仿佛永无止境的拨号声。

12.

何杏看着不远处地上自己的手机屏幕亮了又熄，熄了又亮。

很绝望。

一个小时前她还是那个雄赳赳气昂昂要冲出去搬救兵拯救老板的秘书，不仅脑补好了全面的援救计划，连自己要怎么像天降神兵一样乘着直升机降落在她们家黑心老板面前的场面都已经构想了至少十遍。

结果她转头就被节目组给扣留了，两个壮汉跟拎小鸡仔一样把她和马文才拎起来，找个小黑屋把绳子一绑门一锁，走了一个，屋里还留一个，眼睛眨也不眨地盯着他们俩。

13.

看得出来大哥很有绑绳子的经验，小黑屋里头没柱子也没树给他们绑，他们干脆就把两个人齐齐放倒，手都绑在身后。何杏倒着和马文才的腿绑一块，马文才倒着和何杏的腿绑一块，谁站起来跑路另一个都得倒立，结果就是谁也跑不了。

相比起在内心痛骂节目组整整一个小时的何杏，马文才仿佛是心理素质经历这一整天之后有了质的提升，非常镇定，非常冷静，连眼泪都没挤一滴出来，始终保持着一个端正的躺姿，和看守大哥面对面干瞪眼。

何杏肃然起敬："马文才，你怎么这么镇定，难道你还藏了点啥能救命的？"

马文才眼神空泛："嘘。"

马文才："我想最后再看看这个美丽的世界。"

何杏："……"

不要这么快就放弃你年轻的生命啊！！！

14.

在套路里，遇到这种情况，通常只有几种选择。

要么展现机智与冷静，在危机下保全自己，等待主角前来救援；要么卖惨打破看守大哥那坚硬的心灵外壳，和他成就一段美好姻……不是，是寻求逃生的机会。

还有一种——

那就是果断投敌。

何杏深吸一口气："大哥，实不相瞒，我是自己人。"

看守大哥一脸不信。

何杏真心实意地骂："我早就看夜枭枭不顺眼了，见色忘义钻进钱眼里的黑心老板！你有没有听过江湖上有一首歌，就是专门抨击她的——'首都Ａ城首都Ａ城，城南夜枭枭破产啦，首都Ａ城最富大老板，城南夜枭枭破产啦！浑蛋浑蛋夜大老板，吃喝嫖赌吃喝嫖赌，欠下了一千亿带着她的老板娘跑啦……'"

大哥："停。"

大哥："你到底想说啥？"

何杏："这你都看不出来？我是组织安排在盛名公司的卧底啊。"

大哥："……"

大哥坐在椅子上把腿一跷："真的吗？我不信。"

何杏："……"

钟岐把何杏淘汰的时候说了一堆玄乎又听不懂的东西，何杏这会儿把他说过的"有很多个钟岐"的言论在脑子里过了一圈，以她和钟岐多年的相处默契，她神乎其神地摸准了他的意思："你不信？那你知道我真名叫什么吗？"

大哥："嗯？"

何杏："我叫钟琪。"

大哥："嗯？？"

何杏一脸正经地编瞎话："我是组织的卧底，专门探取地方情报，你要是不信的话，可以问问当嘉宾的那个钟岐啊，他就是负责跟我联络的。"

大哥满脸将信将疑："那你知道我们的接头暗号是什么吗？"

何杏呆愣住。

不是啊大哥，你们又不是间谍，整什么接头暗号啊？

15.

何杏压低声音："不就是那个……"

大哥往前一步："啥？"

何杏超小声："那个……"

大哥弯腰："啥？？"

何杏弓腰给他一头槌："为你的耳聋付出代价吧！"

16.

想象的画面很热血。

现实……现实就是宅女的运动神经真的不好，大哥站在原地岿然不动，何杏一头槌差点给自己捶晕了。

何杏："……"

大哥："……"

大哥："你……"

何杏龇牙咧嘴地又是一弯腰，不过这回抬的是双腿，腿后边绑着的马文才在空中被迫90度下腰，坚硬的脑壳准确无误地撞上看守大哥的太阳穴，大哥被撞得整个人往旁边一翻，两眼一黑，倒了。

17.

何杏：不愧是我。

18.

马文才的头从小被他姐拍到大，非常扛打，但是此时此刻他依然觉得自己脆弱的灵魂在空中托马斯回旋："杏姐，有话好说，你把腿放下！"

何杏："你的求生欲回来了吗？"

这个姿势下，马文才的眼泪只能倒流："回来了回来了我错了呜呜呜呜。"

接着他们又摆回这个在地上背对背头挨着脚的侧躺姿势。

何杏挣扎了半天："这绳子怎么办啊？"

马文才："杏姐，我手弯不了，你帮我摸摸我裤子后面那个兜。"

何杏："小崽子，你不要以为这个时候就可以为所欲为！"

马文才吸了一把鼻涕："不是，我兜里有包好拿线缝在里边的刀片……"

何杏："……"

何杏："你，不觉得硌得慌？"

马文才："……"

这是重点吗？！

19.

外面下起了倾盆大雨，人不多，何杏和马文才收拾好东西，一人扒了一件看守大哥的衣服套在外面，做了毫无用处但是暖和的伪装，趁着雨夜看不清楚，人少树多，溜了。

171 ///

溜了一半两人迷茫了，发现不仅不知道该去哪儿，还不认路。

两个人站在岔路口，马文才瞅瞅这边又瞅瞅那边，傻了："杏姐，你选左边还是右边？"

何杏："听你的，你运气好。"

马文才："那左吧。"

左边是一段杂草丛生的小路，越走越荒凉，路的尽头黑黢黢的，仿佛是幢房子，仔细一看，是他们白天才进去过的那个鬼屋。现在屋外的任务点空无一人，也不知道是不是风声，屋子里偶尔传出一些细微的响动，听起来格外恐怖。

马文才又傻了："杏姐，你选吓死还是被人杀死？"

何杏："你的选择题怎么比我还多？你选。"

马文才一咬牙："那吓死吧！"

20.

两个人哆哆嗦嗦地伸手想开门，还没开门就听见不知哪里传来的一声悠长的叹息："唉——"

两个人立刻又把手哆哆嗦嗦地收回来了。

21.

何杏捂住嘴巴："我是不是听见人的声音了？"

马文才忍住一包泪猛点头："才半天不见，鬼屋长鬼了！"

"长你个头！"

两个人齐齐抬头。

二楼一扇窗子上原本封窗的木板被拆下来一块，窗子半开，伸出夜枭枭一颗被狂风吹得放荡不羁的头，她手里还拿着马文才带来的那根电棒："进来。"

22.

屋里不显眼的地方生了一小堆火，烧的是之前用来当道具的布娃娃。

火堆旁坐着三个人——

整理头发的夜枭枭，闭目小憩的聂琰，还有正襟危坐的钟岐。

何杏："咦？"

何杏把刚放下的防备又提上来了："不是，你怎么在这儿？"

钟岐举起双手："我投敌了。"

23.

大哥这招我刚刚才用过。

何杏原地跷二郎腿："真的吗？我不信。"

钟岐："是真的。"

何杏："那我们公司的口号是什么？"

钟岐："我爱你。"

何杏："……"

何杏揪起马文才对钟岐道："别想了你这个奸细，我刚刚已经隔着一层布摸过这位小兄弟的屁股了，我要对他负责。"

马文才："啊？"

钟岐："嗯？？"

夜枭枭："咦？？？"

24.

夜枭枭对着马文才又开始抹她并不存在的泪水："没想到给敌军当俘虏还要被迫干这种事……惨无人道！惨无人道啊！"

何杏："……"

何杏："不，我……"

夜枭枭抬手："不要再说了，什么时候结婚？"

何杏："……"

何杏：我今天就让自己知道什么叫"祸从口出"。

25.

"负责"这种问题，纠结起来就没完没了了，足够写个一百章的狗血爱情故事，所以祸从口出的何杏当机立断地跳过了应该对谁负责这个问题，掏出手机转移话题："对了枭枭，刚刚你妈给我打电话了，我没接着，现在赶紧回一个说明情况。"

夜枭枭立刻接过手机。

几声拨号声后那头传来了苏玛丽压低的声音："喂——"

夜枭枭："妈！是我！救命！"

"老夜你听见没听见没？咱女儿没事！"苏玛丽万分激动地掐住她们家老夜的大腿，"吓死我了，我差点就去墓地选址了，还好……"

夜枭枭："嗯？？？"

苏玛丽："还好没花这个冤枉钱……"

夜枭枭："……"

能不能给你正处在危险中的女儿一点母亲的关爱？？？

能不能？！！

26.

夜枭枭深呼吸平息愤怒："还没死也快啦！你报警没啊？快点来救人啊！"

苏玛丽："我跟你小姨夫说了，他们正在调查情况，但是现在天气问题影响太大了，你还能撑住吗？不能撑住我给你想想办法……不过万一我没想起来这个暗号你准备怎么办？等死吗？"

夜枭枭："……"

夜枭枭："好问题。"

夜枭枭毫不心虚："我承认我有赌的成分。但是何杏说，我们这种人头上一般都有光环……这不重要！重要的是我们这儿有一个敌方叛徒，一个吉祥物，一个"肌无力"宅女，还有一个我捧在手心的心肝宝贝，我觉得撑不住。"

苏玛丽那边又是一通喊："枭枭说她撑不住了！夜逐爵！快点！叫人去买艘潜艇！"

何杏：嗯？？？

何杏："这奢靡又浮夸的感觉是什么？"

夜枭枭面不改色道："你不懂，这是我们家族的传统。"

27.

那头还在吵吵嚷嚷，之前靠在一边休息的聂琰睁开眼睛，示意夜枭枭把手机给他，他在夜枭枭满脸的疑惑中慢悠悠地开口："阿姨好。"

苏玛丽内心脑补出一万段绑匪诈骗情节："您是哪位？"

聂琰："我是聂琰。"

苏玛丽："哦！小聂！别这么见外嘛，叫阿姨多生分，叫姐姐吧，有话就跟姐姐说！"

夜枭枭："……"

夜枭枭今天也觉得她妈真的好不害臊。

聂琰显然不是很有管疑似自己未来丈母娘的女性叫姐姐的欲望，直入主题："小岛最近的城市有个聂家旗下的公司，救援到了之后可以联系他们。我带了定位追踪器，实时定位和录音都会直接传到那边，比较方便。现在还没有直接证据证明节目组对我们有绑架和恶意伤害行为，但是有录音的话应该会有帮助，到时候可以直接报警，同时试试看举报犯罪嫌疑人旗下的高世公司……"

苏玛丽："……"

苏玛丽："小伙子，你对举报的热情简直超过了我对生活的热爱，你要是成为我们家的家庭成员，咱肯定能共建社区和谐五好家庭。我跟你说，我们家夜枭枭表面上挺厉害，其实人很憨厚可爱的，脑子也不好使，一根筋最好骗——不是——最好娶回家当老婆的啦，要不要考虑一下的啦？"

夜枭枭："嗯？"

聂琰看了夜枭枭一眼："我会好好考虑的，谢谢阿姨。"

28.

最后几个字停在戛然而止的通话声里——

何杏的手机没电了。

其他人："……"

这不是一场求救行动吗？

你们连这也能办成相亲大会？？

29.

夜枭枭咳了一声："我挺聪明的。"

聂琰："嗯，我知道。"

30.

其他人："……"

这边和那边好像有堵墙的样子。

要不然为什么这边是谍战灾难片，那边是乱世爱情片？

何杏看着夜枭枭直摇头，往钟岐那边挪了挪屁股："你究竟是怎么回事儿？"

钟岐就把刚刚的情况都跟她复述了一遍。他是夜枭枭跑的时候自己跟上去的，夜枭枭当时拉着捂住耳朵的聂琰一路狂奔，结果中途累了打算歇会儿的时候回头看见后边紧追不舍的钟岐，差点儿魂都飞了，要不是他用自己的项上人头表示自己的投敌意向有多么诚恳而热烈，还主动请他们搜身，夜枭枭差点就在大雨天拿起电棒跟他拼命，之后他们三个一起东拐西拐，就进了鬼屋。

何杏："那你说有很多个'钟岐'是什么情况？陆仁到底想干吗？现在看来明明我们只有一点商业利益上的冲突，没必要赶尽杀绝吧？"

钟岐喝了一口水："这要从很久以前说起，那时我仍是个单纯的少年……"

夜枭枭从爱情片里抬头："短点。"

钟岐："……"

钟岐："'钟岐'其实只是一个虚拟形象，我们这些人都是组成部分，每个人都有自己专属的领域分工，比如演戏，比如打游戏，比如经营公司，最终目的是创造一个近乎完美而强大的形象出来。"

何杏和夜枭枭齐声道："懂，男频网文男主角。"

钟岐一脸茫然。

31.

何杏："创造出来能怎么样？我完全想不出有什么意义啊！"

钟岐："陆仁很享受这个过程,看着一个不存在的人吸引无数的迷妹、跟班,甚至成为各界的第一巨头,成为传说人物——他享受这种玩弄别人、把全世界当作游戏角色操纵的快感。"

钟岐冷漠地总结："可能是个变态吧。"

马文才："哇哦。"

何杏："我看他就是《模拟人生》玩多了……那你们也心甘情愿地给他当手下?"

钟岐："不都是自愿的,有的是为了钱,有的是被他洗脑了,更重要的是,逃走的人无一例外都消失了。他手底下的不是真的变态就是我们这种几乎无亲无故的,这么多年只作为钟岐的一部分在活,消失了也没人发现。这事发生了几次后大家怕了,也就没人再反抗了。"

马文才："哇哦。"

夜枭枭写满怀疑的目光在他身上上下扫射:"那你呢,你怎么就敢?"

火光照在钟岐的脸上,他眼睛微微下垂:"陆仁安排这个计划其实是我的错。之前高世成立,夜总家大业大,成了他路上的绊脚石,他本来只想像平时一样暗中设计让夜家破产,独占大头。但是那几天我故意联系何杏挑衅,你们都开始关注高世的一举一动,他很生气,以为我是因为喜欢夜总才做了叛徒。我一直作为钟岐的脸存在,是他最重要的组成部分,所有露面的场合都需要有我,所以陆仁为了防止我叛逃才想对夜总赶尽杀绝,从源头上断绝我当叛徒的一切可能……很抱歉。"

马文才："哇……"

何杏："闭嘴。"

马文才就闭嘴了。

何杏瘪瘪嘴点评:"你们这个陆老板谋杀跟玩儿似的哈?还真不把人当人看哪?"

夜枭枭："出去就让他清楚明白这是个法治社会!"

32.

场面一片祥和。

只是夜枭枭骂了两句突然琢磨过来:"等会儿。"

钟岐："嗯？"

夜枭枭磨牙："所以总结下来就是——陆仁搞我是因为想断绝你胳膊肘子向外拐的可能呗？"

钟岐："是。"

夜枭枭继续磨牙："那你胳膊肘往外拐不是因为何杏吗？"

钟岐："一半一半吧，夜氏倒闭何杏也会受到影响，我也想感受一下匡扶正义的感觉……"

夜枭枭挥舞着电棒："所以老娘就给你们俩做了替罪羊？！要不是这破事儿，这个时间我应该在家里一边加班一边撸老板娘才对！奸夫淫妇！天道不公！！我——"

33.

【夜枭枭】由于言语过激被管理员【聂琰】抱出直播间。

第十一章

1.

聂琰这个人，作为新时代的上进青年，有些地方的思维简直古板得出奇。

在如此紧急而严峻的时刻，他还能把夜枭枭单独拉到小房间对她进行深刻的文明礼貌教育。

夜枭枭当然没有用心在听，她在聂琰教育她的期间数完了聂琰的睫毛并真诚发问："聂琰，为什么上学的时候你不喜欢我？要是那个时候你这么跟我讲题，我肯定听得特别认真。"

聂琰低头看她："因为那个时候……"

夜枭枭在何杏的套路里看到过，这个时候肯定就要开始关于青葱年代的美好回忆，在这种相依相偎的危难时刻，说不定回忆着回忆着就能看到聂少那复杂而忧郁的内心，从而打开他紧闭的心门，达到感情的高度升华。

聂琰看着夜枭枭闪闪发光的眼睛，沉默半晌才说："因为那个时候禁止早恋。"

夜枭枭一脸问号。

2.

校规守护者聂大少。

诚不我欺。

3.

聂琰和夜枭枭单独谈话，火堆旁就剩下了其他三个人。累了一天，马文才早就靠着墙睡着了，中间轻轻地呼噜两声，相比起来何杏毫无睡意，但是敌军未到，她也不知道能找什么事干，只好坐在那儿欣赏马文才的睡相。

马文才眼睛小，所幸其他五官和脸就没有大的，因此组合起来非常和谐。他睡着的时候比哭起来好看很多，两种模式唯一的共同点是嘴巴都张得很大。小伙子梦里大概吃得挺香，嘴角还在流口水，伴随着呼吸流出一种独特的节奏感，吸气的时候吸回去一点，呼气的时候又流下来，在滴下去的边缘反复横跳。

何杏看得紧张死了，特别想帮他擦口水。

一片寂静中钟岐突然说话："你就没什么想说的？"

何杏强迫自己把视线从马文才的下巴上移开："说什么？"

钟岐低着头："我只是'脸'，所以跟最早和你打游戏骂街的那个不是我，跟你畅谈宏图伟业的也不是我。"

何杏："嗯，然后呢？"

钟岐："所以我们的共同回忆是假的，情谊是假的，你知道的我也是假的，那么多年，我其实只有在我们见面的时候才能和你说话……你腿怎么了？"

难受到抖腿的何杏指着马文才："我在想他的口水什么时候滴下来。"

钟岐皱着眉头把纸巾糊在马文才的脸上："你这么关注他，难不成你喜欢他吗？！"

4.

被教育完正好听到墙角的夜枭枭忍不住从门后探出了听八卦的小耳朵。

5.

何杏："……"

何杏："是这样的，我的心有很多片，不同的碎片喜欢不同的男人。"

钟岐："嗯？"

何杏："我想我应该不是唯一一个同时为两个男人动心的女人吧？"

钟岐："嗯？？"

何杏："钓得鱼中皇，称得海上王。"

钟岐："……"

6.

"逗你的。"何杏在钟岐一脸"你人设崩了"的表情中淡然推推她的眼镜，眼中透出看破红尘的疲惫，"恋爱脑的傻甜白女孩已经不是当今时代的潮流了，在事业成功之前不要和我谈什么爱情，彪悍的人生不需要爱情。"

夜枭枭吃完"瓜"，非常满足地从小房间晃出来："何秘书，我非常欣赏你这种为了事业牺牲一切的工作态度，如果我们还能活着出去，我一定满足你为公司无私奉献的伟大愿望！"

何杏："……"

这倒不必。

而且你这话听起来好像在立 flag 啊。

7.

无数前人用血的教训告诉过我们，flag 不能随便立——

立了就要出事。

屋外又是一声惊雷，楼下传来了缓慢的敲门声，一下一下，几乎敲打在所有人脆弱的小心脏上。连熟睡的马文才都一个鲤鱼打挺醒了过来，张开嘴就要号，立马被旁边的何杏一把捂住嘴。

夜枭枭打开那扇被撬开的窗子往楼下看，下面站着大概十几个人，陆仁举着把黑伞站在人群最前，所有人都穿着一水的黑风衣，黑压压地挤在门口。

保持能躲一会儿是一会儿的求生本能，大家迅速下楼搬东西堵门，速度之迅速有如屋外的闪电。众人刚堵好门就听见门哐哐响了两声，外边的黑风衣小伙们改敲为撞。几分钟后锁被撞断，外面众人合力一推——

没推动。

大门后堆着一张沙发、几个木柜，木柜上面还放了一个不知从哪个房间拖过来的保险箱。

保险箱和木柜里都堆满了东西。

沙发上还整整齐齐地坐着五个人。

其实不是特别整整齐齐，因为一个沙发坐不下五个人，夜枭枭歪在聂琰的腿上，何杏幸运地得到一个单人座位，钟岐和马文才只能二人叠叠乐。

夜枭枭娇弱地抱住聂琰："这像不像亡国的前一刻，在空荡的皇宫里，朕和爱妃相依相偎等着城门被攻破的模样？"

聂琰："少看电视剧。"

陆仁："……"

何杏看了一眼门又看了一眼自己，表情十分复杂："我胖了？"

陆仁："……"

马文才深吸一口气："我又多活了一秒，两秒……"

垫在他下边的钟岐扫了马文才的后脑勺一眼，也不知道到底跟谁说话："呵，菜。"

陆仁："……"

8.

陆仁很愤怒。

作为一个资深的大神玩家，他本以为这种菜鸡角色的清理副本想解决简直是轻轻松松，他连队伍都组好了，结果根本连副本都进不去？

十几个人都撞不开五个人堵的门？？

你们是真的吃胖了吧？？？

9.

撞不开是不可能的，十几个年轻小伙还是比柜子和五人小组力气大，夜枭枭几人堵了一会儿就散了，各自找了地方躲着，准备将敌方逐个击破。

于是陆仁小弟们打着手电筒进来的时候，场面非常混乱。

马文才虽然胆子小还不会打架，但是身上有运气加成，藏在角落别人几乎百分百发现不了他，他拿着登山绳两头拴住，绊人一绊一个准。他和拿着电棒的何杏待一块儿，他在后面绊，何杏就在前面拿电棒电，到最后已经变成了流水线工作。电倒的两个一组用绳子绑一块儿，她和马文才一起坐那儿盯着，醒一个电一下，保证不会让他们有任何行动的机会。

钟岐熟悉内部情况，而且因为经常要作为演员工作，健身也健得很不错，虽然做不到一拳一个，但是至少把人打得嗷嗷叫不成问题。这个嗷嗷的叫声回荡在宅子里，听起来都特别振奋人心。

陆仁的小弟们目睹了前两个惨痛的经历，聚在一起一琢磨，发现好像还是那个看起来就养尊处优的夜枭和一身书卷气的聂琰最好解决，而且这俩人还是自家老大的主要针对对象，于是小弟们纷纷改变路线去找夜枭枭和聂琰。

10.

夜枭枭也觉得聂琰看起来不是很像会和人动手的类型，她刚连哄带骗地把他塞进后面房间里关好，转头就看见了改变路线找过来的黑风衣小弟们，她当即对天呼出一口气。

几分钟以后，小弟们终于意识到夜枭枭这口气不是面对危险的绝望，纯粹是夜总在"文明小卫士"身边待久了给憋的。因为这个上一秒还在跟聂琰撒娇的女人，下一秒就原地川剧变脸，不仅会国骂十八连，还会非常街头的实战打架技术，虽然力气不及男人，但是技巧十分丰富。

连连惨叫的小弟们表示疑惑——

这不对啊！

你不是个富家子弟吗？

夜枭枭无情嘲笑："这你们就不知道了吧，在爷好好学习从良以前，爷可是那十里八乡的大姐大，有钱还能打，你们以为爷……"

夜枭枭话说一半，聂琰面无表情地打开了没关严实的房门。

夜枭枭："爷……夜夜想起妈妈的话，闪闪的泪光鲁冰花。"

小弟们被这突如其来的转变惊到了。

11.

夜枭枭不露痕迹地把踩在别人头上的脚收了回来："聂琰，你怎么出来啦？"

　　聂琰："……"

　　夜枭枭："我不危险，你真的不用担心我！"

　　聂琰："……"

　　小弟们："……"

　　对——

　　怎么看，都是我们比较危险。

12.

　　很久之后，聂琰在家里制定了文明用语制度，具体内容是说一个违禁词，睡书房一天。

　　而夜枭枭因为这一次的彻底放飞，在书房睡足了 180 天。

第十二章

1.

雨夜，鬼屋。

在二楼狭窄的过道中，三方势力正相对而立。

人数最为众多的是黑风衣黑恶势力，他们凶神恶煞，衣角随风而动，虽然此刻大部分都被打倒在地爬都爬不起来，但是仍有小部分不愿向万恶的"霸总"低头，坚决在战场上发挥打不死的小强精神，与敌军斗争到底。

正在场地中间疯狂输出的是"霸总"夜枭枭，她脸上带着自暴自弃的危险笑容，在聂琰面前对黑恶势力进行了惨无人道、毫无人性的单方面暴打。尽管如此，她嘴上依然贯彻落实了文明用语准则，比如打一拳要说"对不起"，踢要害要说"不好意思"，直接把人踹飞的动作比较粗鲁，但是可以说一句"请允许我送你离开千里之外"这样的文明句式进行中和。

站在场地最后方的是看起来就很弱的和平势力聂琰，他原先被关在房间里，打开房门后就一直靠在夜枭枭身后的房门边上看戏，充分体现出无时无刻不在吃别人软饭的小白脸的个人素养。

——然后在有漏网之鱼冲过去的时候用漂亮至极的擒拿动作完美解决。

……

咦？

2.

夜枭枭目瞪口呆："你？？？"

聂琰轻描淡写地拍拍袖子上的灰："我觉得你对我有一点误解。"

夜枭枭："可是我以前连你打篮球都没见过。"

聂琰："懒得动，其实我每天 24 小时都是用时间表安排好的，要学很多东西，所以除了这个，我还会八国语言、十六种格斗技术、三十二类兴趣特长。"

夜枭枭一脸问号。

这个排比句似曾相识。

所以你的名字其实是"聂·杰克苏·云海傲天良辰·琰"吗？

3.

看着夜枭枭难以言喻的表情，聂琰笑了："骗你的，防身术而已，这个又不难。"

夜枭枭感叹："聂琰。"

聂琰："嗯？"

夜枭枭："你现在真是越来越活泼了。"

聂琰："嗯。"

4.

黑风衣小弟们面面相觑，都从彼此的脸上看到了无比痛苦的神色。

这两人不仅在行动上对他们实施暴行，还要用秀恩爱的言语对他们进行精神层面的伤害，让人从身体和思想上都感受到难以磨灭的挫败感。

心累。

不想当反派了。

偏偏夜总还启动威逼利诱模式："你们给陆仁当手下有什么意思？他有我钱多吗？有我实诚吗？啊？在我这里除了 996 带来的猝死危险以外，你们生活自由，连起名字都自由，想叫张三、李四、王二麻子都没问题，跟着他有什么好？给你们三分钟，现在投靠我的优先考虑带薪休假、工作减半还有年终奖，同事都很和善的哦！"

小弟们："……"

和善个头啊！

刚刚就有两个在下面用电棒电人的啊！！

而且听起来去你那里也只是从"社畜"变成"社畜"而已！

根本没有区别好吗？！

5.

尽管如此，小弟中还是有一两个人心里出现了背叛的萌芽，但很快楼下传来一声巨大的响动，把他们背叛的萌芽直接给摁死在了摇篮里。

那是一声枪响。

夜枭枭真没想到还有人非法持有枪支，她和聂琰下楼一看，见马文才、陆仁、钟岐三个人正叠成一个完美的夹心饼干，最前面是泪流成河的马文才，中间是拿枪抵着马文才太阳穴的陆仁，最后面是拿小刀横在陆仁脖子上的钟岐。

他们几个人面前坐着何杏，她举着电棒没敢动，从神情来看，她正努力镇定，疯狂思索现在这个场面的解题思路，身边还有一个黑黢黢的弹孔。

6.

场面一度很刺激。

7.

陆仁看了一眼从楼上下来的夜枭枭，语气甚至很愉悦地跟她打了个招呼："嗨，夜总。"

夜枭枭："嗨什么嗨，我一点也不嗨，你把我弟弟放开。"

陆仁拍拍马文才那张被眼泪冲刷到夜间反光的脸："那可不行，我还想和你好好谈谈呢。"

这态度之随和仿佛没有刀架在他脖子上一样，钟岐把刀勒紧了一些，刀锋在他脖子上割出道道红色的血线："别动，老实待着。"

钟岐的话很显然对陆仁没什么威胁性，他左手伸进自己风衣的兜里，右手将马文才的脑袋整个往旁边顶了一顶："你不会觉得你用水果刀会比枪快吧？用刀捅如果角度不对，我进医院还能抢救一下。"

"再说了。"黑暗中，陆仁的左手从兜里又掏出一支枪来，静静地反手抵在钟岐肚子上，"我真的很不喜欢让自己进入被动场面，劝你也老实待一会儿，二号。"

8.

何杏说过，反派通常死于话多。

但很明显，眼前这位，不仅话多，还很有行动力，喜欢手和嘴巴同步动作。

夜枭枭真怕他一言不合就开枪，当即举起双手示意："你要谈什么跟我说，别动手。"

陆仁笑了一下："希望你一直都是这么配合的态度，夜总。弄个假人出来过家家的游戏我已经玩腻了，你家大业大，手握经济命脉，不如我们合作一下，把这个世界都变成我们的游戏可操纵界面，那肯定比现在还好玩。"

夜枭枭："……"

9.

说句实在话，夜枭枭没听懂。

此时此刻，远处何杏的眼睛动了起来，夜枭枭凭借和她的多年默契看懂了暗示，点亮霸总技能把这话接了下去："你成功地引起了我的兴趣，男人，请继续。"

何杏默默在空中竖了个大拇指。

每个反派都有一些特殊的倾诉欲望，这种时候只要有人接话他就能说个不停。

最好他直接说到明天早上，这样大家就都得救了。

应该很有倾诉欲望的陆仁："不了，你就说要不要合作吧。"

夜枭枭一脸问号。

何杏一脸震惊。

10.

夜枭枭：说好的倾诉欲呢？

何杏：稍等，这道题一定还有别的选项，你等我推理一下！

夜枭枭索性放弃套路自力更生："合作，但是有个条件。"

夜枭枭："你不是游戏人间吗？不知道像这样开挂要充钱的？钱呢？"

夜枭枭："你钱都不肯充，这种合作，尤其是跟女玩家合作，哪怕没有个红包，也送鞋子、包包、口红什么的吧？说要跟我合作，至今为止我收到过什么没有？不仅没有充值费用你还坑我这么多次！打的什么人间游戏，你耍流氓呢？？"

陆仁都给她骂愣了。

夜枭枭趁他愣神直接一步跨上前，气势汹汹地把他持枪抵在马文才脑壳上的那只手别过来了，将马文才一把推开："男人，我劝你不要玩这种火。"

陆仁恼怒万分，左手往回一收一抬，原先抵在钟岐肚子上的那把枪就直直地对上了夜枭枭的脑门，他食指一动扣下了扳机。

11.

子弹在枪管里发出巨大的声响，如流星般划出流畅的弧线，打在了地板上。

12.

就在陆仁即将扣下扳机的前一刻，夜枭枭不知从哪个兜里摸出一大把孜然怼了陆仁满脸，呛得他鼻涕眼泪一起流，手上失了准头。

夜枭枭侥幸赢回小命，当即喊了一声"何杏"，何杏迅速举起电棒给了陆仁一击。聂琰早就做好了随时上去给夜枭枭挡枪的准备，见陆仁倒地，他毫不犹豫地一拳上去。陆仁开始还能哼哼，待何杏和聂琰一套行云流水的动作偷袭下去，他直接就不动了。

何杏坐在地上长吁一口气："这也能行，这就是主角光环吗？"

钟岐也长吁一口气："这不叫主角光环，这应该叫'不讲道理的女流氓连变态都觉得害怕'。"

马文才也想跟着队形长吁一口气。

但是他刚刚哭得快厥过去了，气还没喘匀，只能打了两个嗝以表敬意。

13.

大家脸上都带着一点劫后余生的庆幸，只有聂琰一个人的脸色很难看，他打了陆仁一拳之后看了夜枭枭很久，想说点什么，最终也什么都没说出来。

夜枭枭知道他是生气了。

鼻子莫名地有点酸，命悬一线的恐惧迟迟才裹上夜枭枭的身体，让她忍不住挪过去紧紧地抱住了聂琰。

聂琰沉默着抱住了她，两个人彼此靠着对方的肩窝，在雨天里仍然有着令人沉溺的温暖。夜枭枭抱了好一会儿才开口："聂琰，你知道我刚刚在想什么吗？"

聂琰："嗯？"

夜枭枭："我在想，要是我出师未捷身先死，我们还可以试试看人鬼情未了。"

聂琰的声音闷闷的："那要是没死呢？"

夜枭枭："刚刚没想，现在想到了。"

14.

夜枭枭抬头轻轻地亲了聂琰一下。

"要是活下来了，就先亲亲你。"

15.

夜枭枭这一吻是蜻蜓点水的一吻。

她向来把聂琰当个大宝贝，现在更是恨不得建个博物馆把人放进去进行每天 24 小时爱的供养。她从来都是嘴上调戏聂琰调戏得欢，真干点啥的时候尿得要命，摸一摸都怕给摸碎了，以至于吻也不敢吻得太久，一触即分。

分开的时候夜枭枭还能看到聂琰的睫毛在微微颤动，聂琰沉默了一阵，说："那你知道我在想什么吗？"

夜枭枭不解。

聂琰伸手托住她命运的后脑勺，在夜枭枭震惊的目光里给她了一个带着火气的深吻，直吻得她气都喘不匀了才松开。临松开时他仿佛仍旧不解气，在夜枭枭的下嘴唇上狠狠地咬了一下："我在想你究竟是吃什么长大的，这么莽。"

夜枭枭搂着聂琰的脖子笑："那我不莽点，追得着你吗我？"

何杏低头凝视陆仁："你看见了吗？"

钟岐也低头凝视陆仁："我看见了，我还看见那小子表面很凶但是耳朵全红了。"

马文才跟着队形低头并捏起陆仁的耳朵："嗯？哪儿红了？"

何杏："……"

何杏慈爱地抚摸这傻孩子的脑壳："乖，去拿一条绳子来。"

16.

马文才原本一共有三条绳子，其中两条是他藏东西的时候绑在腿上的，另一条是从绑架他和何杏的节目组大哥那里顺的，此刻三条绳子都绑在了小弟们身上，再没有多的了。不过现实的困难永远阻碍不了人民的智慧，大家把窗帘一拆割成布条，收拾收拾满地的小弟们，把人各自绑好，相当嚣张地从正门逃跑了。

夜枭枭一行人跑了得有二十分钟，陆仁这方前来支援的第二梯队小弟们才纷纷赶到，他们原本想蹑手蹑脚地寻找敌人，万万没想到发现的都是被五花大绑起来的兄弟，更意外的是听兄弟说这层楼里还有被绑起来的陆老板，不禁大惊失色。

搜遍整座宅子的小弟一号："老板呢？"

面露迷茫的小弟二号："不会被他们给扛走了吧？"

精明的小弟三号指着二楼西面被撬开的一扇窗："那是什么？"

小弟们纷纷上前。

然后他们看到了窗上缠绕的窗帘布……窗外美丽的自然风光……

还有窗子底下用窗帘布绑着腰吊起来、头上还绑着洋娃娃蝴蝶结、整个淋成落汤鸡的陆老板。

陆老板和小弟们对视良久。

求生欲爆棚的小弟四号："这样的老板比自然风光还要美丽！"

陆仁："……"

陆仁恼羞成怒："闭嘴！！！"

17.

　　借着陆仁被救援的这点时间，夜枭枭他们本着能少见人就少见人的意图，向着和出发点相反的方向疯狂逃跑，一直跑到树木逐渐稀少、远远能看见小岛的边界时才停下。这处怪石嶙峋，大个的石头横七竖八到处都是，虽然没有屋子，但他们兜兜转转也找到个能勉强容身的石洞，一起钻了进去。

　　夜枭枭探头看了看外头明亮了很多的天色，估计只要他们苟过今天就能等来救援，顿时放松了一点。人一放松，身上各个地方的神经就跟活过来了似的，此起彼伏地显示出自己的存在感，跟人打斗时留下的瘀青在痛，跑了不知几公里的小腿在酸，连肚子都叫得异常欢腾。

　　干粮早就吃完了，马文才直接躺倒："我饿了。"

　　夜枭枭紧随其后："我也是。"

　　何杏跟上队形："想吃东西。"

　　钟岐和聂琰："……"

　　钟岐和聂琰看着对方异口同声："你去。"

　　钟岐："我不认识哪些东西可食用。"

　　聂琰从包里掏出了鱼竿递给他："钓鱼。"

　　钟岐："我不认识路。"

　　聂琰抬手指洞口："直走右转右转。"

　　钟岐："我刚刚和那群人打架挂彩了。"

　　聂琰面无表情："我要留下来照看我女朋友。"

　　钟岐："……"

　　钟岐转头："何杏，请问你愿意……"

　　何杏："滚。"

　　钟岐："……"

　　没人爱的钟岐只好拿着鱼竿滚了。

　　他再拿着鱼回来的时候天已经大亮，夜枭枭把洞里的枯枝杂草和何杏写的那本《如何追到冰山美男》一起烧了取暖。

几个人把鱼处理了，刚在火堆上架好，看见钟岐又从兜里掏出一把红彤彤的果子。

何杏表示惊奇："你不是不认识哪些东西可食用吗？"

钟岐："我看见几只鸟在吃，鸟能吃的人应该也能吃吧，我尝过了，还挺甜的，"

于是疲倦至极的大家就把这堆果子和鱼一起分吃了，之后轮流留人放哨，进入了补觉时间。

18.
事实证明，无论鸟能不能吃，反正人肯定不能乱吃，不然就要出大问题。

19.
几个小时后何杏首先睁开了眼睛："这原来是个系统文？我选 C。"

放哨的马文才一脸疑惑。

何杏伸手："哎我怎么点不着这个选项？"

马文才倍感惊恐："杏姐你怎么了？？？"

何杏坐直起来，指着面前的空气："你看不到这儿有个选项吗？"

马文才："什么选项？？？"

"恭喜你开启游戏，此刻你选择——A、走恶毒女配路线；B、走炮灰闺密路线；C、走大女主后宫路线。"何杏迷茫地看他，"你看不到吗？"

马文才："……"

看不看得到先另说。

你是不是把自己内心什么奇怪的想法透露出来了？？？

20.
马文才满脸震惊，还没来得及说话，夜枭枭也坐了起来，困意在睁开眼睛的一瞬间经历了层次丰富的情绪变化，最后脸上只剩下一脸诡异的满足："喔！"

马文才声音都吓劈叉了："你又怎么了？？？"

夜枭枭微笑："怎么全世界都长着聂琰的脸……你是哪个？"

马文才不可思议地捂住自己的脑袋："我终于被荒野逃生给逼疯了？"

"不是你。"

聂琰摁着额角坐了起来："应该是我们都出现幻觉了……可能是那个果子或者鱼的问题。"

听到这个可能性，马文才从喉咙管里蹦出来的小心脏又自己安回了原位："你怎么知道？"

聂琰非常冷漠："因为在我眼里你现在是个会说话的闹钟。"

21.

等最后钟岐起来说他看见整个世界都滚动着"钟奇""钟齐"和"钟棋"的弹幕的时候，大家已经淡定了。

这个幻觉现在看来大概不会致命，只是看到的东西怪了点，对人的身体机能没太大影响。现在看来好像只有马文才幸免于难，至少目前为止他的视线里什么奇怪的东西都没有，而何杏和钟岐的幻觉只是能看到选项和弹幕不断从眼前滚过，并不影响正常行动，夜枭枭和聂琰就稍微麻烦一点，他们俩现在一个看谁都是聂琰，一个看谁都是钟。

夜枭枭兴致勃勃地从体形和穿着上分辨了一圈谁是谁，然后一屁股挪到真正的聂琰身边："聂琰，我是个什么钟？"

这个画面在聂琰的眼里大概就是一个钟蹦跶着停在了自己面前，然后分针和秒针分别自己转到了"2"和"10"的位置，形成了一个 120 度的微笑。不是很可爱，甚至有点惊悚，换个人能当场去世。心理素质相当强大的聂琰皱着眉头仔细分辨："你好像是我们学校钟楼上的那个钟。"

此话一出，这个 120 度的笑容幅度更大了，夜枭枭顶着这个笑美滋滋地总结："很好，我做钟果然也是富贵的钟。"

22.

旁观的何杏："……"

新书有素材了。

不如就叫《论人与钟相爱会不会产生物种隔离》吧。

第十三章

1.

乱吃东西产生的致幻效果对全员都造成了致命的打击，偏偏生活就是这样，喜欢在人感觉自己已经很惨的时候，再一次重拳出击，让你发现"惨"这个字，不仅层次很丰富，连表现方式也非常多样化。

"追兵即将到来，你选择？A、自己上，冲就完事了；B、躲在夜枭枭身后，获得主角的庇护；C、原地坐下念经感化这群社会的败类。"何杏念了一遍头顶上出现的新选项，有点无奈，"什么玩意儿？"

钟岐看弹幕看得有点麻木："不管怎么说，我觉得 C 听起来比前两个靠谱。"

话音未落，盯梢的马文才探头看到远处渐渐显现的无数密集的黑色小点，眯着眼睛认了一会儿，辨认出这是成群结队的黑风衣小伙们，前头还有个看起来不太友善的陆仁，他吓得深吸一口气："杏姐，你这选项还有预判功能？"

何杏："……"

何杏："那我现在念经还来得及吗？"

2.

很显然来不及。

3.

敌人已经近在眼前，身后就是无边的大海，他们势单力薄，也不好正面跟人家杠上。

夜枭枭环视一周，看石洞内似乎还有很长的缝隙，决定先采取躲猫猫战略，利用地形的优势能苟一会是一会。

几个人把石洞内的痕迹掩盖好，又搬来石头掩住洞口，然后背上包往缝隙更深处走，钟岐在最前举着临时做的火把探路，马文才和何杏护在中间，夜枭枭和聂琰垫底。

其他几个人基本都已经适应了自己的幻觉，只有聂琰脸色一直不太好，夜枭枭钩着聂琰的胳膊，甚至能感觉到他的身体似乎有些僵硬。

夜枭枭刻意等其他人和他们走出一段距离才低声问："聂琰，你怎么了，不舒服吗？"

聂琰捏捏自己的鼻梁，声音沙哑又低沉："钟太多了。"

夜枭枭："什么？"

聂琰没说话，夜枭枭摸摸他冰凉的手："是幻觉的原因吗？"

聂琰："嗯。"

夜枭枭就把那只手握住了，用另一只手蒙住聂琰的眼睛："那就别看，我拉着你走。"

后面还有追兵，这样走效率上一点儿也不高，可是闭上眼睛好像确实能缓解很多不适感。

聂琰才犹豫了一瞬间，夜枭枭就已经把蒙眼的那只手放下，开始拉着他慢慢地往前走了："我没说睁开你别睁眼，你现在看我这个人间富贵钟，会破坏我作为人类在你心中的美好形象。"

聂琰："……"

夜枭枭："也不用跟我解释，出去我自己问你，反正无论在工作时间里还是生活时间里，你的归属权都在我手里，我们有无数个没有危机的夜晚可以慢慢谈。"

聂琰笑了一下："原因没那么复杂，就是小时候我母亲喜欢给我设时间表而已，每一天大事小事都是计时进行，你不也知道我时间表很满的吗？"

夜枭枭拉着他小声叨叨："那你至于这么大反应吗？我看你就是在安慰我。"

4.

石洞幽深又黑暗，夜枭枭拉着聂琰慢慢地走在最后，越走越觉得这就是爱情的模样。

这种莫名土味而感动的心情一直持续到他们眼前出现了亮光，一个洞口在转角处悠悠出现的时候。

几个人激动万分地探出了重获新生的头——

然后和一个正弯腰往里看的黑风衣小伙大眼瞪小眼。

5.

所有人："……"

6.

钟岐一把捂住小伙的嘴把他拖进了洞里，何杏打开电棒毫不留情地就"怼"了上去："什么情况？？？"

夜枭枭伸出头去看了一眼地形。

熟悉的乱石。

熟悉的大海。

连左手边不久前刚堵好的石洞口也是这么熟悉。

简直令人潸然泪下

7.

夜枭枭："……"

夜枭枭开始挑刺："这洞是个'U'形的，我们绕了这么久又绕回原地来了，我没方向感，你们居然也没一个人觉得不对？"

何杏陈述事实："清醒一点老板，这里有方向感的只有聂琰一个。"

夜枭枭立即反驳："他不一样，他是闭着眼走的能有什么方向感？"

何杏："……"

你闭着眼的时候就分不清左右了吗？

呵，恋爱中的双标女人。

8.

这种逃生线路简直就是围绕死神原地打转,几个人还在平复心情,洞口又伸进两个小伙的头来,这两个的反应明显比前一个快很多,钟岐还没动,他们俩的大嗓门就已经号了出去:"找到了,在这——!"

陆仁抬手,人群迅速集结往石洞边涌来,死里逃生再逃回死的怒气让夜枭枭上去给他们俩一人一套升龙拳:"这什么这!就你有嘴!你以为你顶着聂琰的脸我就不敢打你了?!"

何杏拖着最弱的体格举着最猛的电棒直击要害:"怎么又来?我早就说了直接把陆仁弄死得了,反派不能留着过年!"

夜枭枭:"不要用聂琰的脸跟我说这么违法乱纪的话!我的双手要是沾染了鲜血,怎么配得上我们家为人正直的老板娘?!"

何杏看看地上被打出鼻血的两位黑衣小弟:"……"

你的双手已经被他们的鼻血染红了啊夜枭枭!!!

她们俩在前面吵,钟岐在后头仿佛护犊子的老母鸡,一边嗷嗷叫唤一边左右扑腾:"何杏你打不过你别跑那么前面!回来点!"

何杏电人嘶吼两不误:"你别光说你过来帮忙啊!"

钟岐也吼:"我看得见我早来了!弹幕太多了我眼前全是马赛克!"

9.

最怂的马文才蹲在洞口,学着他姐之前的法子把用剩下的盐和孜然都捏在手里,默默地看着这一幕,做出了对本次逃生计划的总结评价:"玩完。"

10.

洞里的聂琰一睁开眼睛就看到无数个时钟在面前蹦来蹦去,差点没心跳骤停,但是看着夜枭枭自己在外边,显然对心灵的伤害更大。他只好给自己洗脑,这满地滚来滚去的时钟不仔细看也还能琢磨出一丝童话色彩,他纯当接受脱敏治疗,慢慢地也恢复了一点行动力,加入了这场不知什么时候是尽头的混战。

雨越下越大,此前被单方面殴打的钟岐最终靠着弹幕里的一点缝隙看清了现实情况，把何杏扯回来扔给了马文才，又翻出包里的手枪，一路摸爬滚打到陆仁面前对准了他的脑袋。聂琰越过人海去拉住夜枭枭，两个人歪歪斜斜地站在雨里，身上都是大大小小的伤口。大雨倾盆，连带着整个画面看起来都特别苦情。

11.
恍惚中众人听见海面上传来了巨大的声响，有人踏着雨点而来，按住了钟岐试图扣动扳机的手。

12.
全场寂静，在场人数仿佛突然多了很多，夜枭枭谁也认不出来，只感觉背后有人接近自己，她转头认认衣服，确认不是己方五个人里面的任何一个，想都没想上去就是一拳。拳头半途就被人截住了，另一个身形高大的男人握住她的拳头，语气非常诡异："你硬气了啊，连你妈都打？"

士可杀不可辱，夜枭枭抬腿踢了男人一脚："陆仁你什么意思？你手下怎么还有想当我爸占我便宜的？！"

男人一脸难以置信。

聂琰抬头看了一眼："这可能不是手下……这是我见过最霸道猖狂的 E 国大本钟。"

男人面露疑惑之色。

马文才惊恐到破音的吼叫从另一个方向远远传来："姐！快住手！！那真是你爸！！！"

夜枭枭迷茫了。

等等，仔细一想这个声音确实……

13.
聂琰在旁边乖巧地说了句"叔叔阿姨好"。

14.
夜枭枭：我完了。

15.

马文才吼完之后愣了愣，踌躇了很久终于开口："我应该也中毒出现幻觉了，我姨夫姨母后边站的是我爸吧？他旁边怎么还有朵这么大的莲花？"

苏玛丽和夜逐爵："……"

夜枭枭："……"

夜枭枭脸上露出风水轮流转的微笑："我觉得，你看见的可能是你妈。"

马文才："……"

16.

马文才：我也完了。

17.

双双完蛋的小辈们齐齐闭上自己惹祸的嘴。

夜枭枭确认现在的场面已经被控制住了，也终于舒了口气，腿一软就要往地上倒。

夜逐爵眼疾手快地把自家闺女拎起来，叫人把她抬到后面去休息，看她的时候语气多少有点嫌弃："没用的小兔崽子，就这也能把你折腾成这个鬼样？"

夜枭枭很不服气地嚷嚷："什么叫'就这'？！"

"就这。"夜逐爵指指被警察拿住的陆仁，"想我当年——"

苏玛丽微笑着堵住了夜逐爵的嘴："闭嘴，你也不看看这是哪一代的专题。"

夜逐爵一脸疑惑。

苏玛丽转头慈爱地安慰夜枭枭："你别听你爸的，你很厉害了，你遇到的这个……比上一届词汇量多，嗯！"

夜枭枭："……"

你确定你是在安慰我？

18.

马匀作为家属报案，这又不是他所属的市区，所以他只是和其他警官简单地交流了一下情况。交流完过来找马文才时，苏宁已经和儿子两两痛哭了半天，搞得蹲在他们旁边的何杏不知所措。

苏宁："呜呜呜呜呜……我的儿！"

马文才："呜呜呜呜呜……我的妈！"

苏宁："呜这就是傻人有傻福吧妈妈还以为再也见不到你了呜呜呜！"

马文才："呜妈我不是故意说你是莲花的你真的很好看不要打我呜呜呜呜！"

苏宁："……"

何杏："……"

刚刚赶到的马匀毫不留情地抬起了巴掌。

19.

何杏看到自己头顶的选项变了：作为大女主，你选择——A、攻略马匀，让他打；B、攻略苏宁，安慰她；C、攻略马文才，阻止马匀。

何杏："……"

你这个幻觉三观不正吧？！

就算是大女主路线也不要大庭广众之下搞这种事啊！！

太丧心病狂了吧！！！

20.

何杏最终还是选择上前阻止了马匀对无辜的马文才实施暴行，等她解释完真实情况，陆仁和黑风衣小伙们被控制住，和仍处于幻觉中的五人小组一起被打包带回了最近的城市，一拨交给公安局，一拨交给市医院。

几个人到了市医院后情况仿佛更加严重，何杏躺在病床上直愣愣地说要攻略隔壁病房送外卖的帅小哥，夜枭枭和她并排躺着，看着门外的护士，嘴里嘟囔说看见了一个凹凸有致的女装聂琰。真正的聂琰在最边上闭着眼睛，而旁边的马文才双目圆睁："你们说我妈会不会是哪吒投胎？"

钟岐："人家是藕，你妈是花，我建议你先怀疑你是哪吒。"

门外目睹这一切的夜家长辈和医生："……"

21.

医生斟酌用词："你们确定他们不用去看一下精神状况？"

苏玛丽："不用……"

医生迟疑地掏出本子，从目前看起来最正常的钟岐开始："姓名？"

钟岐："我叫什么来着？"

医生："嗯？"

钟岐："'岐'是哪个'岐'来着？"

医生："嗯？？"

钟岐迷茫地睁开满是黑眼圈的大眼睛，然后自顾自地点了点头："啊，医生，你旁边第二行第四个就是。"

医生："……"

医生转头看苏玛丽："真的不用？"

苏玛丽："不用……吧？"

22.

这几个人睁大眼睛说这种话实在是有点恐怖，最后每一个人强行收获了洗胃大套餐，在病房里昏昏沉沉地休息。

聂琰精神负担太大，回来倒头就睡，睡也没有睡得很安稳，梦里仍然有无数个时钟围着他转，分针转动的咔咔声轰然作响，有人的说话声藏在这底下，每个字都带着刀似的，令他痛苦万分。

那是他母亲的声音。

她说："妈妈爱你，不要让妈妈失望，好不好？"

23.

聂琰猛然惊醒。

微风从半开的窗子里吹进来，他后知后觉地嗅到医院的消毒水味，看到了身边躺着的夜枭枭。

幻觉大概好得差不多了，现在聂琰能清楚地看到夜枭枭的脸，她醒着，眼睛一眨不眨地看着他。

聂琰目露疑惑之色。

夜枭枭又把头往他枕头里埋了一点："我觉得你的床看起来比我的好睡。"

聂琰："医院的床都是一样的。"

夜枭枭："好吧，我是垂涎这张床的主人。"

聂琰就不说话了，只伸出手帮她把被子掖好，其间夜枭枭一直在端详他："嗯，幻觉没有本人好看，果然只有你的身子配得上你的头。"

聂琰一脸无奈。

24.

病房外，不小心路过的苏玛丽默默在心中吐槽了一下闺女和她爸一脉相承的情话水平。

25.

夜枭枭侧过身子轻轻拍拍聂琰的背："你刚才做噩梦了。"

聂琰："嗯。"

夜枭枭："我之前悄悄调查过聂氏，这次意外，我爸妈和马文才爸妈都来了，杏杏和钟岐没有亲人在世，但是聂总和你后妈都没来，你是梦到你亲生母亲了吗？"

聂琰："嗯……"

夜枭枭简直要在脑子里把聂琰脑补成一棵没人要的小白菜了。聂琰无奈地叹了口气："不是你想的那样，我的家庭关系还行，没有那么糟糕。"

夜枭枭："我懂的。"

聂琰："嗯？"

夜枭枭眨着星星眼："没关系，不用跟我强撑！"

聂琰："……"

26.

病房外，偶然经过的何杳大声地在心里吐槽了一下夜枭枭的理解能力。

27.

结合以前聂琰总是自己一个人上学的回忆，夜枭枭已然想象出了聂琰在家爹不疼娘不爱的状况，感觉对聂琰的爱马上就要变质成母爱了，她抱住聂琰深情万分地道："聂琰，你缺少的爱我都会补给你的！我把上辈子、这辈子、下辈子的爱都给你！"

聂琰一脸茫然——

总感觉你想象了什么不得了的东西！

28.

听墙脚的苏玛丽和何杳一起摇头。

苏玛丽："闺女还是太嫩了。这必然是一个曲折离奇、精彩纷呈的豪门恩怨故事，怎么能听个开头就放弃呢？你不听完，你怎么拯救他于豪门的泥潭？！怎么把他们的家产业也顺过来？！"

何杳："夜枭枭果然没我不行，这种涉及两代人的史诗级情感大戏，搞不好还有九子夺嫡、兄弟相争的剧情，她居然选择半途结束去走爱情线？！你把剧情走完啊你！！"

苏玛丽和何杳："唉！目光短浅的年轻人！"

29.

苏玛丽恨铁不成钢："推动剧情发展都不会，我来。"

她直起身子，摇身一变又是那个优雅贵气的夜太太，敲敲门走进去："小聂呀，阿姨和你商量件事？"

聂琰瞬间乖巧："阿姨你说。"

苏玛丽："我之前问你的事你考虑得怎么样啦？要不我们双方父母哪天见一见？也不强迫，就是聊聊。"

聂琰点头："好的，我回去同他们商议时间。"

苏玛丽："嗯，枭枭你觉得呢？"

藏在被窝里的夜枭枭探出头来："妈，实话实说吗？"

苏玛丽："嗯哼。"

夜枭枭："别聊聊了，能强迫吗？当天领证的那种？"

30.

苏玛丽：嗯？

你究竟跟谁学的？？

我们家有你这么莽的吗？？？

第十四章

1.

夜枭枭嘴上是那么说，但是一个家庭里面往往是家庭地位决定话语权，苏玛丽是不可能让她干出拎着家产跑去别人家里逼婚这种事的。她爸夜逐爵倒是有可能干出这种事，甚至搞不好会对她勇敢追爱这种完美契合家族浮夸文化的想法表示极大的赞同。

奈何她爸在她面前是老虎，在她妈面前顶多是橘猫，根本决定不了事情的发展走向，于是夜枭枭只能按照苏玛丽的想法规规矩矩地走流程见家长。

2.

不过见家长之前还要把未了的事情先解决。

3.

聂琰的骰子不仅能即时定位，还能传送录音，基本把陆仁的罪名定得扎扎实实。录音里听不出来的，不知道什么时候也被聂琰全部搜集保留了证据，他出院后一股脑地全给举报了上去。

当时何杏就震惊了，拉着夜枭枭语重心长："枭啊，你这是准备和一个报警器过一辈子啊。"

夜枭枭非常从容："没关系，我已经快习惯了，他至少比警笛听起来话少。"

4.

陆仁暂被收入大牢，等他干过的事全部调查清楚，再定最后的刑罚。

几个人在陆仁进去前见过他一面。

隔着厚实的玻璃，陆仁在椅子上坐得四平八稳："下午好啊各位，坐。"

夜枭枭："你这话听起来好像我们是来这儿陪你喝下午茶的。"

陆仁轻轻耸了一下肩膀："如果有，我很乐意，我已经喝了很久的凉白开了。"

这人淡定得出乎意料，何杏忍不住调侃了一句："你看起来还挺从容。"

"这里对于我来说是游戏世界，角色死亡是很正常的事情，死后会怎么样才是未知的。"陆仁身体微微前倾，"我不像你，何杏小姐，你已经被这个世界同化了。"

何杏愣住。

陆仁把人一个个点过去："钟岐，忘记自己的姓名只能活在我角色的阴影下。还有夜总你们小夫妻俩，这种顺顺当当连冲突都没有的爱情，谁又知道是不是真的呢？"

何杏非常愤怒："你这纯属打不过就损人的'杠精'行为……"

夜枭枭抬手制止她："等一下，陆助理，请你把刚刚的话重新说一遍。"

陆仁疑惑。

夜枭枭："你说的我和聂琰那句，请开始。"

陆仁："你们小夫妻俩……"

夜枭枭再次抬手："好，停，我爽了，再来一遍。"

陆仁一脸问号。

5.

夜枭枭心情都变好了："你这也太像童话故事里反派因为不被喜欢就到处发放诅咒的行为了，你管人家要版权了吗？"

夜枭枭："来，这儿还有个马文才没说呢，继续。"

陆仁："……"

陆仁："这种纯傻的我确实没什么好说的。"

马文才：嗯？

这侮辱中又有一丝夸奖的感觉是什么？

6.

夜枭枭摸摸马文才的脑袋，激情澎湃地开始和陆仁细数："要是别人说什么我就听进去什么，我就别做人了。杏杏和钟岐暂且不说，你究竟是怎么觉得我和聂琰顺顺当当的？你以为追人很容易吗？你追一个试试？我等了多少年才等来聂琰回个头啊，你这就是吃不到葡萄非说葡萄酸……"

夜枭枭说起这个那是宛如长江之水滔滔不绝，其间钟岐好奇地偏头问何杏："多少年啊？"

何杏掰着指头算了算："从聂琰高中毕业算起那就是七年吧。"

钟岐有点震惊："这么长？"

何杏："你别听她掰扯得多悲情似的，她大学出国但是我还在国内，那时候我的主要任务就是帮她想尽办法找到聂琰，让她和聂琰产生一点关联，不然你以为董事长夫人是怎么把聂琰生拉硬拽进我们公司的？真靠偶遇，几百年也不一定遇得着。"

钟岐："唔，你们都这么变态了居然没调查出他的家底？"

何杏："可能因为聂少藏得更加变态吧，一直独来独往的，看起来简直是个自闭儿童。"

钟岐："你这么一说，那他和天天摇尾巴的夜总还真是中和得很美。"

夜总："……"

夜总：仿佛听到有人在背后骂我。

7.

最后，时间到了夜枭枭还没讲完她的伟大爱情，直接被听得面红耳赤的聂琰一把拎了出去。

8.

危机正式宣告解除，几个人都舒了一口气，恰逢马文才肚子响亮地叫了一声，大家一合计，决定集体出去吃顿饭，就当庆祝自己死里逃生。

从某种程度上算是重获自由的钟岐兴致最高，吃到一半又点了几瓶陈年老酒，誓要与各位同生共死的盟友一醉方休。

此情此景，何杏不禁揽住夜枭枭："陛下，你可曾听过一句话？"

夜枭枭："爱卿请讲。"

何杏："酒精是爱情的催化剂。今日灌醉聂琰，你就可以不用等见家长的流程，直接弯道超车。"

夜枭枭果断拒绝："我已经从良了，你就不怕聂琰一觉醒来举报我？"

何杏："你摸着良心说，你难道不想看酒醉的美男吗？"

夜枭枭："……"

何杏："你不想看没见过的聂琰吗？"

夜枭枭："……"

夜枭枭站起来微笑："聂琰，我敬你一杯。"

9.

大家各怀鬼胎地互敬，酒过三巡，马文才首先躺倒。

钟岐和何杏自斟自饮，看起来也在躺倒的边缘。

毫无醉意的夜枭枭傲然立于众人之间——

发现聂琰除了耳朵红一点，什么情况也没有。

夜枭枭："聂琰，你还好吗？"

非常清醒的聂琰用毫不迷离的目光注视她："嗯，怎么了？"

夜枭枭："……"

夜枭枭："没什么，我们继续。"

二十分钟过去，何杏和钟岐也倒了，唯有夜枭枭和聂琰还清醒着，两个人坐在原位无言地把剩下的酒全部喝完，顺带欣赏了一遍钟岐唱歌、马文才伴舞和何杏走直线。

夜枭枭："……"

夜枭枭："没想到你这么能喝。"

聂琰："你也是。"

10.

　　最后两个人在附近的酒店开了两间房，把这不争气的三个人一起抬了进去。原计划夜枭枭和何杏一间房，聂琰和钟岐、马文才一间房，这样方便照顾。结果搬人的时候夜枭枭迟来的酒意莫名其妙地开始上头，她抱着何杏到聂琰房间里，把何杏端端正正地放在床上，然后拉着聂琰，吧嗒一下掉了眼泪。

　　夜枭枭："啊，我醉了。"

　　聂琰被她吓了一跳："你刚刚还很清醒。"

　　夜枭枭同手同脚地把他往外拉："可是我现在醉了呀，你过来。"

　　聂琰无奈："你等我拿上房卡。"

　　话没说完夜枭枭已经伸手关好了门，一脸无辜地拉着聂琰站在走廊里："好了，房门卡上了。"

　　聂琰："……"

11.

　　夜枭枭把聂琰拉进自己房间那个方方正正的大浴缸里，开始委委屈屈地抱着他哭。一边哭还一边把眼泪抹在他的浅灰色衬衫上，反反复复问的只有一句话："你怎么这么能喝？"

　　聂琰有点想笑。

　　下半夜她哭不动了，这句话又变成了一句低沉的呢喃："今天陆仁说的会是真的吗？你是真的吗？还是我又在做梦？"

　　于是聂琰拍着她的背，一遍一遍地回答："我是真的，你别信陆仁说的话。"

　　好像真的从这句话里得到了安慰，夜枭枭抱紧了聂琰，再也不说话，慢慢地睡着了。

　　第二天夜枭枭从聂琰怀里醒过来的时候吓坏了。

　　她还以为自己对聂琰为所欲为了。

12.

　　第二天何杏、钟岐、马文才在同一个房间、同一张床上醒来的时候也吓坏了——

一时不知道谁才是那个电灯泡。

13.

如果说夜枭枭醒来看见她和聂琰一起睡在浴缸里时还能心怀激动，那隔壁的三个人的心情就是五雷轰顶。

钟岐震惊："我干了什么吗？"

马文才哽咽："你们对我干了什么吗？"

何杏："……"

何杏愤怒："这个时候你就不要哭了吧！该哭的是我吧！"

14.

三个人默契地掀开被子。

衣服基本完好。

三个人再默契地回忆昨夜。

什么都没想起来。

机不可失，时不再来，钟岐一把抓住何杏的手："何杏！我会对你负责的！"

马文才哭着牵住他们俩的手："我什么都不知道但是我会负责的！"

何杏甩开他们俩抱住自己："我可以对我自己负责你们离我远一点啊！"

15.

早晨的刺激直接导致五个人在餐厅吃早餐的时候脸上的表情都很丰富。

黑眼圈也各有各的沉重。

夜枭枭用叉子戳着一个圣女果："我昨天可能做了件错事。"

何杏、钟岐、马文才："我也是。"

聂琰："……"

夜枭枭："不管怎么说，大家都是成年人了，要用成年人的方式解决问题。"

何杏："对，该忘的就忘。"

钟岐："该负责的负责。"

马文才："该想明白的想明白。"

聂琰："……"

聂琰："我昨天可能也做了件错事。"

夜枭枭突然兴奋："啊？"

聂琰："我错在不该让你们几个喝那瓶酒。"

16.

几个人在唯一清醒者聂琰的带领下重返现场，首当其冲被打破美好幻想的是夜枭枭，得知自己在这么容易发生意外的夜晚竟然意外地只是抱着自家老板娘哭了一晚上，她简直捶胸顿足、追悔莫及、痛不欲生。

何杏无情嘲笑："你很菜耶夜枭枭。"

夜枭枭："我怎么能想到我喝醉了居然这么纯情？我要是想到了，我昨天就装醉了！"

何杏："呵，马后炮。"

接着聂琰就打开了他们仨的房门。

这是个三人间，昨晚三个人分别被放在不同的床上，按理来说如果都乖乖睡着，第二天三个人怎么也不会躺到一张床上去。

夜枭枭倍感神奇："有没有发生什么你们自己居然一点感觉都没有？"

何杏："不清楚，反正我们三个浑身的肌肉都很酸痛。"

夜枭枭诡异地沉默了一阵，咂舌："好刺激哦。"

17.

说话间聂琰已经从床底下捞出个摔得七零八落的遥控器，组装好摁了几下，门口有服务员匆匆经过又返回，轻轻地叩了一下门："您好？"

所有人回头看她。

服务员没想到里面这么多人，愣了愣："呃，前台说昨晚楼下的客户打电话投诉说楼上有人跳舞产生了很大的噪声，我们的服务员过来敲过几次门但是无人应答，请问你们？……"

连着网络点播的电视被聂琰转到播放记录页面，上面赫然显示昨晚点播的是著名幼儿教育片《天线宝宝》。

破案了，这三个人昨天晚上看着《天线宝宝》蹦了一夜的迪。

18.

夜枭枭嘲笑回去："你很菜耶何杏。"

何杏："……"

夜枭枭："别说话，现在说的都是马后炮。"

19.

这场可以被载入史册的乌龙以"丢人四人组"纷纷告辞回家为终结，聂琰把夜枭枭送到家门口的时候叫住她，告诉她老聂总和聂太太答应后天见面，地点夜家来定。

夜枭枭一连声地答应："叔叔阿姨有什么喜欢的东西吗？我带一个去。"

聂琰："不太清楚，你看着来。"

夜枭枭眨眨眼睛："那你除了我还有什么喜欢的吗？我也带一点。"

聂琰想了想，微微笑了一下："没有了，但是明天得给我们俩请个假。"

夜枭枭："行，干吗去？提前度蜜月吗？"

聂琰："用你的话说，应该算是回娘家。"

20.

于是第二天本该重回岗位的夜总和聂少双双休假。

聂琰开车载着夜枭枭经过他们高中的校门，穿过那附近无数条熟悉或陌生的小巷，停了一幢高高的居民楼前。

居民楼顶层，一所两层打通的跃层住宅，就是聂琰长大的地方——他亲生母亲的旧居。

聂琰掏出钥匙的时候缓慢地吸了一口气。

房门打开，陈旧的味道扑面而来，好像一个夜枭枭不知道的世界终于在此刻展现出它的轮廓。

房子里挂满了大大小小的钟，乍一看会让人以为这是个钟表店。没人说话时，这些玩意出奇一致的秒针转动声堪比午夜凶铃，咔咔咔咔就没个停的时候。

房子里除了钟就是简单的家具和乐器，色调几乎是统一黑白灰，看起来却完全没有时下流行的简约感，仅仅只是像个冰冷的大盒子。

桌上立着一个相框，放着一张黑白照，夜枭枭大致能猜出照片里的人就是自己的准婆婆。她的眉眼和聂琰很像，但不知道究竟是上半张脸眼神太冷漠还是下半张脸笑容太温柔，夜枭枭看得一愣，莫名其妙地打了个寒战。

这可能就是高岭之花他妈妈"高岭霸王花"的魅力？

21.

聂琰拂了一把相框上的积灰，长久的沉默后开口："夜枭枭。"

夜枭枭："嗯？"

聂琰："你前天晚上其实不只是抱着我哭，还说了别的。"

夜枭枭有点惊恐，迟疑地问："我说什么了？"

聂琰看了她一眼，转头将密闭的窗子都打开，让风把屋子里的气味吹散："你其实还挺在意陆仁说的那句话，在意我为什么有那样的幻觉，在意我母亲的事，但是因为我不说，所以你不敢问。"

夜枭枭差点就感动得流泪了。

夜枭枭上蹿下跳地摇尾巴："其实我还在意过你是不是毕业以后加入了诈骗组织来诓我的钱……你也太贴心了宝贝，你把每个女孩子的心都摸得这么一清二楚吗？"

聂琰："不是每个。"

聂琰把相框擦净摆在窗前："我只是觉得，你连门都敢堵，这些问题居然只有喝醉了才敢问，我应该跟你讲明白。"

夜枭枭顿住了。

22.

聂琰说话的声音很轻，在他平静的叙述里，这幢房子被还原成还有人生活时的样子。

比如二楼的主卧是他母亲林微茗和父亲聂州的房间，但那里大多数时间只有一个人。林微茗不喜欢这个房间，聂州不回家的时候，她从来不睡在这儿，只是坐在沙发上。

比如次卧是聂琰的房间，林微茗在墙上贴满了他的奖状，但她也不喜欢这面墙，因为她总是想要再多几张奖状。奖状旁边是聂琰每天的计划表，从早上五点到晚上十一点，详细到分钟，把每一天要学的、要做的精准安排。林微茗在家里挂了一个又一个时钟，计划里要做的事一秒钟也不能迟。

此前聂琰每一天都做得很好，只有高三那年，一个叫夜枭枭的"女魔头"横空出世，非说他放学回家必经的那条街有很多不良少年，然后每天都跟在他屁股后面走到巷子口。后来他每天回家的时间都会晚，因为虽然他从来没见过夜枭枭口中的不良少年，那条街却越走越长，越走越慢。

林微茗不喜欢很多东西，从前不喜欢围在聂州身边的那些女人，后来也不喜欢聂州，她不喜欢聂琰回家迟到，不喜欢他背离自己的计划，不喜欢看聂琰犯错。有一天她突发奇想去接聂琰放学，看到聂琰被一个小姑娘带人堵在门口，于是之后她连小姑娘们也不喜欢。

后来有一天，林微茗想不通自己怎么变成了这个样子，怎么会因为一个男人失去自我，怎么用了二十多年把自己深爱的儿子当成一个木偶，所以她连自己也不喜欢了，从居民楼顶层一跃而下。

跳下去的那天她给聂琰打了个电话，她说"妈妈爱你，从这一刻起，你的人生应该重新开始"。

23.
那一天是聂琰人生中最后一次被林微茗操纵，林微茗站在天台上，替他按下了重启键。

24.
于是时间重新流动，夕阳下的巷子无限延长，长大的聂家继承人重回少年，披上一身淡漠的伪装，自己站到了那份盛名的合同面前。

签下名字。

如同予你还未错过的余生。

第十五章

1.

夜枭枭默不作声地听了很久。

直到太阳从东面移到了西面，阳光给房间染上了另一种颜色，她才轻轻环住聂琰的脖子。

"聂琰，你知道吗？"她贴紧他冰冷的脸颊，"我听何杳说，人一生的幸运值是平衡的，如果一段关系里的幸运和不幸也是平衡的，那我们大概已经在以前把该遇见的不幸都遇见完了吧。你知道这意味着什么吗？"

她的脸热乎乎的，烫得聂琰微微歪了歪头："嗯？"

夜枭枭傻笑："意味着我们的幸运都集中在后半段，看来我们俩要白头偕老了，老板娘。"

聂琰难得地配合夜枭枭去认同她的歪理："嗯。"

2.

夜枭枭："我还有个问题。"

聂琰："嗯？"

夜枭枭："既然如此，你当初究竟为什么拒绝我的协议结婚？"

聂琰："你可以怀疑我是骗子，我为什么不能怀疑你骗感情？"

夜枭枭："啊？"

聂琰面无表情："你前科太多了，我很难确定你是不是单纯地想调戏我。"

夜枭枭："……"

夜枭枭觉得委屈。

就现状来看她明明是最单纯的。

她这几年仅仅只是让何杏和苏玛丽帮她关注聂琰而已，事情会发展到今天这个样子，其实是因为苏玛丽用一份合同试图帮她套路聂琰，而发现了这个套路的聂琰装模作样地签了合同表演了一个被套路，实际上他才是那个把所有人都套路了的王者。

绕口令？

3.

所有的事情都解释清楚，所有的心意都表达完全，这就好像一段故事走到了结尾，后面只需要清清淡淡地接上一句"从此他们过上了幸福的生活"，就可以两个人和和美美地共度余生。

这直接导致夜枭枭第二天见家长的时候失去了该有的紧张感和正式感。

相比起来，聂家反而很重视的样子，不仅聂州夫妻俩来了，两人还带来了聂琰异父异母的妹妹聂藻和完全没有血缘关系甚至就没咋见过的表哥龚俱。

大家表情各异地入座，没坐得下，于是又临时分成了长辈和小辈各一桌。半途夜枭枭觉得是不是她也该表现出同样的重视，又把在公司加班的马文才也叫来压阵。

于是这顿饭变成了长辈们在上桌客套，小辈们在下桌假笑，马文才在吃。

夜枭枭用耳机跟何杏吐槽："我觉得已经有婚宴那味儿了。"

何杏："不好吗？办完就能入洞房了！"

夜枭枭默默看了一眼长辈那桌："那可不一定，我看我爸妈那桌气氛就很诡异，搞不好等下就谈崩了。"

这话很有根据，因为长辈这一桌气氛的确非常诡异。

聂州本身严肃，不大爱说话，夜逐爵则是干脆就不认同这种见家长流程，他觉得既然两个小孩自己就能解决，还问什么家长的意见，让他这总裁纡尊降贵过来过家家，本身就是浪费时间。

于是最后只好两位太太进行交流。

聂太太微笑："我们平时对聂琰关心得少，没想到这么有缘分，他能遇上枭枭这样的孩子真是三生有幸！"

苏玛丽也微笑："过奖了，哪儿来的缘分，都是我们家猪拱的，也不知道有没有委屈你们家白菜，我们才是三生有幸。"

夜枭枭："嗯？"

何杏："你妈妈真是谦虚得别开生面啊。"

聂太太抿了一口茶，看了看聂州的脸色："其实是这样，夜太太，现在孩子们还年轻，结婚是大事，我们想稍微往后放一放。"

苏玛丽："嗯？"

夜逐爵："这有什么好放的？"

聂太太："我们也是为孩子们考虑，他们现在想得没有那么长远……"

夜逐爵开始皱眉头，苏玛丽猛然抬手："等等，我看过这个剧本。"

"这是个豪门标配剧本。"何杏拿起一捧瓜子，"没有亲生孩子的后妈对家里的继承权虎视眈眈，生怕前妻的孩子又拿聂氏家产又有夜家助力，威胁她这个后妈的地位，因此她表面和善背地里却想百般阻挠你们的婚姻，哪怕她今天答应了，后面的小花招大概也会层出不穷。比如答应订婚，然后想方设法再搅黄它，总之就是不能让你们好过。"

夜枭枭目瞪口呆："你又和我妈脑电波对上了？你们俩到底有什么我不知道的秘密？"

苏玛丽看着聂太太："所以你们的意思是？"

聂太太果然摆手："我们不是不答应这门婚事，就是想缓一缓，可以先订婚，这样如何？"

4.

苏玛丽转头给夜枭枭使了个眼色。

夜枭枭深思熟虑后点了点头。

苏玛丽："老夜，上！"

夜逐爵拉松自己的领带，掏出了手机，眼中一片冷厉："天凉了，不如挑一家幸运的公司让他破产吧。"

聂太太当场怔住。

夜枭枭大惊失色。

我点头是说我可以接受订婚啊！

我不是让你们两个莽啊！！

这点默契都没有吗爸妈？！！

5.

长辈这一桌的动静吸引了小辈们的目光，聂藻首先出声："叔叔阿姨别生气！有话好好说！"

聂太太笑着给他们俩递茶："对对对，我们可以好好商量，好好商量。"

苏玛丽才不吃这一套，深吸一口气猛然在脸上抹了一把泪："实不相瞒，我们也不想这样，但我身患绝症，临走前只想看到我的女儿能有个归宿……"

聂太太都给她哭愣了："啊？"

苏玛丽颤抖地用餐巾纸捂嘴咳得惊天动地："我真的很想在生命的最后几天看到我女儿的婚礼，喀喀喀！"

夜枭枭："……"

夜枭枭把耳机塞进马文才的耳朵，嘱咐他有事问何杏，非常上道地扑了过去："妈——"

苏玛丽："喀喀喀闺女！"

夜枭枭："你得啥病啊我怎么不知道？"

苏玛丽："因为女儿不争气导致我看不到绝美女婿产生的悲痛欲绝——症。"

你的"绝症"？是这个绝症啊？

谐音梗现在要扣钱了你知道吗？

6.

场面一度很混乱，这位大概是来给聂太太撑场面的表哥龚俱瞟了眼中笑意盈盈的聂琰一眼："很抢手嘛，表弟。"

聂琰没理他。

聂藻挽住聂琰的手："哥哥你别生气！哎呀都这个时候了夜姐姐怎

么也不帮着劝一下？都是我不好，我太小不像夜姐姐那么厉害，大家听不进去我的话，不然也不会是现在这样了！"

马文才莫名在这话里感受到一丝阴阳怪气，从满盘的刺身寿司面包蟹里抬起半个头。

马文才："这小姑娘是不是在嘲讽我姐？"

何杏一边听一边顺手和钟岐打了两把斗地主，左右夹击干脆把大家拉了个群聊："这你就不懂了，这是和你妈相对的另一种'一级非保护绿色植物'。"

钟岐："俗称绿茶。"

马文才："嗯？"

7.

那边聂藻又委委屈屈地说了一句："哥哥，和夜姐姐相处好难呀，她刚刚都不和我说话，以后你们结婚她会不会凶你呀？"

马文才捋袖子："我确定了，她就是嘲讽我姐！"

何杏："场面够乱了你别去掺一脚，你也嘲讽回去，当一回'绿茶'弟弟。"

马文才："怎么当啊？"

何杏："我教你，我说一句你跟着说一句啊。'聂琰哥哥你别介意，我姐人单纯还耿直，不像这个妹妹能撒娇，还……'"

钟岐听他俩聊天就不爽，冷不丁打出两张牌："对 A。"

何杏："啧，要不起。"

马文才："……"

马文才："聂琰哥哥你别介意，我姐人单纯还耿直，不像这个妹妹能撒娇。"

马文才无辜地抬头："还对 A，啧，要不起。"

聂琰："……"

8.

"一级非保护绿色植物"聂藻"汪"一声就哭了。

9.

马文才无意之中打出的暴击，连何杏和钟岐听了都会沉默。

何杏："你……你知道这句话啥意思吗马文才？"

马文才非常乖巧地回答："不知道。"

钟岐："用最低级的装备打出数值最高的攻击，不愧是你，要不你再来一句？"

马文才："说什么啊？"

何杏兴致勃勃："你自由发挥一个试试。"

马文才就又抬头看着哭得呜哇呜哇的聂藻，半天终于憋出一句话："我说错话了对不起，挤不出眼泪的话就不要干号了，会伤嗓子的。"

这句话成功让聂藻从作秀地哭变成真情实感地哭。

10.

聂藻才掉下两滴眼泪，身边龚俱的毛就乍开了，他越过桌子一把揪住马文才的衣领："你干什么？"

聂藻的双手在空中虚无地拦了两下："表哥！你别这样，这个哥哥不懂事，难道你也不懂事吗？！"

龚俱凶神恶煞："你还帮他说什么话？！"

龚俱力气很大，马文才被他拽了一个踉跄，脖子勒在领口中喘不过气，非常委屈。

在他们家族的小辈里，他是出了名的听话又懂事的那个，他觉得有义务让他们见识一下什么是顶级的不懂事。

于是他毫不犹豫地张口："姐，救命！"

11.

马文才呼救声的分贝向来是报警器那个级别的,此声一出全场都安静了。

用纸巾替她妈捂着嘴的夜枭枭：我究竟该先配合我妈还是先救我弟？

寂静中聂琰放下筷子站了起来，扒开死死贴着他的聂藻："行了。"

他整理好自己被聂藻捏皱的衬衫，指着三个小辈偏头示意夜枭枭：

"把他们先带出去一会儿，我和爸妈们单独谈谈。"

夜枭枭这次非常果断地选择了听话，半拉半请地把三个人带出去，还贴心地关好了包间的门。

关上门的时候她脸上的笑贼兮兮的。

马文才被她笑得毛骨悚然："姐，你笑什么？"

夜枭枭招过服务员请她帮忙开一个新的包间，笑眯眯地又点了几道热菜："你没听见吗？聂琰说的是'爸妈们'。"

不得不跟在她身后的聂藻愤怒地跺脚："那只是顺口！不管怎么样，我妈妈是不会同意你们两个的！你们别想沾手聂家的一点财产！"

"哦。"夜枭枭坐在椅子上，双手交叉抵住下巴，"按照我朋友的说法，你这纯属恶毒女配行为，需要进行爱的再教育。"

啪嗒一声，马文才替她锁上包厢的门，离开文明小卫士的夜总脸上露出狰狞的笑容："现在我们就开始吧。"

12.

夜幕低垂。

包房的落地窗外是璀璨的城市夜景，而窗内一片漆黑。

只有手机的绿光打在桌边的人脸上，看起来格外阴森，配合着涂了口红的一张一合的嘴，仿佛从地狱来勾魂的女鬼。

她的声音幽幽传遍房间的每一个角落："请问，一根火柴留到冬天，会变成什么？"

被登山绳绑在餐桌上的两个人微微颤抖："冰棍？"

"回答正确。"

两个人松了一口气。

夜枭枭微笑："但是思考的时间太长了，马文才。"

马文才应声而上，伸出两只手："选左还是右？"

聂藻抖着选了左，龚俱自动选了右。

马文才摊开手，左手空空如也，右手掌心则有一根鹅毛，马文才用鹅毛挠了五分钟龚俱的脚心，然后转向聂藻："左手的惩罚是拔一根你发际线上的头发。"

刚松一口气的聂藻顿时哭出了声。

龚俱愤怒地蹬腿："你这算什么？有本事你放开，我们堂堂正正干一场！"

夜枭枭提醒他："刚刚你还站着的时候也是这么挑衅我的，然后你就被绑在这里了，这位大哥。"

龚俱吐了口口水："我呸！那是你耍诈！我们再来一次！"

夜枭枭一脸嫌弃："咦，你好不文明。"

13.

龚俱歇了一会又开始在桌上剧烈挣扎，动作难度堪比桌上侧身跳踢踏舞，看起来非常唬人，实际毫无用处。旁边的聂藻迎着夜枭枭的目光流下脆弱而不屈的泪水："你这样狠心的人，哥哥是不会喜欢你的！"

夜枭枭托下巴："对，他爱我。"

聂藻："等他发现了你的真面目，你一定没有好果子吃！"

夜枭枭娇羞："他高中就发现了我的真面目，从那以后我打一次架他就举报一次，搞得人家都从良了啦。"

聂藻："那……那是他被你蒙蔽了！"

夜枭枭："……"

夜枭枭："你是不是在夸我好看？哎呀，你别说话了，越说我越嘚瑟，哪有你这么当恶毒女配的？"

聂藻："……"

这女人竟然该死地无懈可击！

14.

时间一分一秒地过去，夜枭枭没有再出题，龚俱停止了蹬腿，聂藻流干了眼泪，而马文才和钟岐、何杏联机打起了斗地主。

聂藻皱着脸："不知道哥哥在和爸妈聊什么……"

龚俱冷笑："又开始了，你统共就见过他几面？一个两个把他当个宝似的，他要真有那么好，何必捏着聂氏的继承权不放？说不定夜家的这个女人也是他故意勾引的！"

夜枭枭面无表情地拿起一只碗扣在他脸上："你们反派什么时候能推陈出新？打不过就侮辱人格的方法已经很老套了。"

"知道什么叫天生一对吗？就是我知道他想谈什么。"夜枭枭撑着下巴看向包间门口，"我也知道没有人可以再掌控一次他的人生。"

15.

聂琰安静地坐在桌前。

左边是重归表面优雅的苏玛丽夫妇，右边是他的父亲和继母，四双眼睛带着不同的情绪聚焦在他的脸上。

聂琰："我放弃聂家继承人的位子，聂氏归谁都可以，我不需要。"

聂太太脸上出现了一点心思被看穿的尴尬。

聂琰面向聂州："我从小跟我亲生母亲一起生活，她去世后我也是一个人，除去我母亲名下的那幢房产，其他的我会一一归还，包括此前您给我母亲的所有赡养费用。"

聂太太微笑："我们不是这个意思……"

聂州抬手打断，看向聂琰的眼神里情绪复杂而微妙："那你以后打算做什么？"

聂琰想了想，说："也许继续留在盛名做个小演员吧。"

聂州："永远不回来了？"

聂琰："不回来了。"

聂州便再次陷入沉默。

16.

青年冷淡的眉眼映在眼里，聂州看到的却是另一个人。

那也是一个永远不会再回来的人。

17.

长久的沉默之后，聂州双手捏紧又放开，最终点了点头："可以。"

聂琰站起来鞠了一躬："谢谢，那么现在还有人有异议吗？"

与在座两位商界大佬相比他的年龄已经算轻，但顶着那张始终没什么表情的脸，气势反而很足，一瞬间连聂太太都没敢再说话。

没有人提出异议。

聂琰点点头，再鞠一躬，转身出门。

18.

夜逐爵偏头问："这小子原来是我们公司的演员来着？"

苏玛丽："……"

苏玛丽："他不务正业太多章了，我也忘了。"

第十六章

1.

事情基本解决，相看两相厌的双方家长也自觉没有再共处一室的必要，跟在聂琰身后出了门。几个人在服务生的带领下来到夜枭枭所在的包间，聂琰走在最前头，打开门和里面正在狞笑着用大号透明胶带拔龚俱腿毛的夜枭枭对视了三秒钟，"啪"一声又把门关上了。

后面被他挡住视线的长辈们一头雾水。

苏玛丽："怎么了？"

聂琰："走错了。"

聂夫人伸手去推门："怎么可能，不是服务生把我们带过来的吗？"

聂琰一把抓住她的手，表情正经义正词严："真的走错了，应该是左边。"

等聂琰带着四个人以饭后散步的步伐频率左转经过走廊再绕回这个房间的时候，聂夫人合理怀疑聂琰在侮辱她的智商。

聂夫人："这不就是刚刚那个房间？你当我瞎的？"

聂琰："不是。"

感觉自己知道了什么的苏玛丽："不是啊。"

单纯妇唱夫随的夜逐爵："不是吧。"

聂夫人："……"

2.

这次推开门，里面的景象就和谐而美丽了，四个人坐在桌边聊天吃东西，除了龚俱眼中可疑的泪光，其他什么异样也没有。

聂夫人迟疑地问："你们刚刚在做什么？"

夜枭枭微笑："吃饭啊。"

聂夫人："没问你，龚俱，你说。"

龚俱龇牙咧嘴："这个坏女人——"

长长的桌布下，夜枭枭高跟鞋的10厘米鞋根准确无误地踩在了龚俱的脚背上。

龚俱眼泪汪汪："——请我们吃饭。"

"你看，我就说在吃饭嘛，阿姨还不相信我。"夜枭枭微笑着在龚俱肩上拍了拍，"这个哥哥真是好坏哦，怎么还叫人家'坏女人'！"

苏玛丽：你恶心人的招数真是深得你妈妈的真传。

3.

聂琰默默看了龚俱一眼，转向夜枭枭："走了。"

夜枭枭猛点头，温柔地抓住聂藻和龚俱一人一只手："我先走了，记得跟叔叔阿姨说说我的好话，刚刚的一切都是自愿的，不然回去的路上小心哦。"

聂藻和龚俱："……"

聂藻凝视着夜枭枭远去的背影："得想个办法给我的发际线报仇。"

龚俱郑重点头："得想个办法给我的腿毛报仇。"

聂藻："我觉得……这个不是很有报仇的必要。"

门口的聂夫人闻声转头："你们刚刚真的没发生什么意外吧？"

聂藻和龚俱异口同声地答："没有，我们真的是自愿的！"

聂夫人一头雾水。

4.

几个人走到门口，夜逐爵和苏玛丽先行离开，夜枭枭破天荒地拒绝了要送她回家的聂琰，自告奋勇要送马文才一程，然后她载着瑟瑟发抖的马文才一路飞驰，最终停在了何杏的家门口。

穿着睡衣敷着面膜前来开门的何杏："你干吗？"

夜枭枭冷酷无情地锁车："加班。"

何杏一脸疑问。

夜枭枭指指身后的马文才:"你没听错,加班,你有五分钟时间收拾好房间。"

何杏:"……"

好的老板,我能用前三分钟问候你吗?

5.

五分钟后,夜枭枭坐在了客厅的沙发上。茶几上,何杏的笔记本里还连着钟岐的麦,何杏本想挂断,被夜枭枭制止了。

夜枭枭正好想找钟岐聊关于高世收购的事。

高世背后真正的老板陆仁入狱后,这个公司就落到了"钟岐"这个表面身份的人手里,钟岐作为整个组织中唯一的幸存者,又是"钟岐"的脸,自然而然地以这个身份接手了公司,成了高世的老板。不过钟岐的技能点基本都在演技上,没什么经营公司的经验。有孤岛上同生共死的情分,夜枭枭并购高世这么个大公司显然会比其他竞争者容易一些。到时候实现两家合并,在资源上,夜枭枭就可以凭借一己之力直接把聂琰送上演艺界的巅峰。

她还没开口,那边钟岐反而先出了声:"何杏,你还在吗?我刚刚洗澡去了。"

何杏:"在,我这边……"

钟岐:"你先别说话。"

何杏一脸茫然。

夜枭枭立马用看热闹不嫌事大的眼神示意马文才和何杏都闭嘴。

钟岐:"今天听到夜总他们的事……我想了很久。"

那边传来一阵衣料摩擦的声音,钟岐似乎组织了一会儿语言:"我还很年轻。"

何杏还是一脸不解。

马文才小声:"这不是废话吗?"

夜枭枭:"闭嘴。"

钟岐:"到现在为止,人类的平均寿命估计为77岁,我只度过了其中的 33%，没有意外的话，距离我的生命终止还有很多年。"

钟岐："所以我等得起，等你做完自己想做的，再看看要不要选择我。如果连夜枭枭都能等到聂琰，那我说不定也可以，毕竟怎么想我和你的适配性都更高一点。"

何杏脸上的面膜都快给他吓掉了，她慌慌张张地看了一眼旁边的夜枭枭："啊？"

钟岐笑了一下："哪怕不选择我，要是我等你到老，好像和一起白头也没什么区别。"

看见夜枭枭相当不爽地挑起了眉毛，何杏紧张并机械地重复："啊？"

钟岐："何杏小姐，你愿意把我当作你人生的一条支线任务吗？"

6.

这种突发事件在何杏短暂的两辈子中都没有出现过，她一瞬间有点蒙，以为自己拿到了哪个校园纯情剧本。

夜枭枭接过话头："钟先生你好，我是和自己爱人不适配的夜枭枭，你愿意被我并购吗？如果可以的话，我能把我的小秘书直接作为任务奖励送给你哦。"

钟岐："……"

马文才开始接龙："那个钟先生你也好，我是不重要的马文才，那个杏姐她现在好像魂飞天外了，要不我们先谈工作吧，我困了……"

钟岐："……"

钟岐崩溃了："为什么你们都在啊？？？"

夜枭枭："是啊，你说巧不巧。"

钟岐："你们全都听见了？？？"

夜枭枭："是啊，我还录音了，帮你好好地保存在你的非主流语录专属文件夹里了呢。"

钟岐："……"

钟岐：对不起何杏，我等不起了，我现在就想一头撞死直接走完我人生的百分之百。

7.

于是四个人的会议在两个人的尴尬中开始举行，夜枭枭提出并购高世的计划，大致敲定了签约钟岐的流程，顺便谈论了一下聂琰的发展计划和国内 IT 行业其他公司的投资问题。

何杏愣是被夜枭枭越说越不对劲的话题惊到，把飞出去的魂扯了回来："我怎么听着怪怪的？你管人家搞 IT 的干吗？"

夜枭枭："我钱多我乐意，我就不喜欢看聂氏一家独大。"

何杏："那么庞大的家产说不要就不要了，那说明聂琰真不在意，你管那么多，公司这点事还不够你忙的？"

夜枭枭："你知道什么叫霸道总裁吗？"

何杏："我当然知道。"

夜枭枭："那就对了，我们霸道总裁就是这么无理取闹。"

夜枭枭："任性。"

夜枭枭："且无情。"

8.

马文才："所以我们今天会议的主题是？"

夜枭枭一脸理所当然："当然是'老板娘保卫战会议'了。"

所有人："……"

何杏：这就是你让我半夜加班的原因？

马文才：这就是你占用我睡觉时间的原因？

钟岐："……"

反正这绝对不应该是你伤害我的原因啊！

就因为我说了一句你和聂琰不搭吗？！

把和会议毫无关系的告白录音删掉啊黑心老板！！！

第十七章

1.

如果把世界看作卡牌游戏，那么夜枭枭在行动力那一栏的数据，已经站在了这一辈人的巅峰。

如果再使用一个老板娘进行卡牌的进化，那这个行动力会直接爆表，赶超所有人。

比如下周一聂琰来上班的时候，就发现自己在距离总裁办公室最近的地方有了专属的练习室，里面有两个座位，钟岐正跷着二郎腿坐在里边打游戏。

聂琰一脸疑惑。

钟岐扯下一只耳机："早啊，聂琰。"

聂琰转出去确认了一遍门牌上自己的名字，疑惑地问："你为什么在这里？"

钟岐："哦，因为我现在是盛名的员工。"

聂琰茫然。

"而且是你的老师。"钟岐收起手机，拍拍桌上的剧本，"以上一届影帝的身份。"

2.

聂琰起初是相信的，毕竟从这件事来说，钟岐的确有当他老师的资本，但是当两个小时后钟岐的眼睛再一次粘在从门口经过的何杏身上时，他面无表情地摸出了手机。

聂琰："我怀疑你过来给我当老师抱有不纯洁的目的。"

钟岐把头转回来："怎么可能？我很敬业的。"

聂琰："两个小时里，你看了门口四十二次，其中两次是因为何秘书拿着文件路过，一次是因为有两个小职员在谈论何秘书，还有十次是你在练习怎么样在最短的时间内转头并摆出最帅的角度……"

钟岐："我承认我很不纯洁！其实我还想问问你究竟怎么样才能让女孩子心动啊！"

聂琰："……"

钟岐："夜总那样的你都能搞定，你必然有过人的套路吧！"

聂琰："……"

聂琰抬手机："喂？夜总在吗，钟岐骚扰我，我要换老师。"

3.

仅过了一分钟，夜枭枭就踩着高跟鞋气势汹汹地来了，后面还跟着亦步亦趋汇报季度报告的何杏。

她一边听报告一边揪住钟岐的领子："你怎么骚扰他的？"

钟岐很委屈："我没啊！"

夜枭枭指指聂琰："知道他是谁吗？"

钟岐："聂琰啊！"

夜枭枭："错，这是你老板娘，给我放尊重点，不然明天我就把你的录音放到全网。"

钟岐："……"

钟岐："我错了，我愿为老板和老板娘肝脑涂地。"

夜枭枭满意地拍拍他被揉皱的领口，转头拉着聂琰去她办公室了。

钟岐确定他看见了聂琰眼睛里满满的笑意。

这是故意的吧？

你分明是嫉妒我有何秘书看，你看不到夜总，故意的吧？

学到了，原来当小白脸就是讨女生心动的办法！

于是他伸手拦住了要随着夜总离开的何杏，深情脉脉："我不想努力了，何秘书。"

何杏一脸嫌弃："滚，我连自己都养不活。"

4.

这一耽误就走得慢了一些，何杏和钟岐到总裁办公室门口的时候门已经关了，不透明的玻璃门前趴着秘书处其他几个职员，正中间还夹杂着一颗非常眼熟的圆脑袋，个个头挤头地试图在密不透风的门里听出一点动静，获取一点八卦。

何杏上去对着那颗圆脑袋毫不留情地一敲："干吗呢？"

其他小姑娘吓得往后直退，中间的马文才捂着脑袋，委委屈屈地说："我在跟她们打赌。"

何杏："嗯？"

马文才："赌我姐拉聂玦进去是谈恋爱还是谈公事，我说我姐在工作时间从来铁面无私，她们非不信。"

何杏："……"

何杏觉得马文才对他姐的了解还不够深入。

但是为什么没有边谈恋爱边谈公事这个选项呢？小孩子才做你们这种选择题。

呵，幼稚。

"成熟的大人"何秘书转头去看自己下属们："你们怎么回事，上班时间都干吗呢？"

其中一个大眼睛的姑娘偷笑："杏姐，你知道在网上夜总和聂老师有个 CP 超话吗？我嗑好几天了，今天可算让我逮到了官方发的糖，你就给我们透露一点内部信息行不行？"

一直站在背后的钟岐伸出两只长手把何杏和围住她的小姑娘们哗啦啦分开了："内部消息是吧？"

小姑娘们猛点头。

钟岐一本正经地说："其实我是那对 CP 的超话主持人。"

所有人震惊地瞪大了眼睛。

何杏小声道："呵，其实我是那个著名的'产粮'太太。"

马文才也小声道："哼，其实我是那对 CP 的后援会会长。"

三个人相顾茫然。

三个人同时打开了自己的"消炎一家人"聊天群。

——并在管理员列表见到了彼此。

口号是一家人就算了，搞了半天真的是一家人啊！

5.

办公室里的夜枭枭并不知道外面正在举办的"大型网友见面会"，她关上门后把聂琰从头到尾仔仔细细地看了一遍，然后把自己像个树袋熊一般挂了上去。

夜枭枭："聂琰，周一快乐！"

聂琰接住她："嗯。"

夜枭枭："看剧本了吗？我给你挑的，你觉得怎么样？"

聂琰："很好。"

腻歪够了，夜枭枭把自己放下来，指尖无意识地在桌上的文件封面上转了两圈。聂琰顺着看了一眼，才看到"投资方案"几个字，夜枭枭就用手把它压住了。

聂琰眉头微微一动。

夜枭枭犹豫了一会儿，说："我没想瞒你什么，我只是暂时没想到用什么句子解释，能听起来让你觉得我的心胸没有那么狭隘。"

聂琰："嗯？"

组织了五分钟语言也没有组织好，夜枭枭干脆破罐子破摔："好吧我就是心胸很狭隘，我见不得聂氏欺负你，我得欺负回去。"

聂琰就叹了一口气。

夜枭枭委屈巴巴地低头："你想骂就骂吧。"

6.

外面，把小姑娘们赶走后，"消炎一家三口"贴着门偷听。

马文才："我好像听见个'妈'字？"

何杏："是在说见家长吗？"

钟岐："求婚吧？"

7.

聂琰又叹了一口气，把夜枭枭放开的投资方案拿过来看了看，然后卷成筒在夜枭枭头上轻轻地敲了一下："只有感到委屈、愤怒，才是受了欺负。我从来没有因此感到不适，所以我不在乎他们会怎么样，好与不好，与我无关。"

夜枭枭："可是我在乎，我替你难过，照你这么说，他们欺负我。"

聂琰无奈地叹了一口气："那我安慰你？"

夜枭枭把他的手抬到自己的脑袋上："好哦。"

聂琰低下头亲亲她的额头："等以后吧，如果他们自己撞上门来，我不会阻止你。"

8.

门外的"偷听三人组"大惊："什么'自己撞'？"

撞什么？

不要在总裁办公室说违法乱纪的东西啊！

会被举报的啊！！

9.

钟岐恍然大悟："啊！莫非独处一室会让女孩子心动？"

何杏无情打断："不。"

何杏："会让女孩子报警。"

10.

聂琰和夜枭枭从办公室出来的时候，迎接他们的就是后援会三人组诡异的目光。

三个人动作一致地把他们俩从上到下扫视了一遍。

何杏："祝你们百年好合。"

钟岐："永结同心。"

马文才："早生贵子。"

夜枭枭一脸茫然。

11.

夜总面对自己的下属们时，甜度值直线下降百分之百，她冷着脸把他们都轰回去工作后，又从办公室里探出个头来，对着还没走的聂琰问了一句："聂琰，你今天下班后有空吗？"

聂琰点头。

夜枭枭："好，那下班后我来找你，我们去个地方。"

聂琰继续点头："好。"

夜枭枭心满意足地把头缩了回去，丝毫没发现更远处尚未走远的三人组彼此对了个眼神。

何杏眼神一斜：跟不跟？

钟岐使劲闭眼：跟啊！

马文才眨眼睛。

马文才："你们在干吗？眼睛不舒服吗？"

何杏："……"

何杏："打扰了，你这个反应能力，究竟是怎么当上后援会会长的？"

马文才睁着他无辜的小眼睛："以前的后援会会长是个高中生，她说她要回去好好学习了，就把会长位置给我了。"

钟岐："那么多人她怎么就给你呢？"

马文才："哦，因为她说她有选择困难症，准备在管理员里抽一个幸运儿……"

何杏："好了你不要再说了。"

12.

大家各怀心思地等到下班，也不知道是今天夜总心情特别好还是特意掐着点，公司上下头一回明白了在天还亮着的时候下班是什么感受，听说这一天走到公司大门的途中，处处都能听到饱受折磨的员工们激动的痛哭声。

当然，实际有没有这么夸张，难以判断。

反正三人组去跟踪他们老板和老板娘的时候，马文才的确是哭着去的。

13.

太阳逐渐开始西斜，夜枭枭开车载着聂琰走在前面，钟岐开车载着何杏和马文才紧跟其后。

两个司机都风驰电掣，十分钟后成功地让马文才从单纯地哭变成了边哭边吐。

何杏一边把车里备的呕吐袋扔给马文才，一边忍不住骂街："钟岐！你能不能慢点？！你是来灵魂飘移以便把脑子里的水甩出去的吗？！"

钟岐目不斜视，又是一脚油门："你问夜枭枭去！这么火急火燎的，她赶着投胎啊？！聂琰没把她举报给交通大队吗？！"

何杏："你怎么能骂我家枭枭！她不就赶了点吗？！"

钟岐："你还骂我呢！我不就转弯转得急了点吗？！"

何杏："对啊！你转的弯我不能骂你了？！"

钟岐："……"

钟岐："能，打是亲骂是爱，你随便骂。"

何杏："……"

马文才："……"

他想下车。

他感受到了自己有一丝多余。

14.

又过了十分钟，夜枭枭的车速逐渐减慢，最终车子缓缓地停在了一处街道旁边。这个地方何杏认识，这里是附近有名的小吃街，再往前走一段路，会看见一道门，门外竖着大理石做的石碑，刻着"锲而不舍"四个大字。

这是夜枭枭的母校，也是她和聂琰的母校。

马文才提前下车缓口气，钟岐坐在驾驶座回头端详了一会儿何杏脸上的神情，问："你知道这里？"

何杏："嗯，我和夜枭枭的高中。"

钟岐下车替她把车门打开："她来这里做什么？"

何杏摇摇头。

马文才扶着车子喘气："有没有可能是这么多年过去了，我姐她终于觉醒了少女情怀，准备和聂哥怀念逝去的青春了？"

何杏继续摇头。

夜枭枭要做什么她确实不知道，可是如果要说，能说的又太多。

——那些聂琰一无所知但是她很清楚的事。

15.

学校前面那片在改造的巷子深处，夜枭枭曾经在那里跟四处造谣聂琰的小混混打过一架，以一敌五还打了个两败俱伤，手臂骨折被迫在家休养了一星期。她在家问她妈问得最多的就是什么时候能去上学，连她妈都差点被她的好学震惊，完全没想到她好的不是学。

还有学校正门边的那个大垃圾桶，里面曾经短暂地躺过一本属于夜枭枭的日记本。夜枭枭和聂琰差一级，聂琰毕业的那一天，学校里满是毕业生扔下的试卷和资料，其他年级的学生们无缘这场狂欢，都关在教室里复习，只有夜枭枭一个人跑出来，站在门口目送聂琰离开。

少年聂琰的背影挺直得好像春天的一棵小树，只是不知道是远方的风景太有吸引力，还是背后的人使他身体僵硬，他头也没回过一次。

于是心脏承受能力向来超强的夜枭枭倍受伤害，吸了吸鼻子，从包里掏出自己的日记本，丢进了垃圾桶。

那时候何杏是夜枭枭的同桌，每天向她灌输世间的选择之道，告诉她此处不留你自有留你处，好感度是可以刷的，真正的强者从不在同一棵树上吊死。万万没想到夜枭枭一句也没听进去，不仅一直把自己拴在同一棵树上，还要在树上反复吊死。她扔完日记本十分钟又好了，说她要迎难而上锲而不舍，遵循校训始终如一。

何杏："锲而不舍"的校训不是给你这么用的啊！

何杏倍感可惜，不知道好好一个女主角型人物为什么要为了一朵高岭之花舍弃大好的花园，于是她偷偷把夜枭枭的日记本拿回来准备研究人类。

16.

最后她发现，夜枭枭这人没什么好研究的。

日记本每页的内容多多少少各有不同，总结起来却没有别的话好说——不过都是"好喜欢你"四个字而已。

17.

回忆的时间里，天空已经慢慢地暗淡下来，夕阳在天边肆意挥洒余晖，橙红的晚霞如画卷般铺开。夜枭枭拉着聂琰走到以前常走的那条巷子口，太阳将这里晒得很暖和，只有不远处改造的工地上偶尔传来一些声音，给无人的巷子添了几分人气。

她掏出了一枚戒指，戒指在夕阳下散发出柔和的光芒。

夜枭枭深吸一口气："聂琰先生，请问你愿意娶我吗？"

聂琰一时没说话。

他先是微微睁大了眼睛，然后轻声笑起来，从外衣兜里掏出另一枚款式不同的戒指。

聂琰："夜枭枭小姐，请问你愿意嫁给我吗？"

夜枭枭愣了，问："你这戒指哪儿来的？"

聂琰："之前路过店铺的时候觉得很适合你，就买了。"

夜枭枭扑哧一声笑了："我也是。"

点点金光落在他们两个头上，仿佛此刻此处就是神圣的教堂，教堂中一对新人互相戴上了戒指，宣读誓言。

聂琰："我愿意。"

夜枭枭："我愿意。"

18.

远处的马文才默默给何杏递了张纸巾："杏姐，你怎么哭了？"

何杏哽咽："可能这就是嫁女儿的感觉吧。"

钟岐低头看她，正想说点什么，余光却看到远处的街道上掠过一片黑影，于是出口的话变成了一句嘶吼："小心——"

19.

为时已晚，声音被吞没在一片巨响中。

第十八章

1.

医院第五层，两个相邻的 VIP 病房内，何杏和夜枭枭安静地躺在各自的床上。

时间已经过去了一周，她们的生命体征在逐渐恢复正常，但人从来没有醒过。

房间外刻意压低的交谈声飘散在充满消毒水味的空气中。

"很抱歉，几位先生。"医生扶了一下自己的眼镜，"目前两位已经脱离了生命危险，但是我们也没有办法确定她们究竟什么时候能醒来……"

钟岐一拳砸在墙上，把旁边的马文才吓得一抖："不能确定？你要不要再验验血看看我们是不是亲兄妹？有没有白血病？！"

聂琰没什么表情地看了他一眼："别为难医生。"

这一周里钟岐憔悴了很多，额前的碎发已经落到了眼睛上，也没想起来剪一剪。马文才的状态也好不了多少，从来充满屌样但是至少精神头十足的脸上也少见地挂上了黑眼圈，青黑的痕迹、随时随刻通红的眼圈以及浮肿的眼睛相互叠加，看上去非常像被人打了两拳。

相比起来聂琰倒是最平静的一个，只不过话少了点、人冷了点，仿佛之前的温柔是夜枭枭带来的，当她沉睡，这份温柔也就随着她进入了梦里。

钟岐看着这样的聂琰，觉得不可思议。

无论从哪个角度上来说，聂琰都不应该是最冷静的那个。

不仅是因为夜枭枭，更因为那天的车祸。

那个开着车横冲直撞过来，一拨带走夜枭枭和何杏，最终撞在墙上致使自己车祸身亡的人他几天前刚刚见过，是他的父亲——聂州。

简直巧得让人害怕。

2.

手机传来短信的铃声，聂琰低头看了一眼，让医生有情况立刻通知他，然后转身进了病房。他轻轻替夜枭枭掖好被角，照例低头在她耳边说一句悄悄话，然后叫上钟岐走了。

马文才在工作上一向帮不上什么忙，现在又是特殊时期，干脆就留在医院看着夜枭枭和何杏的情况。好在这段时间苏宁和苏玛丽也会常常过来，两人在走廊上给他架了张简易小床，生活用品什么的都不缺。他每天除了看两个睡美人根本没有事干，只能掏出手机玩几局游戏、啃个苹果、数数美人们的眼睫毛，数到一半还经常悲从中来痛哭出声。为此，路过的医生护士们倍感焦虑，每天都在私下讨论到底要不要建议他去一趟精神科。

马文才当然不会去，但是如果他现在去的话还能遇上熟人。

3.

聂夫人正在精神科开药，对着医生哭诉她连续一周的精神衰弱。

作为聂州的第一顺位继承人，她继承了他庞大的公司，车祸和幸福来得都过于突然，直接导致她每天晚上都睡不着，总梦见聂州开着一辆满载钞票的豪车过来，说"亲爱的我们去旅行吧"，等她问去哪儿旅行的时候，这位中年帅哥就笑着握住她的手："当然是天国啦！"

吓得聂夫人哭着就醒了。

——完全没注意她梦里的聂州人设有多崩坏。

4.

十分钟后聂夫人走出医院大门，手里拿着医生给开的安眠药，看到人来人往的大街，重重地叹了一口气。

这几天家里格外乱，又是接手公司的事又是接受警方的调查，开始聂藻还能和她互相安慰，后面大概聂藻自己也撑不住了，一天天的关在房里不出门。聂夫人已经好几天没见到她了，也不知道这样下去，周六聂州的葬礼还能不能正常举办。

想到这里她犹豫了一下，还是抬手给聂琰打了个电话。

几声忙音后那边才接起来："有事吗？"

聂夫人："你……你爸周六的葬礼。"

聂琰："知道了。"

聂夫人："你应该会来的吧，咱们其实没有必要那么敌对，是不是？"

聂琰面无表情地挂了电话。

5.

坐在他对面的苏玛丽小声嘀咕："完了，看起来文明小聂好像黑化了。"

旁边的夜逐爵皱眉："什么叫'黑化'？"

苏玛丽："就是从岳飞变成秦桧。"

夜逐爵："哦。"

环视一圈没有别人之后，夜逐爵难得有点不好意思地低头，迟疑地问："那是谁？"

苏玛丽："……"

苏玛丽：这我没办法解释。

6.

聂琰挂断电话后将手机平放在桌面上，左手无名指上的戒指闪过一点微光。

聂琰："我刚刚说的您考虑得怎么样了？"

夜逐爵一秒恢复霸道总裁形象："你算我女婿，喜欢我哪个公司，大可以随便挑，但盛名是我女儿一手经营起来的，你要这个，我不同意。"

聂琰："枭枭醒过来后我会原样奉还。"

夜逐爵："理由呢？"

聂琰："我们两个无论是谁躺在医院，剩下的那个都会查清楚这件事。我需要这个位置来清查泄露我们行踪的人，并解决那个罪魁祸首。"

"您也可以选择不交给我，等我出去建立自己的势力，时间会长一些，中间或许还会有意外发生。"聂琰站起来，直视夜逐爵的眼睛，"您自己选。"

夜逐爵眼神深沉："你威胁我？"

聂琰毫不退让："对。"

7.

丈人和女婿之间的气氛达到冰点。

只有丈母娘一个人吃瓜看戏，甚至在心里默喊：打起来！打起来！！

8.

两个人对视。

谁都不眨眼睛。

最终夜逐爵因为眼睛太酸不幸落败，从苏玛丽包里气急败坏地捞出一瓶眼药水："你觉得呢？"

苏玛丽幸灾乐祸："给呗！"

夜逐爵："你怎么一点危机感也没有？"

苏玛丽："两个主角要什么危机感？"

夜逐爵："主角又是谁？"

苏玛丽："……"

夜逐爵："你究竟背着我认识多少我不知道的人？！"

苏玛丽："……"

9.

最终夜逐爵被自己的老婆和"长江的后浪"一起拍死在了沙滩上，不得不选择了妥协。

事实证明苏玛丽是正确的。

因为当天半夜一点，病床上的夜枭枭猛然睁开了眼睛。

她一点儿也不像个刚刚醒来的植物人，动作特别自然且流畅地起身穿鞋溜出门，半路还在房间的桌上顺了个苹果啃。

马文才大概回家了，外头的简易床上空空如也，半夜里咔嚓咔嚓啃苹果的声音非常瘆人，夜枭枭顺着墙边挪动，恍然间仿佛还听到了另一个咔嚓咔嚓声。

她吓了一跳，心惊胆战地走到声音的来源处，发现那儿蹲着一个长头发的女人。

伴随着脆响声，低头啃食的女人慢慢抬起了头——

露出了何杏的脸。

10.

夜枭枭："……"

何杏："……"

夜枭枭："这么巧，你也醒了啊？"

何杏："是啊，我两天前就醒了。"

夜枭枭："我昨天刚醒……等等，我装是为了聂琰那该死的温柔，你有什么可装的？"

何杏："……"

何杏："对不起，我真的好不想回去上班。"

11.

两个心有灵犀的好姐妹就这么互相敞开心扉，一起蹲在地上啃苹果。

啃完了，两个躺了一整天的人又决定就着好月色出门散散步，然后一过拐角就看见了举着电棒的马文才。

于是半夜上厕所回来听见走廊里奇怪声响的马文才惊恐地看见，墙角那两个披头散发低头不知道在啃什么东西的女人在冷冷的月色中抬起了头，露出了本该属于两个植物人的、他熟悉的两张脸。

马文才："鬼啊——！！！"

12.

马文才虽然尿，但尿也尿得很有素养。

比如见鬼的这一刻虽然他电棒已经在手，但看见对面是两个"女鬼"之后还是犹豫再三，最后拎着电棒鬼哭狼嚎地跑了。

嚎了几米想起来这是医院，他又强行把自己的声音压了下去，无声流泪地狂奔到大门口。值夜班的小护士被吓了一跳，以为他终于疯了，颤巍巍的手差点就拿起了镇静剂。

小护士瑟瑟发抖："你、你、你、你怎么了？"

马文才也瑟瑟发抖："有、有、有、有鬼！两个！"

小护士：完了，他精神分裂了。

马文才伸手比画："而且大半夜在走廊里不知道啃什么东西，不会是啃人吧……"

小护士：完了，他被迫害妄想了。

马文才可怜巴巴："不、不好意思，你能陪我再上去看一眼吗？"

小护士："……"

小护士差点哭了：完了，这个有被迫害妄想的精神分裂症患者是不是看上我了？

13.

战战兢兢的小护士和哆哆嗦嗦的马文才一起爬回五楼。

这片VIP病房区本来就没多少人，此时又是深夜，人更加少。两个人从走廊头摸到走廊尾，别说鬼了，连个多余的影子都见不着。于是场面一度变得很尴尬，看起来更像医护人员深夜陪着精神病病号在走廊散心了。小护士被自己的脑补吓得不行，抖着腿跑了，马文才只好一个人满头问号地躺回自己的床上。

他才闭上眼睛二十分钟，就听到自己的床边传来窸窸窣窣的声音，隐约间仿佛还有说话声："你看你要是去追他就没这么多事了吧。"

"大家都是生平第一次当鬼，反应不过来很正常嘛。"

马文才默默地睁开眼。

披头散发，抓着一把瓜子在嗑的何杏和夜枭枭正注视着他："咦，你醒啦？"

马文才默默地被吓晕了。

14.

第二天马文才是被钟岐叫醒的，钟岐皱着眉头拍他的脸："这位小同志，几点了，还睡？"

马文才小同志精神恍惚地爬起来，发现天已大亮，钟岐和聂琰都在，医生大概已经讲过近日的情况，走了，聂琰正在夜枭枭房间里替她擦脸。

马文才咽了口口水，走进去对他姐进行了360度无死角的观察，终于还是犹犹豫豫地开口："姐、姐夫，我昨天好像看见我姐她醒……"

被窝微不可察地动了一下，在聂琰看不到的角度里，有两根手指伸出来，狠狠地揪住了马文才的大腿肉。

马文才："……"

马文才眼中泛起了泪花："啊，一定是我太思念我那美丽而善良的姐姐了吧！"

那两根手指满意地缩了回去。

15.

等聂琰和钟岐走后，马文才就亲眼见证了人类奇迹之"植物人三秒下地"，夜枭枭和何杏像两个丧尸似的在地上龇牙咧嘴地蹦跶："哎哟腿麻了、麻了、麻了。"

马文才："你们俩……"

夜枭枭和何杏："装的。"

马文才："那你们俩……"

夜枭枭和何杏："厕所是趁你们不注意偷偷去上的。"

马文才："你们俩心理素质很好我知道……身体素质什么时候也这么好了？"

16.

当时聂州开的那辆车仿佛是刹车出了点问题，从巷子头一路左冲右撞而来，也不知道方向盘究竟怎么打的，先撞上下意识把聂琰拉开的夜枭枭，后又在墙面上擦过，斜斜地冲出巷子口，把本来站在安全地带偷看的三个人都带翻了，三人狠狠地撞上了拐角的墙面。

其他两个人是轻伤，只有离车最近的何杏和被正面撞击的夜枭枭受伤最重。两人被送到医院抢救后倒是脱离了生命危险，可是听医生的描述，两人像是电视剧里那样得睡个一年半载的，万万没想到一周没到就醒了。

何杏："我是昏迷来着，但是恍惚中我想起来，再不醒我游戏签到就断了。而且陆仁那件事之后我充分意识到了身体素质好的必要性，天天在家练杠铃。"

马文才忍不住看了一眼她毫无变化的肱二头肌。

夜枭枭："我是被聂琰叫醒的。"

"消炎"后援会会长和"产粮"大手立刻竖起耳朵。

夜枭枭："他每次来看我都要跟我说一句一模一样的话，我听了一周简直快心肌梗死了，实在扛不住我就醒了。"

何杏很兴奋："什么话？"

夜枭枭眼神复杂。

17.

她刚要开口，门口猛地传来钟岐的声音："何杏呢？！"

夜枭枭："娘啊他们不是刚走吗？！"

何杏："先躺下再说！"

夜枭枭飞身上床，何杏的心一横，闭上眼睛在夜枭枭旁边躺下了。

聂琰和钟岐打开门的时候，马文才还对着面前两具一秒入戏、脸色苍白的植物人发愣。

马文才："你们怎么又回来了？"

"我手机忘这儿了。"钟岐看见何杏在这儿，脸色缓和不少，"她们俩怎么躺一起去了？"

马文才拼命组织语言："那个……医生说要促进她们恢复就要多跟她们交流提高她们的求生欲望。"

聂琰垂下眼睛："嗯？"

马文才："我、我是觉得人和植物人搞不好已经是两种生物了，有没有可能植物人之间语言才互通？所以我把她们两个放一起让她们先交流交流。"

何杏的嘴角抽搐了一下。

此刻门口恰好经过昨天守夜的小护士，她看见马文才时愣了愣，秉持着职业道德探头进去细声细气地提醒了一句："家属没事不要聚集在病房里，会打扰病人休息的。"

马文才如获新生地松了口气："是啊，你们回去忙吧，我肯定能照顾好她们俩！"

聂琰意味深长地看了一眼马文才，让钟岐去拿手机，自己俯身摸了摸夜枭枭的头发，照例开口说那句话。

这回何杏睡得近，听得一清二楚。

这句直接把夜枭枭从植物人刺激成大活人的话是："夜枭枭，醒醒，你要破产了。"

18.

何杏：嗯？不是很懂你们夫妻的"脑回路"。

19.

不过今天大概是心情好，聂琰说完这句后居然罕见地笑了一下，又补充了一句："路桐和李云生拘留结束了，再不醒，我就把路桐叫来给我当助理。"

夜枭枭放在被子里的手抖了两下。

其实聂琰这句话半真半假，他的确重用了路桐，并签下了李云生。只不过他们现在不是助理和演员，他们俩充分发挥个人特长，被无比正直的新任聂总派去聂氏当了卧底。

"双白莲"的实力不是盖的，这两个人简直就跟抢业绩的销售员一样，花样百出互相竞争，今天路桐通过假摔获得了龚俱的注意，明天李云生就凭借卖惨进入聂夫人的视线，等路桐打听到车祸事件的关键因素时，李云生已经靠自己的努力打入了敌人内部。

——获得了聂家大门保安的工作。

不愧是他——

每件事都做不到点子上。

第十九章

1.

实话说，李云生作为一个有前科的失业人员，能够重新被任用已经感到非常满足，所以在这场卧底行动里，他当个小保安倒没什么怨言，比较有怨言的是，跟他同起点的路桐居然混得比他好。

路桐显然在塑造人设这方面比他聪明一点，她到龚俱常去的餐厅里当了个打工小妹，装作不经意地假摔泼了龚俱一身咖啡，随后在这个愤怒到骂人的富家子弟面前抬起自己坚贞不屈的头颅："这位先生，您可以让我道歉，但请您不要侮辱我的人格。"

龚俱气得跳脚："我这件衣服你这种穷酸打一万年的工也赔不起！"

路桐："钱我会全部赔给您！但这个世界上也有钱买不到的东西，请您为您的言行道歉！"

龚俱：啊！

龚俱：她好自立、好坚强，说话的口吻和我见过的女人好不一样。

然后路桐就成功引起了龚俱的注意，龚俱要求她给他做保姆还那件衣服的债，三天一小吵，五天一意外，成功让龚俱觉得她是一个单纯而不做作的可爱女人。

路桐："……"

路桐：他好傻、好天真，脑子跟聂琰的真的好不一样。

2.

最后路桐以女友的身份挽着龚俱的胳膊出现在聂家大门口的时候，

还在帮聂家看大门的李云生彻底怒了。那感觉就像是——一个坚持在底层工作的老实人有一天突然发现和自己同期的实习生靠美貌傍上了大款一路飞升，他当时心态就爆炸了。不过他还没来得及开口，最近看起来心情都不是很愉快的聂藻就先说了一句："表哥，这一任的新表嫂在别人家有亲人过世的时候都能笑得这么开心，真的好可爱哦！"

路桐立刻在她对面憋出两个通红的眼圈，捏紧了龚俱的衣角："对不起，我之前不知道你们家……真的很抱歉！"

龚俱瞪了聂藻一眼："你别逮着她欺负，她什么都不知道。"

聂藻泫然欲泣："本来这段时间我情绪就不好，现在被人刺激了又学不会装可怜，连表哥都这样对我，我不想活了啦！"

面对对方再次打出的嘲讽攻击，路桐上前一步抓住聂藻的手："表、表妹，我可以这样叫你吗？就算现在你不喜欢我也没关系，我一定会努力的，一切也都会好起来的，我们一起加油！加油加油加油！"

聂藻："……"

聂藻：我想打你。

路桐：我也是。

3.

想归想，演还是要演，于是两个互相看不顺眼的女人笑靥如花地携手步入餐厅，开始聂夫人一家人的聚餐和路桐单方面的套话。与此同时，李云生调出了别墅里的各方监控画面，开始查看近期的人员进出状况。

当晚，一条内容为"聂夫人说车祸前聂州常常发呆，车祸发生前晚有不明身份者进入过聂家车库，聂藻情绪激动，或有内情，已将证据移交警方"的信息发送到了聂琰的手机上。

聂琰正在医院，最近这几天他不知道又中了哪门子的邪，说终归是不放心，要来医院亲自看护夜枭枭，连桌子都搬了一张来，所有的工作都在夜枭枭床边处理。好在他是在隔壁的空病房里睡觉，马文才也能适时地把他叫出去，不然夜枭枭可能会在各种意义上憋死。

消息发过来的时候夜枭枭正在尽职尽责地假装一具植物人，躺在床上听聂琰的呼吸声打发时间，然后听到他平稳的呼吸在点开手机时停滞了一下。

信息下面还带了张图，那是聂州出车祸时带在身上的照片，大概是从车祸的调查资料里截的，画面模糊不清，但照片本身聂琰很熟悉。

那是他出生时照的，他、林微茗和聂州唯一的合照。

聂琰的视线在上面停了好一会儿。

冰冷的壁垒仿佛被这一张模糊不清的图打破，藏在底下的沉重悲伤露出个头来，聂琰索性不再去看，转身趴在夜枭枭床边，轻轻地把她半个身子环进怀里。

夜枭枭吓了一跳，差点就要动，就听见聂琰的声音近在耳边："别动，我靠靠。"

夜枭枭紧张：完了，我被发现了。

聂琰眯着眼睛补了一句："睡得好沉，这样靠都不醒。"

夜枭枭放松：哦，他在诈我。

聂琰："装这么久，手麻了没？"

夜枭枭再次紧张：不对，他就是发现了。

聂琰闭着眼睛笑："唔……这么诈都没反应，看来是真的没醒。"

夜枭枭："……"

夜枭枭：你逗猫呢？！

4.

今天周三，聂琰在我装睡的时候戏弄我，记大过，等我日后一百倍调戏回去。

5.

马文才和刚混熟的"八卦爱好者"小护士梁祝蹲在门口听完了全程。

这边的偶像剧已然落幕，梁祝拍拍手换了一把瓜子，和马文才一起转了个方向，蹲在何杏的病房门口开始听下一场。

其实最开始只有聂琰一个人搬了过来，但是钟岐一看觉得这样对比他显得弱了不少，反正他现在也没什么正经工作，于是当天就决定要24小时贴身看护何杏，连床都支在何杏旁边，誓与他的杏杏共存亡。

还好这边人少，够他们几个"造"的，只是亡不亡的不太清楚，能肯定的是再这么下去他和何杏总得疯一个。

因为钟影帝的叫醒方式真的很特别。

6.

每天晚上九点钟，钟影帝都会准时出现在何杏床边："错的不是你，是这个世界。"

何杏：嗯？

"我会代表正义拯救你，我的爱人。"

何杏：嗯？？

"如果让你重新来过，你会不会爱我？"

何杏：嗯？？？

但今天这个"中二病"仿佛终于回归了正常人的叫醒方式，他坐在何杏床边很久没说话，那双漂亮而憔悴的眼睛里透出落寞，时间过去很久他也只是小心翼翼地摸了摸何杏的脸："我想你了。"

尽管不太想承认，但何杏还是觉得自己的心脏被这几个字揪了一下。

钟岐只颓了一会儿又笑起来："不过我今天跟聂琰学了新的叫醒方法。"

何杏：嗯？！

他轻轻地拢住何杏的秀发，温柔道："何杏，醒醒，你头发没啦。"

何杏："……"

钟岐动手拔了一根头发："快看，真的没啦。"

何杏："……"

钟岐动手拔了第二根头发："玫瑰花瓣一片一片片，飘落在眼前啦。"

7.

刚刚心动的何杏翻身起床，一把把钟岐摁在地上："给爷死。"

8.

钟岐，一个风里来雨里去，长时间混迹反派组织，赤手空拳痛击过自己反派队友的男人，被人间奇迹"植物人"何杏摁蒙了。

何杏整个人压在他身上，从自己包里翻出一把剪刀来，冷笑着抓住了钟岐的头发："玫瑰花瓣是吧？

"飘落在眼前是吧？

"我何杏今天就让你看看什么叫辣手摧花！"

直到很久以后，马文才还记得他打开门偷看的这个历史时刻。何女侠手持剪刀上下飞舞，手法娴熟快至无影，短短十分钟，钟岐就从一个发量旺盛的帅哥变成了一个头顶有星辰大海的帅哥。

不对。

不是大海。

从何杏特意给他两边留下的"双马尾"来看——

是地中海。

9.

何杏几剪刀下去心情都舒畅了，甚至这一刻脑海中诞生一个崭新的策划，马上就可以联系媒体进行推广。

标题就写：《盛名公司疑将推出地中海组合，似与前辈碰瓷出道》。

地中海组合无可置疑的C位钟岐，在何杏辣手摧花期间躺在地上如同石化，等他确认这会儿揪着他头发的就是活的何杏没错，他几乎有点神经质地笑起来。

何杏被他笑得毛骨悚然："你干什么？"

钟岐轻轻易易地翻身起来，用两条长胳膊揽住她："你没事啊？"

何杏抬手把他脑袋后边的"漏网之鱼"也剪了，有点无奈："能不能不要顶着这个发型做这种言情举动？我有点儿恶心。"

10.

何杏："拔头发这种方法你到底是跟谁学的？"

钟岐："聂琰说的。我问他为什么看起来一点也不担心，他跟我说有两个办法能让你马上就醒。"

何杏："那……除了这个还有什么？"

钟岐："坐在你床边把你的游戏账号当场注销。"

何杏：“……”

她一时间竟然不知道他到底想坑谁。

11.

从钟岐的描述来看，聂琰根本就是知道了她们俩在装，但他不仅没拆穿，甚至非常乐在其中地配合。这么一想，隔壁的剧情必然精彩万分。于是"快刀无影手"何女侠、双马尾帅哥钟影帝、吃瓜第一线观众马文才和不知道来干吗但是看神经病看得非常快乐的梁护士一拍即合，一起挤到了夜枭枭房间门口，准备收看今天的午夜场。

——结果啥也没看着。

聂琰趴在夜枭枭身上香甜无比地睡了。

就这？？？

大家纷纷表示不行，并默契地回避了夜总求救的目光，齐齐散场。

于是直到深夜聂琰才被电话铃声叫醒，一抬头就看到夜枭枭在黑暗中炯炯有神的双眼。

聂琰："醒啦？"

夜枭枭点头。

聂琰："下次还装吗？"

夜枭枭摇头。

聂琰："怎么不装了？"

夜枭枭："我在思索人生哲学。"

聂琰："嗯？"

夜枭枭："'不管我麻了的腿，直接爬去卫生间'和'管我麻了的腿然后失禁'究竟哪个比较丢脸。"

聂琰："……"

实话讲，你装了那么多天最后因为这种事装不下去，本身就挺丢脸的了。

12.

最后，聂琰只好把夜枭枭打横抱起来，夜闯女厕所，然后再把用双腿走路抖得跟没用过腿似的夜枭枭抱回床上。老板娘平生没干过这种事，回来的时候耳根红得山丹丹开花红艳艳，沉着脸一句话不说，把夜枭枭往被子里一裹就拿着手机准备走。

夜枭枭腿麻了依旧依靠腰部力量在被子里扭得如同蛇精下凡："我错了！我真的错了！别走嘛！老板娘！聂琰！学长！琰琰！！"

聂琰毫不留情"啪"一声关上了门。

夜枭枭："……"

夜枭枭哽咽："明明人家晕过去的时候你那么温柔。"

夜枭枭："不要醒就好了。"

夜枭枭："哎呀头痛。"

于是房门又被推开，聂琰无奈地叹了一口气："快点睡觉。"

夜枭枭眨巴眼睛："可是我睡了一星期了呀。"

聂琰："睡美人睡了一百年。好好休息，明天我去办出院手续，周六跟我去参加我父亲的葬礼。"

夜枭枭："哦，好吧。"

聂琰走进来低头给她一个轻轻的吻："晚安。"

夜枭枭："聂琰。"

聂琰："嗯？"

夜枭枭："你知道睡美人是被亲醒的吗？我感觉现在亢奋得可以去参加铁人三项。"

聂琰："……"

聂琰再次毫不留情地关上了门。

13.

第二天，两位病床上的女演员一同出院。出院时小护士梁祝简直对他们一大家子难舍难分，恋恋不舍地追到大门口。

大家派和她最熟的马文才前去交涉，双方于医院大门口会面，共同结下了平等友好的"外交关系"，其间梁祝在大家亲切的注视之下发表感言："你们真是太好玩了，下次来住院一定要叫我哦！"

大家满脸问号。

马文才感动抹泪："嗯！一定！"

大家："……"

夜枭枭："他们从某方面来说挺配的。"

何杏："就是感觉他们俩能演绎出一段三角关系。"

14.

周六，聂夫人在葬礼上看到这浩浩荡荡一大拨人的时候，同样的思索飘过了她的脑海。

聂琰是聂州的儿子，来很正常，夜枭枭作为儿媳妇来似乎也说得过去，马文才四舍五入算聂琰的表弟，也勉强能行，但是后边跟着的这俩是谁啊？

何杏指着夜枭枭："我是她女朋友。"

钟岐指着何杏："我是她男朋友。"

聂夫人：这？几角关系啊？这么刺激？

何杏："字面意义上的朋友。我也是车祸的受害者，和聂叔叔有一面之缘，过来悼念一下。"

15.

几天前警方在得到信息后进行了排查，发现那个半夜潜入聂家车库的竟然是个普通维修工人。

他说有人到他家高价下单，请他来给聂家的轿车更换刹车片，之后汽车虽然还能正常行驶一阵，但是很快会因为磨损严重出现刹车失灵现象。

那人问了车子大概还能正常使用多长时间就给钱走人了，全程戴着帽子、口罩，长相看不清楚，走路更是顺着监控死角走。警方一时半会儿追踪不到线索，看了信息之后觉得或许可以从聂家这边下手。但是相关人员盘问许多遍统统否认，在没有证据的情况下警方又不能进屋搜查，进度一下就停住了。

聂琰在心里把这事估摸了一遍，决定借着这个机会把夜枭枭带过来套个话。

这事儿何杏知道后，她倍感兴奋，死乞白赖地跟来，觉得以自己多年的阅读经验和预判能力，她不来简直浪费人才。

钟岐一看，你居然要参加这么危险的活动那怎么可以少了我，然后也戴上假发颠颠儿地来了。

于是最后只剩下马文才。

年纪小，人傻，还尿。

16.

大家认真思考了整整十秒钟。

人家盗墓的盗墓前都要点个蜡烛，他们此番前往龙潭虎穴探寻真相，如此危险——

搞不好需要点燃他们的吉祥物。

第二十章

1.

聂州的葬礼一切从简。

这样看来人的一生大概也是简单的，来时在母亲的臂弯里只有几斤重，去时在那个漆黑的盒子里也只有几斤重，万物生不带来死不带走，放眼望过去，在场说得上和他真正有所羁绊的也只有聂夫人和聂琰两个。

可就算是这两个人，聂州也不是他们人生的重要组成部分。那点悲伤或浮在表面上，或被更浓重的厌恶埋在心底。这世上不是没有人曾经把他刻进生命，但如今也早带着没人知道的老故事，沉睡在无尽的黑暗里。

人活到这个分上，充满孤家寡人的味道，简直是"帝王之才"。

2.

大家走完流程，擦擦眼泪互相问候哀悼。

何杏和钟岐在散开的人群中交流了一个眼神，悄悄开始了他们的行动。

在葬礼开始前，本次的"行动总指挥"聂琰先生其实已经对大家进行了明确的分工，具体内容就是他和夜枭枭打掩护，何杏、钟岐发动套路攻击，马文才按兵不动，待在原地散发福气。

此刻夜枭枭已经拉住了本场最能管事儿的聂夫人，开始没话找话，钟岐、何杏一明一暗，一个去色诱——不是，是和聂藻进行和平友善的文化交流，一个在后面给他提供技术支持。

3.

聂夫人脸色并不好，大概安眠药也无法从根源上解决她的心理焦虑，何况身为母亲，她不会看不出来聂藻的不正常。人群散开之后聂夫人勉强应对完那些问候的亲友，转身就想去找聂藻，问问她最近究竟发生了什么。

万万没想到她才转了半个身子，夜枭枭两条胳膊伸过来又给她转回去了。

聂夫人一脸疑惑。

夜枭枭："下午好，聂夫人。"

聂夫人对她着实挤不出什么好脸色："有事吗？"

其实压根没想好聊什么的夜总顺着本能找到了第一个聊天方向："现在聂氏经营得还顺利吧？"

聂夫人："你在讽刺我能力不足吗？"

夜枭枭："公司是您名正言顺得到的，我没有那个意思。"

聂夫人："你在内涵我名不正言不顺吗？"

夜枭枭："不，我是说这一切也挺意外的……"

聂夫人："哦，你怀疑我对老聂下手？"

夜枭枭："……"

夜枭枭：你怎么每句话都能自己找出雷点？心思给我单纯一点啊女人！

"夜·步步踩雷·枭枭"果断转换了一个她认为怎么也不会有雷点的方向："好吧，其实我是想说您今天的穿着很好看。"

聂夫人："……"

聂夫人："你嘲笑我平时衣品不好？"

夜枭枭："……"

4.

夜枭枭一度被聂琰搞没的那点"霸总"脾气全给她激上来了，干脆破罐子破摔一转攻势："谁允许你这么跟我说话的？"

聂夫人愣了。

夜枭枭："手机定位打得开吗？GPS听得懂吗？我劝你找准自己的定位，不要来一而再再而三地挑战我的底线，否则我会让你连外卖都吃不起。"

聂夫人满头问号："我为什么要吃外卖？"

夜枭枭："哦，因为我爸刚刚突然心情很好，决定选择你们家当那个破产的'幸运儿'。"

夜枭枭："然后他就随手做了点小动作。"

夜枭枭："比如高价撬了你们公司的核心成员。"

聂夫人大惊失色。

夜枭枭："但是他把扫地的保洁阿姨全部都给你留下了，保证你回去看到的公司光溜溜，你放心！"

聂夫人双眼一翻直线倒地，聂琰抬着她去打120，夜枭枭拍拍双手，在行动小队群组发送短信：放心干吧朋友们，我把聂夫人解决掉了！

没让你这样解决啊！！！

聂琰：聊天"宝才"，我捡到鬼了。

5.

看到这条消息的钟岐和何杏表示夜总果然靠谱，于是立刻前往了自己的任务地点。

钟岐今天将假发梳成大人模样，穿上一身帅气西装，带着他能刺瞎人眼的帅气晃到一个人坐着的聂藻身边，为年纪尚轻的她递上一瓶插好吸管的 AD 钙奶："小姐，一个人吗？"

他的微型耳机里传出何杏的磨牙声："就你这还影帝？你演过偶像剧没有？？"

钟岐低声："没有啊。"

何杏："啊？"

钟岐："我演的都是丧妻的战士、孤独终老的间谍，还有，没来得及谈恋爱就被卖到大山里给人家当免费劳动力并成为乡村爱情第三者引发社会思考的正直青年。"

何杏惊呆了："什么青年？？？"

但显然这位硬汉的颜值给聂藻加上了大大的降智效果，她接过这瓶 AD 钙奶，在钟岐的注视下落下两行清泪："我在电视上见过你，你、你是第一个关心我的人，谢谢。"

钟岐回忆了一下聂琰看夜枭枭的表情并完美复制粘贴到脸上："你

怎么了？"

聂藻："我……"

钟岐露出偶像剧男主般的阳光笑容："没事！没有什么是一瓶二锅头不能解决的！"

聂藻："啊？"

钟岐："想哭的话就看看金黄的麦田吧，看到颗颗饱满的收成就会笑出声来了。"

何杏："求求你了你快闭嘴吧。"

何杏："你以前跟我说话都很正常啊钟岐，你是个影帝，能不能自然一点？！"

聂藻同时也在说话："你在说什么？"

钟岐下意识回答何杏："你跟别人不一样。"

钟岐："我没有过过正常人的生活，不知道这些感情是什么样的，但遇到你好像就能无师自通了。"

何杏："……"

有一说一，你的情话语录很适合带回去帮我做橙光游戏。

6.

聂藻红了脸："我、我们才认识。"

何杏不出声，钟岐笑了笑，才对着聂藻再次复制粘贴聂琰面对夜枭枭的处事方式："好了，现在能跟我说说发生什么了吗？"

聂藻："我……我最近总是做噩梦，梦到聂叔叔……聂叔叔来找我了。"

钟岐："为什么会害怕呢？"

聂藻："你可以不告诉别人吗？"

钟岐竖起三根手指："可以。"

聂藻大概也是终于忍不住了，几乎有些崩溃地抓住了钟岐的衣角："是我让聂叔叔出门的，是我跟他说我知道哥哥在什么地方，是我让他去的。"

钟岐："为什么？"

聂藻："我什么都不知道，是表哥……"

7.

大概是老天都看不下去聂藻坑自家人，关键信息即将出口的时候，平地刮起一阵大风。大风起兮云飞扬，假发受不住兮飞四方，呼啦啦地就跟着风"私奔"了。

风中飘荡的双马尾总算让聂藻从"降智光环"里走了出来："你是谁？"

钟岐："……"

聂藻战术后退："你要干吗？离我远点！"

钟岐："……"

聂藻："你是来套话的？"

钟岐举起双手："我真的不会说出去的，小妹妹，我刚刚发誓了。"

这是实话。

反正他不说何杏也会说的。

但聂藻还是怀疑地往后退了好几步，咬咬牙，一溜烟儿地跑了。

8.

何杏举着录音笔走出来："她还能跑哪儿去？这不全是我们的卧底吗？"

钟岐理顺自己被风吹乱的头发："不知道哦。"

何杏："你能不能直接剪个寸头？"

"我不。"钟岐摸摸自己的双马尾，"这是我爱的勋章。"

何杏："那要不下次我直接给你背上刺个字得了。"

钟岐："可以，刺个'何杏可攻略'，不过这样我以后就拍不了露背的戏了。"

何杏："神经病。"

9.

聂藻有点紧张。

那顶飞扬的假发和那个闪闪发光的头顶简直打乱她的思绪，让她产生强烈的不安感，她急于去找到龚俱说明情况，获得一点心灵的慰藉。

这场车祸她不是主谋，她只是刻意戳着聂州对聂琰和他母亲的那点愧疚煽动了他的情绪。她虽然不知道那辆车被动过手脚，可是她帮着掩护那名维修工进聂家别墅的时候，她知道车祸报告里那辆车不对劲的时候，她还能猜不出来吗？

一想到这事捅出来就得完蛋，聂藻吓得夜夜睡不好觉，梦里都是聂州开着那辆车到她面前说"小藻我们去旅行吧"，她战战兢兢地问爸爸去哪儿，聂州就笑眯眯地回答说"还能去哪儿，当然是去天国"……

等等这段好像有些熟悉。

10.

龚俱身边站着路桐。

两个人连走路时的距离都保持在十厘米以内，相当阴魂不散。

聂藻喘了口气："表哥，我有些事想和你单独谈谈，能过来一下吗？"

路桐："不要嘛。"

聂藻："……"

路桐挽住龚俱的手低下头："我对这里的人都不熟悉，我、我害怕。"

龚俱点头："就在这里说吧，路桐也不是外人。"

聂藻："……"

谁还不会装可怜了？

聂藻："我就知道，你现在有了表嫂就不喜欢我这个妹妹了，我跟你说话都不行。"

龚俱："不是，我……"

路桐也眼泪汪汪地哼唧："我知道小藻你不认可我，我还会努力的，至少现在不要这样仇视我好吗？"

龚俱："路桐，你……"

聂藻："表哥你看！表嫂又在污蔑我了，我哪里有说那种话？！"

龚俱："……"

你们是想跟我说话吗？

不。

你们只是想以爱的名义操控我！

11.

"算了，你们去谈吧，我没有关系的。"路桐哭着掏出了聂琰给的窃听器并不动声色地把它塞进了龚俱外套的口袋里，拍着他的胸膛委屈巴巴道，"你要快点回来，我不想一个人待在这里。"

龚俱倍感内疚，抓住她的双手："嗯！一定！"

路桐泪眼蒙眬："你还记得我们的誓言吗？山无陵，天地合——"

龚俱抓住她的双手含情脉脉："——乃敢与君绝！"

12.

聂藻："……"

聂藻：我想吐。

路桐：其实我也是。

13.

聂琰叫人把聂夫人送走，回来时就看到何杏、钟岐已经和路桐碰头。三个人脑袋抵着脑袋在那儿偷听聂藻和龚俱谈话，夜枭枭远远地站在一边看手机，看见他后招了招手，仍然没有要上前的意思。

聂琰："不过去？"

夜枭枭："我不。"

聂琰觉得奇怪。

夜枭枭："看你这么淡定就知道你肯定没闻到。"

聂琰一脸疑惑。

夜枭枭瞥了路桐一眼："没闻到我们老夜家的'陈坛老醋'味儿。"

"哦。"聂琰伸手摸她的头，"那你们家坛子的盖在哪儿？我盖一下。"

夜枭枭很不要脸地嘟嘴："在这儿。"

聂琰就低头亲亲她，亲完垂下眼睛笑了笑："也不是很酸。"

14.

不远处的何杏转过了头：我好像看到了什么不该看到的东西。

不远处的钟岐转过了头：真的酸了，能不能让何杏也给我盖盖？

不远处的路桐也转过了头：真的好想骂人怎么办？

很远处站在原地的马文才：人呢？你们是不是把我忘了？？

15.

聂藻和龚俱的谈话就在这老坛酸菜柠檬面一般的氛围中进行着，两个人进行了深入且严肃的罪犯行为交流，总结出自己工作上的不足，对两人的分工进行了再一次明确，同时树立了共同的目标，许下美好的愿景。

——这是不可能的。

这场车祸从一开始就只是龚俱"曲线救国"的计划，他们看夜枭枭不顺眼，却又无法仅凭自己对她做点啥，于是他一拍脑袋想出来个损招，先想办法解决掉聂州，等聂夫人和聂藻顺利接手聂家，再利用聂家的力量对夜枭枭下手。

当然，聂州出意外的时候能顺便也让夜枭枭出点意外就好了，所以最好就是他们一起出意外。聂州作为肇事者不幸身亡，这完全说得过去。

他们将啥都安排得明明白白，就是没想到真的出了意外。夜枭枭这一撞直接把聂琰给撞疯了，他死咬着这件事不放，不知道给他们找了多少麻烦，被叫去谈话都谈了无数次。他们把所有能想到的证据一应删除，本来至今毫无破绽，结果聂藻居然败在了帅哥的脸下。

这事捅出来谁都好不了，于是他们在"友好"的交谈过程中举行了一场"友好"的"甩锅友谊赛"，具体表现为：表哥掐住了表妹的脖子说"要不是你我们都不会有事"，表妹踹了表哥的裤裆说"明明就是你干的休想诬赖我"。

这场比赛的结果是录音被完整传送至警察叔叔手中，没有出席葬礼的李云生带着监控录像和聂藻、龚俱的出行记录端坐刑警大队，两个掐架的罪魁祸首被聂琰和钟岐当场抓获。

16.

聂琰去的时候龚俱正捂着某些不可言说的部位哀号，聂琰垂下眼睛，偏头叮嘱钟岐先把聂藻看好，然后拎起龚俱的后领子，毫不留情地把他往聂州墓碑的方向拖去。

龚俱在地上扭得活像条毛毛虫："你要干什么？！"

路桐急忙过来挤出两滴眼泪往前一扑："等一下！你们要对龚俱做什么？都放开他！"

龚俱动情地向她伸出手："小桐！你别听他们的！我是冤枉的！"

路桐："我信你！你说什么我都信！"

龚俱："山无陵！天地合！"

路桐："乃敢……啊等等。"

路桐抬头："老板们，现在还要演吗？"

老板们纷纷摇头。

"哦那没事了。"路桐站起来拿出粉饼开始补妆，"告辞。"

龚俱表情崩裂。

17.

聂琰将龚俱一路拖到聂州的墓碑前，顺着这个拎领子的姿势把他的脖子摁在地上，似乎是想重重地砸一下。可几个深呼吸后，聂琰最终还是没砸下去，只是让他在聂州墓前久久地伏地。

聂琰全程没说一句话，仿佛除了这个举动，他和这个并不熟悉的父亲也没什么话好说。

何杏给马文才发了位置信息，叹了一口气："你们家聂琰真够善良的，你居然也不上去给这罪魁祸首脑袋上来一下？"

夜枭枭抱着胳膊："我干吗打他，我谢谢他，要不是他我就不能欣赏跟我撒娇的聂琰了。"

何杏："……"

你管那叫撒娇？

你的标准好独特啊。

18.

夜枭枭摸摸下巴："但这就抓到了罪犯，是不是过于简单了？"

何杏："是啊，一点波澜都没有，这个时候不应该是生死攸关我们随时可能损失一员大将的时刻吗？这么平静搞得我心里毛毛的啊。"

话音未落，只见终于找到大部队的马文才快快乐乐地举着手机跑来，还没说话人先在地上摔一跤。刹那间一直畏畏缩缩的龚俱猛地挣脱聂琰的手，飞身上前勒住了地上马文才的脖子："都别动！"

19.

何杏："……"

这就是 NPC 的魅力吗？

夜枭枭："我是不是要给 110 打个电话？"

何杏："110 早就打过了，在等他们过来抓人呢。"

夜枭枭："哦那我给 120 打个电话吧。"

何杏："120 也打过了，聂夫人正等着他们来接呢。"

夜枭枭："……"

夜枭枭："哦那我给火葬场打个电话吧。"

何杏："……"

不要这么快就放弃吉祥物啊！！

你这个姐姐听起来比龚俱危险多了啊！！！

第二十一章

1.

两方对峙，没人说话。

天边飘过几朵小乌云，悄悄地在这场寂静里凑头，计划等会儿下场雨。

在龚俱的想象中，这样风云变幻的时刻，他应该衣袂翩飞地站在最高处，轻松且淡然地挟持住手里的人质，看着瑟瑟发抖、紧张万分的其他人冷笑，说一句"给我准备一辆车来"。

然而事实上现在全场好像只有他一个人在紧张。

这群人轻松得好像可以就地铺开一张布开始野餐的样子。

龚俱："……"

龚俱："你们有人质在我手里啊没人管吗？？？？"

2.

无人应答。

众人看天：不是很想管。

众人看地：你抓的是吉祥物嘛，又没有刀子，有什么可怕的，乖哦，再拖一会儿警察就来了啦。

反正就是没人看他。

龚俱："……"

龚俱："理理我啊！！！"

3.

龚俱声音之悲切连马文才这个人质听了都动容，马文才转头看着他："你没事吧？"

龚俱对于终于有人理他这件事非常感动："嗯，谢谢！"

马文才："我还是第一次看到你这样绑架的，上一个干这事的人手里拿了两把枪呢。"

龚俱低头："唉，我没有经验。"

马文才："谁都有犯错的时候，别灰心，下一次会更好的。"

龚俱："嗯，下次我一定会记得带刀的，哪怕水果刀也行。"

马文才指指自己的裤兜："水果刀我有啊，不要伤心了，我先借你吧。"

龚俱掏出来："啊那真的是太谢谢了。"

马文才甜甜一笑："不客气。"

龚俱把刀架在马文才脖子上："给我准备一辆车！"

寂静……

死一样的寂静。

夜枭枭："都别拦着我！我要亲手把马文才撅回娘胎里！！！"

4.

这里偏僻，警察还没赶来，龚俱已经开着车跑了。

车上还绑着马文才。

绳子是从马文才兜里翻出来的。

5.

夜枭枭几乎在他离开的一瞬间就拉着聂琰上自己的车并启动了发动机，嘴里骂骂咧咧地一路飞驰。钟岐拉着何杏开另一辆车紧随其后，他们的动作稍微慢了一点，几个转弯之后就完全不见前面两辆车的踪影，何杏连忙给夜枭枭打了个电话："第三个岔路口之后往哪边？！"

"左！"夜枭枭的声音和风声糅在一起，"路桐塞进他衣服的窃听器有定位功能，聂琰等会儿把实时定位发给你，你叫钟岐开快点，给我堵他！"

何杏骂道："你刚刚不还优哉游哉的吗，这会儿知道急了？！"

夜枭枭也骂："谁跟你说我是急的？龚俱爱逃不逃，但我今天不追上去给马文才那傻子一个爱的升龙拳，他就不知道春天的花儿为什么那样红！"

何杏："……"

何杏立刻切换屏幕给马文才发了条短信：快跑。

6.

聂州下葬的墓园在半山腰，龚俱开着车沿着盘山小路一路向北，可以从未建设高速公路前的老路出城。老路没什么摄像头，更没有收费站，这样即使"举报小卫士"第一时间就报了警，警方对各个出城的关卡进行封锁检查，也阻止不了龚俱跑路的脚步。

可以说是这点智商全花在保命上了。

车子在弯弯绕绕的山路上快速行驶，几次在拐弯处差点坠落，山边依着一条大河，落下去大概就可以直接上去和聂州共进晚餐。马文才被迫在车子前座上左一摇右一晃，终于没忍住，一侧身，吐了。

被吐了一身的龚俱双手颤抖。

马文才觉得有点抱歉，艰难地在绳子中间举起手："要不我给你擦擦？"

龚俱又一个急转弯。

举着手的马文才："大哥你慢一点……呕。"

龚俱身上顿时是字面意义上的雪上加霜。

龚俱：我脏了。

龚俱：我自闭了。

龚俱：要不现在跳河吧。

7.

想是这么想，跳是不可能跳的，龚俱单手掌着方向盘，胡乱把自己的外套脱了扔出窗外。这一套动作下来车速自然就慢了不少，奇怪的是夜枭枭竟然也没有追上来，这让他差点对自己的车技产生了莫大的自信。

一直落在最后面的钟岐更是在踩了几下油门之后猛然发现前面的车道不见夜枭枭的车了，空空荡荡犹如恐怖片情节。

钟岐："难不成他们靠定位已经抄小路堵到前面去了？"

何杏和夜枭枭连着线，也伸长脖子看了看："你们人呢？跑这么快？"

夜枭枭："……"

夜枭枭："没，我是你们刚刚超了的那辆。"

何杏："啊？"

夜枭枭的声音听起来十分憋屈："聂琰不让我踩着油门走山路。"

聂琰的声音远远地传来："不安全。"

聂琰："他们已经去追了，你不要开这么快。"

何杏："……"

你完全已经被老板同化了吧老板娘？

这么多年的闺密情终究是错付了。

8.

说话间几个人终于发现龚俱的实时定位始终停留在一点上不再移动，在前面的钟岐几个加速后看到了被龚俱扔在路边的外套，皱着眉暗道一声不妙。

这条盘山的小路一条线通到底倒是不用担心，可是要是出了山路还没追到他，一段时间内就真的找不到他的踪迹了。

想到这里钟岐忍不住又加了一脚油门。风声掠过耳边，乌云已经酝酿出一场雨，他隐隐中总觉得有什么即将脱离自己的掌控。

果然。

下一秒钟他的假发就脱离了他的掌控，甚至随风飞扬并"嘭"一声砸在了后面夜枭枭的车窗上。

在聂琰限制速度边缘上下冲刺的夜枭枭："……"

"没想到路上还有这么多障碍物，"聂琰抬眼，"那再慢点吧。"

夜枭枭垂死挣扎："我、我可是 A 城一代车神，你要相信我的技术！"

聂琰："嗯。"

聂琰："慢点。"

夜枭枭："……"

夜枭枭委委屈屈地把车速降了下去。

9.

另一边的钟岐倒是在坦然面对这个世界的过程中越开越快，已经隐隐能看到龚俱车子的尾巴，他一边加速一边招呼何杏："杏杏！"

何杏："干吗？"

钟岐："我记得我买假发的时候店家还送了我一顶，我塞座位底下了，你能帮我拿出来套上吗？"

何杏抱着手："怎么还要戴假发，不是爱的勋章吗？"

钟岐："我的勋章只能你看！而且让狗仔拍到了多不好，到时候新闻就会变成'钟姓艺人疑过早秃头，拍到时正与素人女子同坐一车，究竟是他好色还是她好财'这样的。"

何杏："……"

何杏低头给他找假发。

这顶假发果然是店家卖不出去才会送的，颜色非常鲜亮，戴上刚好披肩。

此时钟岐的车已经咬住了龚俱车的尾巴，马文才回头看了好几眼，眼中希冀的光芒亮了又熄灭。

龚俱紧张地挤出一个冷笑："他们来救你了？"

马文才不动声色地摸自己其他口袋里还能利用的东西："不是。"

龚俱："不是还能追我这么紧？"

马文才："你自己看，开车的是个女的，粉头发，不是。"

龚俱看后视镜。后视镜里看不太清后面开车人的脸，但是不妨碍他荧光粉的长发在风中闪耀出最绚丽的色彩。

10.

果然不是。

瞬间放心了呢。

11.

龚俱就这么放心大胆地又往前开了几十里，才又开始觉得有点不对劲了。

当然，他不是觉得后边那个穷追不舍的粉红女郎不对劲，那几个人里就没有顶着这种发色的人物，而且他才不相信这荒郊野岭的也能有热心市民前来协助警方抓捕在逃人员，他是觉得马文才不对劲。

从后面这辆车出现后他就一言不发，完全丧失了刚开始作为人质时的活泼，看起来就好像之前的种种举措都是假象，其实背后蕴藏无限阴谋。这搞得龚俱高度紧张，这种紧张持续时间一长，就演化成了疑神疑鬼。

比如马文才动动胳膊，他就吓得方向盘都打了滑："你、你、你、你想干吗？！"

马文才有点无奈："没什么。"

再比如马文才转转头，他就吓得声音都高了八度："你到底有什么阴谋？！"

马文才犹犹豫豫："我东西掉了。"

龚俱咬牙切齿地在百忙之中还抽出一只手揪住他的领子："马文才，你现在跟我是一条绳子上的两只小蚂蚱，他们不让我好过，你就别想好过，听懂了吗？别再动了！"

马文才屄巴巴地点头："哦。"

12.

马文才其实有点儿焦虑。

刚刚他试图自救，把自己的兜翻了个底朝天，除了手机，就翻出一个打火机来。他倒不是觉得打火机能用才带上的，主要是之前陆仁的事给他这个从未经历过风霜的温室花朵搞出了心理阴影，此后他身上常备各种物资，方便必要的时候拿出来，给自己危在旦夕的小命一条出路。

不过马文才拿着这个打火机思考了半天也没想出来能怎么自救，只好顺着电视剧得来的经验，准备先试试将捆着他的绳子烧断。车子的轰鸣声很响，打火机的声音被藏在其中，马文才顺利地点燃一簇小火苗。

然后年纪轻轻、车技超群的龚先生一个急转弯，打火机"啪嗒"一声就掉在座位底下了。

马文才想捡，但是龚俱恶狠狠地让他别动，并急打方向盘来了两个异常迅速的乾坤大挪移，于是打火机在车底欢欢乐乐地带着小火苗"环游世界"，最终卡在了后座的缝里。

——并且在后座的脚垫上熊熊燃烧。

太焦虑了。

告诉龚俱"我把你车烧起来了"被他气得一刀捅死，不告诉龚俱等着这车爆炸直接炸死，这两个选项到底哪个存活率高一点？

13.

钟岐："我是不是看错了，前面这车好像冒烟了？"

何杏扶扶眼镜，沉默了一阵，说："你没看错，确实冒烟了。"

完了。

这下吉祥物真的点燃了。

14.

龚俱开着开着就嗅到一股煳味儿，二话不说开始谴责："谁啊，在山上烧什么火，不怕火灾吗？没有公德心！"

马文才："……"

马文才小心翼翼："这位哥？"

龚俱百忙之中扭头看他，用目光表示疑惑。

马文才："要不你转头看一下我们后面？"

龚俱减速转头。

马文才"尬笑"："是、是我烧的啦。"

龚俱："……"

天边下起毛毛细雨，在这凄凉而无助的时刻，龚俱终于感到一丝后悔。

如果能重来——

人质一定不选马文才。

15.

夜枭枭在十几分钟后踩着聂琰限制的车速终于赶到现场，只看到一辆熊熊燃烧的轿车停在路边，不远处马文才被五花大绑放在地上，龚俱蹲在旁边，左手拿着刀，右手举着烟，45度角望天。

看见夜枭枭过来，他的双眼也没有一丝的波澜，甚至平静地伸手，把烟在车上点着了，吸了一口。

夜枭枭问旁观的何杏："什么情况？"

何杏："不知道，他好像自闭了。"

夜枭枭看着何杏身边孤寂的粉红色背影："哦，你旁边的这位'美女'是？"

何杏："钟岐，我刚刚给他照了个镜子，他也自闭了。"

16.

燃烧的车子随时会爆炸，本来应该是很紧急的情况，但龚俱坐在地上纹丝不动，任由细密的雨点打在身上，长长地吐出一个烟圈。

龚俱："我错了，我真的错了。"

龚俱："我要是不找聂藻当同伙，我就不会被发现；我要是不被发现，我就不会逃；我要是不逃……"

他又吸了一口烟，满面沧桑道："我就不会把马文才抓来当人质，还被你们用个女装大佬欺骗。"

旁边钟岐的背影似乎更孤寂了一点。

何杏没忍住扑哧笑了一声。

何杏低声跟夜枭枭分析："根据一般套路来说，现在我们的选择可以是拖延时间等待救援，或者试图感化龚俱一下，让他立地成佛，跟我们回去自首。"

聂琰把外套罩在夜枭枭头上："感化和拖延时间听起来不冲突。"

夜枭枭笑嘻嘻地接过："对，怎么感化？"

何杏："……"

满脸幽怨的钟岐偏头看了他们一眼，虽然没穿外套但仍然有样学样地摘下了自己的假发盖在何杏头上："小心着凉。"

何杏："……"

你是在间接说我头发少不保暖吗这位朋友？

17.

何杏一把将假发揪掉："一般来说要合理运用亲情、友情、爱情来感化，实在不行你就只能靠语言唤醒他心中残存的良知了。"

何杏："我先给你做个示范。"

"龚俱先生！"何杏站起来，雄赳赳气昂昂地隔着雨幕喊，"事已至此，你还是跟我们走吧，回去我们就事论事好好讨论，好吗？"

龚俱看她："不。"

何杏："生命这么可贵，你不该这么早就放弃自己的！"

后悔归后悔，跑还是想跑。龚俱把烟摁在地上，提着马文才的领子把他抓起来："是，命贵，所以我的命才不能让你们这些人指手画脚宣布我的余生应该在哪里度过！现在这个人依旧在我手里，你们敢过来我就把他扔到下面的河里去，看看是谁先死！"

何杏："……"

何杏坐回地上："好了，我的反面教材提供完毕。"

18.

夜枭枭："……"

你是翻车了吧？你根本就是翻车了吧？？

19.

夜枭枭低头捡了块石头，要起身的时候被聂琰拉了一把，他好看的眼睛被雨水添上一点朦胧的水汽，露出平和又柔软的温柔："小心一点。"

其实感化社会败类这种事没什么好担心的，但结合出院以来的种种表现，夜枭枭有充分的理由怀疑聂琰被她搞出 PTSD（指创伤后应激障碍）了，她忍不住低头蹭了蹭他的脸："嗯！"

龚俱冷笑了一声。

夜枭枭自己找好了角度，回忆何杏说的几个感化层面，开了口："你现在这样是想让母亲失望吗？"

龚俱："我没有母亲。"

夜枭枭："嗯……让你朋友失望？"

龚俱："我没有朋友。"

夜枭枭："那一定会让你女朋友失望了。"

龚俱："……"

刚刚才痛失女友的龚俱把马文才往公路的围栏外一推："你闭嘴！再说我就把他推下去！"

夜枭枭："……"

夜枭枭抬手将石头抛出，石头在空中划出完美的抛物线。

"说不通，你还是死吧。"

20.

石头如流星般划过天空，准准地砸在了龚俱的脑壳上。

龚俱人一歪，晕了。

钟岐震惊。

何杏跟他解释："聂琰以前被拉去给学校男子田径队当过一段时间的后勤。"

钟岐："嗯，所以呢？"

何杏："所以夜枭枭为了每天能多看他几眼，特地参加了同时间同田径场训练的……"

钟岐："的？"

何杏："女子铅球队。"

21.

好，不愧是夜总。

第二十二章 ▼

1.

雨幕中，一击击倒龚俱的夜总独自站立在熊熊燃烧的轿车前，背影伟岸。

"好的，现在现场的观众朋友们可以看到，我们的一号种子选手夜枭枭投出了一记漂亮的铅球——对手倒下了！她将是这一届主角光环比赛的金牌得主！"何杏挥舞假发欢呼，"让我们为英雄喝彩！夜枭枭！夜枭枭！！"

金牌得主夜枭枭矜持地举起手来，向着并不存在数万观众点头致意："谢谢大家，更要感谢那个让我有动力参加女子铅球队的人和一直支持着我的好朋友，是他们成就了今天的我，我永远爱他们！"

聂琰和钟岐就坐在路边看她们俩闹腾，互相交换了个好笑又无奈的眼神，然后任劳任怨地去搬龚俱和解救马文才。然而两人才一动身，那辆燃烧的小轿车却发出一声闷响，随后令人毛骨悚然的噼啪声接连响起，仿佛利用每一声向世界宣告它这颗定时炸弹的存在感。聂琰和钟岐只来得及把夜枭枭和何杏护在身后，就听到马文才一声惊呼。被击中后始终趴在地上不动的龚俱竟然抬起了手，一把揪住马文才身上的绳子，毫不犹豫地从公路边的山崖上滚了下去。

轿车在他们身后爆炸，火星四溅，震耳欲聋，将龚俱和马文才坠入山崖底下湍急河流的水声、夜枭枭的惊叫声和远处山路上由远及近的警笛声统统埋进一地狼藉里。

2.

回去以后，警察全力搜救，然而两人掉进河里，很难调查踪迹，一个星期过去警方仍然没有收获，不知道马文才是死是活。

从某种层面上来说，不知死活也算是好消息。

何杏还好，她相信"从山崖上跳下去掉进一条河"这种搭配有百分之八十的概率死不了，更何况掉下去的是运气"爆棚"的马文才。搞不好多年后新闻里报道说，那一带的丛林里发现两个野人，他们仔细一看照片发现这就是失联多年的龚俱和马文才。所以在准确的消息出来前，她倒是始终抱有希望。

更别提反派大本营里出来的钟岐，前上司陆仁干过的破事儿千千万，每一件都能对一个正常人的心理进行粉碎性打击，尽管他和马文才还有相识一场的情谊在，但那颗心早就麻木不少，天地间的情感，唯独只有对人生中那一点光明的向往最深刻。

于是在场众人中心态彻底崩了的只有马文才的亲表姐夜枭枭——

以及相信马文才活着但是因为夜枭枭心态崩了所以心情也不太美丽的聂琰。

3.

这件事发生后夜枭枭已经整整一个星期没出过家门了，作为一个曾经的工作狂，她工作一概不理，把自个儿家门的密码一换，敲门不应信息不回，甚至胆大包天地没接聂琰的电话32次。

第33次打不通电话后，聂琰默默地放下了手头的文件，开着车带着专业开锁工人把她家门锁给撬了。在物管差点报警抓他的时候，他在门框上一靠，对着屋里头淡淡地说了一句："夜枭枭，再不出来我就走了。"

屋里头没声。

聂琰垂着眼睛让工人给她换把新的锁，转身头也不回就跟着物管走。走到楼梯口时，穿着棉布睡衣的夜枭枭总算探出个头来了，眼底一圈黑青，似乎想起什么不太好的回忆，犹犹豫豫地问："走了还回来吗？"

此时开锁工人已经手脚麻利地给她换好一把新的锁，聂琰抿了抿嘴，快步走回来把她往屋里一拉，关上了门。

在门外干瞪眼的工人和物管"两脸蒙"。

4.

夜枭枭这几天过得日夜颠倒，没什么食欲也没什么睡意，心里的愧疚积成一片汪洋大海，梦里每一声"表姐"都是摁住她脑袋的那只手，把她摁进无尽的深水中，令她不能呼吸。

她看着冷着脸的聂琰，仿佛才想起来还有现实世界，手足无措地愣了一会儿，说："我忘了我把手机放哪儿了，静着音，不是故意不接的。"

聂琰把手里的袋子放桌上，一贯冷冰冰的声音听不出来是高兴还是不高兴："饿吗？"

夜枭枭用心感受自己的胃，好一阵才说："好像不饿。"

聂琰点头。

沉默。

半晌聂琰打开手机，开始默不作声地处理公务，夜枭枭在旁边抱着腿看了他老半天，开口说："聂琰？"

聂琰："嗯？"

夜枭枭："你不回去吗？很晚了。"

聂琰："不回，有客房吗？我住一晚，沙发也行。"

夜枭枭："……"

聂琰叹了口气："安慰人不是我擅长的领域，但是在这儿陪你总比让你一个人待着好。"

夜枭枭不知怎么地鼻头一酸，蹭过去埋进他怀里："那你要不抱着我看吧。"

聂琰伸手把夜枭枭揽过来，温热的身体隔着薄衬衫贴在她脸上："不会有事的。"

这个语气过于笃定，夜枭枭把头更埋进去一点："好。"

四周很安静，夜枭枭能听见聂琰的钟摆般规律的心跳声，衣料的摩擦声，手心轻轻在后背拍打的声音。下半夜聂琰开始讲她听不懂的物理理论哄她睡觉，于是这轻轻的讲述声也融进所有的声音里，盖过那天爆炸时的轰天巨响，将她从海底拉了上去。

夜枭枭难得睡一个好觉，第二天是被聂琰的电话铃吵醒的。

聂琰被夜枭枭当枕头枕了一夜，手麻着，只好让夜枭枭开了个免提。电话刚接通就传来女孩子软糯可爱的嗓音："您好，是聂先生吗？"

聂琰："我是。"

"太好啦！"那边的女孩似乎拍了一下手，"我叫梁祝，是之前的那个护士，我们这儿今早有人送来了一个病人，就是之前和你们一起的那个叫马文才的，但是现在他自己昏迷不醒，送他来的人又走了，我们只好先联系您，您现在能来医院一趟吗？"

5.

洁白的床。

"泡发"了的马文才。

夜家长辈们和苏宁围坐一侧，夜枭枭、何杏几个小辈们围坐另一侧。

苏宁喜极而泣："呜呜呜呜我的儿，都泡开了呜呜呜呜，心疼死我了。"

何杏十分平静："看，我就说了这个'保命地点组合'是不会死人的。"

苏玛丽不赞同地摇头："也不是，这个组合里面应该还包含一个世外高人的绝世武功，我看我们小文才身上一点都没有被山崖底下的高人传授武功的样子嘛。"

何杏："……"

何杏："你那是武侠剧本，你跑错片场了。"

6.

夜枭枭摸摸马文才泡得发白的手，确认他完好无缺后松了一口气，终于又恢复了正常，询问站在旁边的梁祝："谁送他来的？"

"警察，说是有人把他敲晕扔到了派出所。"梁祝一拍脑袋拿出一部手机，"对了，他们还送来了这个！"

夜枭枭拿过来。

手机没设密码，其他软件的信息基本已经被删空了，唯独备忘录满满当当，写满了一个青年的血泪史。

7.

《青年龚俱的奇幻漂流》

Day1：漂流到海的第一天，我幸运地找到了一艘漏水的破船，就是马文才这个人质太沉了，我应该把他丢掉的。只是一个人终究太孤独了，何况之前他借水果刀时对我的鼓励仍在耳畔，还是留着他吧。

Day2：不知道这是哪里，我能勉强看到岸的边际，努力划吧，至少还有一线生机。马文才醒了，但是他太烦人了，看见自己漂在水上就鬼哭狼嚎的，我哪知道你不会游泳啊！别扒拉我！

Day3：马文才吃得也太多了吧！！！

Day4：我真的没想到这傻子被敲晕了还能死拽着我！他究竟哪里来的这么强烈的求生欲？！他的童年究竟遭遇了什么？！！

…………

Day7：终于上岸了，我受不了了啊啊啊！！！

8.

夜枭枭挑眉："他受不了啥？"

马勺举着电话走进房间："龚俱自首了。"

夜枭枭一脸疑惑。

马勺："他自己跑进派出所，哭着说'对不起我错了，我真的受不了了，我的人质因为太怕死一直对我死缠烂打，我真的不行了，求求你们把我关进去吧'。"

夜枭枭："……"

9.

尽管过程比较曲折——

但是看来最后还是感化成功了呢！

10.

马文才觉得自己在做梦。

梦里他身处一艘漏水的小船，四周都是黑色的浓雾，小船摇摇晃晃地行驶在水面上，晃得他晕晕乎乎的。细碎的低语声从雾中传出来，但仔细分辨一下的话，又好像都是些熟悉的声音，何杏的声音是平静的，他姨母苏玛丽的声音是一贯不正经的，母亲的低声啜泣软和又令人感伤，他姐的声音倒是难得的轻柔和疲惫。

他是死了吗？

这个场面着实有点像大家围在一起吃火锅，吃的人听起来都挺开心的，只有被围在中间的这口锅觉得自己在水与火之间备受煎熬。马文才听了几分钟更晕了，渐渐失去了意识。

11.

睁开眼时已不知过去了多久，或许是几个小时，又或许几周，房间里静悄悄的，只有靠窗处发出细微的动静。

那边逆光，马文才眯着眼睛转头去看，见一个一身白的小姑娘正低头往玻璃瓶子里插花，花是半开的白百合。大概是余光里注意到他动了，她放下手里的东西，笑眯眯地跑过来检查他的情况："主任说你这几天大概就醒了，果然没错！你现在觉得怎么样？"

马文才："……"

离近了看，小姑娘圆脸杏仁眼，鼻子上零星几颗小雀斑，好像还有点眼熟。

马文才脑子还空白着，一时对不上人，只感觉心底有悲伤汹涌而来，他看看小姑娘的一身白，揪住被角抹了一把泪："我死得好惨啊。"

小姑娘一脸迷茫。

马文才泪眼蒙眬："我听说白无常比黑无常好说话，走之前能让我去看我的亲人最后一眼吗？"

小姑娘："……"

马文才吸吸鼻子："不过果然哪里都要和现代社会接轨了，现在的黑白无常居然长这么可爱。"

马文才："还穿护士服。"

小姑娘："……"

小姑娘的脸肉眼可见地向红苹果稳步前进，她手足无措地拉起悬挂在墙壁上的通信器："主、主任，我是梁祝，1017房间的病人醒了，但是他现在精神好像出了点状况，您要不过来看一下？"

马文才："……"

这个名字总算把马文才的神志从九霄云外抓回来了一点，这回人对上了，他默默地躺回去，伸手把被子盖回自己头上，闭上眼睛。

太丢脸了。

还是死了吧。

12.

虽然后面证实马文才和龚俱没漂流到海，只是顺着河流被冲进了一个面积比较大的湖泊，两人方向感又差才耗时整整七天找到岸，但长时间泡在水里并处于饥饿状态，马文才本来也不见得多么强壮的身体耗损得很厉害，在医院躺了两个多月，出来的时候世界都变了。

龚俱蓄意谋杀是既定事实，看在自首并积极配合的分上酌情考虑一定的减刑，聂藻作为同伙还在拘留教化中，聂夫人守着一幢无人的房子和一家被夜逐爵搞成空壳的公司，大概也不是很开心，但如今也没人再关注她了。

路桐大概经此一役发现了自己崭新的人生价值，攒了一笔小钱准备去学表演，充分发挥自己的表演天分骗人感情……不，走上演艺之路。

另一个在本次事件中找到本我的还有李云生。

前人气艺人李云生经历大起大落，在本次案件中潜伏敌营数日，尽心尽力地完成了自己的卧底工作，并由衷地感受到——

保安真是一份令人安心的好工作。

嗯？

13.

盛名重新回到夜枭枭手上，夜逐爵把从前聂氏捞过来的统一交给聂琰，又开了一家新公司。一样的人一样的业务，新聂总把自家公司安排到能够自行运作后就心安理得地当起了甩手掌柜，每天去盛名当他蹭资源演戏的"小白脸"，比夜枭枭这个每天加班的总裁还总裁。

马文才回到公司时还是给聂琰当助理，翻着他的新剧本跟夜总感叹：

"姐，姐夫怎么对当你的小白脸这么有执念，有富婆可以依靠真的很快乐吗？"

夜枭枭："我又不依靠富婆我怎么知道？"

"很快乐。"进来拿文件的何秘书长靠在她老板的肩膀上，"看见没，还可靠呢。"

夜枭枭："……"

好烂的谐音梗。

14.

夜枭枭："他倒不是对当小白脸感兴趣吧，也许是以前没有享受过自己的人生，所以想在戏里享受别人的人生，过各种各样的生活。"

马文才迟疑地打开剧本："他从来没有见过如此不羁的女孩，她拥有如此硬朗的下巴、阳刚的线条，和别的女孩好不一样。"

马文才合上剧本，看到剧本上的名字：《霸道班长和娇弱校草》。

马文才一脸蒙。

马文才："这就是你想让他体验的别的生活？？？"

夜枭枭伸手去摸包里的车钥匙："放心啦，他是那个班长，我还没做好他和别的女孩子一起拍戏的心理准备，再说这个剧本是杏杏亲自上阵写的，剧情有保证嘛。"

何杏点头："对，你别看名字这么不靠谱，其实这讲的是两个志同道合的人从学校相识到一同闯荡社会的友情故事，他们互相扶持一心向上，致力成为社会的好栋梁，我预设的结局是他们几经波折后分道扬镳却始终为这个社会做出杰出贡献，最终在表彰会议上重逢……是不是很让观众潸然泪下？"

第一次听到结局的夜枭枭："……"

夜枭枭："这个剧本的友情顾问不会是我妈苏玛丽吧？"

何杏震惊："你怎么知道？"

夜枭枭："……"

这还用问吗？

15.
马文才："那饰演那个娇弱校草是哪个演员啊？"

何杏："钟岐。"

马文才："……"

何杏："我看他上回那个假发戴得就挺合适啊！"

马文才："……"

你们根本是想携手毁掉他们两个的演艺事业吧！

除了这两个对你们毫无底线的人，根本没有人会接这个剧本啊清醒一点！

16.
直到夜枭枭开着车带了他们俩去片场直接叫钟岐和聂琰现在的剧组提前下班，马文才还在看着两位帅哥的脸长吁短叹。

钟岐第一次被人探班，身上还穿着戏服，克制又有点儿高兴地快步走到何杏身边，问过一遍早上吃的啥、中午吃的啥，又打算问一遍晚上准备吃啥，被人叫去换衣服的时候还恋恋不舍的："那你先想想晚上吃什么。"

何杏："好像没什么想法。"

钟岐："那我做炸鸡给你吃……你明天还来探班吗？"

何杏："可能要上班。"

夜枭枭在旁边笑："你放心啊钟影帝，我给她放假。"

钟岐一点头走了，何杏瞪了夜枭枭一眼，堂堂套路王者居然半天也没说出句反驳的话来。夜枭枭嘴角咧到耳朵边，一直笑到何杏简直忍不住要谋杀亲友才伸手拉过慢悠悠走过来的聂琰，坐上车一溜烟跑了。

等何杏也被钟岐拉上车之后，原地就只剩下了愁眉苦脸的马文才。

他看着两对无情人士离开的方向，不知道自己究竟跟来干吗的，委屈巴巴地打了辆车。走到一半他妈妈苏宁一个电话，他又转道去指定地点，参加他妈给他安排好了的相亲。

17.
几辆车在不同的线路上行驶。

一辆驶离了原先平淡的轨迹，两条线在漫长的道路上交叉重叠。

车轮走过这一生的幸运，停在了一家普普通通的小饭店门前。

在靠窗的位子上，马文才见到了他的相亲对象。

她的杏仁眼因为惊讶睁得更圆了，鼻子上的小雀斑随着笑的动作皱了起来，他们两个几乎同手同脚地打过招呼，结结巴巴地互相问候，脑子里都在想：好巧哦。

18.

另一辆在两个本来毫不相干的方向之间连出一条曲折的道路，如同进入主干道上无数分离支线中的一条，弯弯绕绕地走到最终目的地，停在了何杏的家门口。

何杏抱着手机，看着钟岐在厨房里忙碌的背影，食物的香气顺着整个房子飘荡了一遍。

她手机里的游戏人物不由自主地拐进一条非计划中的路线，她眨眨眼睛，明明脑子里有千百万个选择，还是忍不住朝着厨房喊了一声："钟岐？"

钟岐举着把锅铲回头，他头发已经长回来了，于是何杏心安理得地接受了帅哥"降智光环"的蛊惑："夜枭枭说明天给我放假，我来探你的班。"

当然吃饭的时候何杏就后悔说这话了。

不知道这人兴奋个什么劲，炸鸡都能炸煳了两块。

19.

还有一辆，在城里风驰电掣，于是时光追回了流年，落叶追上了春天，星星从身边匆匆划过，夕阳在地平线上上升，长大的心怀抱最初的热忱，车停在了民政局的门前。

夜枭枭有点紧张："准备好了吗？"

聂琰："嗯。"

夜枭枭："那我们进去了哦。"

聂琰垂下眼睛笑："你怎么那么紧张？"

夜枭枭："我的人生大计现在就要实现了，着实有那么一丝激动。"

聂琰："走吧。"

夜枭枭继续紧张："进去你就没后悔的机会了啊聂琰，我抓到手的可绝对不会放出去。"

聂琰拉住她的手，低头衔住她的嘴唇，呼吸交错好几次，半天才抬起头来："嗯，走吧。"

20.
那天的夜晚特别热闹。
全网都在刷同一条消息——

@夜枭枭：结婚了，抽一千个人每人送两千块钱庆祝一下。

番外一

　　苏宁成为母亲后的每一天，都对自己的儿子马文才感到焦虑。

　　比如同样是新生儿一岁时抓周，他表姐夜枭枭就会抱着根本不在抓周物品行列的美男海报死不放手，而马文才刚挪步就把自己摔了个底朝天，啥也没抓抱住自己就哭了，吓得苏宁立刻把人送去医院，顺带检测了一下大小脑究竟是哪里出了问题。

　　后来马文才长大了，大家惊喜地发现他的大小脑都没有问题，是智商比较有问题，纷纷松了一口气。

　　等等好像哪里不太对劲。

　　等马文才再长大许多，苏宁对他个人的焦虑就逐渐演化成了对他和他未来媳妇儿两个人的焦虑。

　　苏宁左思右想，觉得这个未来儿媳不能是苏玛丽那样的，不然婆媳斗争的时候自己得气死；也不能是何杏那样的，因为这人沉迷游戏的时候六亲不认，而她在大部分空余时间里都沉迷游戏；最不能像夜枭枭了，整个一毁天灭地的女魔头，除了聂琰那种高级制冷冰箱谁都没法让她冷静。

　　要是像自己……老实说她觉得自己挺不错的，但是如果对象是马文才的话，她还是怕自家儿子被"白莲花"骗感情。

　　于是苏宁挑挑拣拣，在一干亲朋好友的推荐里找着了小梁护士。

　　她也没看中啥其他的，就是图这孩子和她们家儿子一样傻乎乎的，相处起来比较不容易互相嫌弃，谁都发现不了另一个是"傻"的。

　　简直是天作之合。

马文才就这样在他妈的一手安排下跟梁祝相了一回亲，约了两次会。

两人第一次约会的地点在城郊的大型游乐场，苏宁选的，她觉得又有刺激项目又充满少女情怀，绝对能充分刺激这两个人基本不存在的荷尔蒙。

实际上马文才和梁祝一起抬头仰望游乐场代表项目之 60 米高垂直过山车时，当场就和谐统一地尿了。

马文才"棒读"："哇，好高啊，你想玩吗？"

梁祝：完了，他这么问是不是很想玩的意思？那要是我不去他不就很失落了吗？

梁祝故作坚强："啊，那玩、玩吧！"

马文才：完了她看起来很想玩的样子！那我不去她一定很失望的啊！

于是马文才就拉着她上去了。

下来的时候工作人员贴心地赠送了一张一寸大的纪念照片。

碧蓝的天空。

明媚的阳光。

在这丰富的色彩和暧昧的气氛当中，两个人并肩而坐，抱头痛哭，鼻涕、眼泪、头发糊了一脸，比鬼屋的工作人员还像鬼。

马文才："照片送给你。"

梁祝："还是不了。"

最后两个人各拿一支甜筒，在儿童旋转木马上转了三个回合才勉强压惊。

转完也不去体验刺激性项目了，马文才干脆拉着梁祝去套娃。他一套一个准，指哪儿套哪儿，临走时还在游乐场门口给梁祝抽了个特等奖。两个人美滋滋地抱着大娃娃小娃娃，还有一台超大液晶电视哼哧哼哧回家，在梁祝的家门口数一个分一个：液晶电视是梁祝的、粉红色的等身熊是梁祝的、长手长脚的长颈鹿这么可爱也是梁祝的……马文才数了一圈觉得都该是梁祝的，于是拍拍手起身："那我走啦。"

"等一下。"梁祝的脸在暖黄色的灯光下像苹果一样红彤彤的，她伸手递给马文才今天自己唯一抽到的棒棒糖，"这个给你。"

马文才短暂的小半生里还没被小姑娘主动送过东西，抓抓后脑勺又摸摸鼻子，很不好意思地接过来："谢谢。"

梁祝的眼睛亮晶晶的："不客气！"

两人的第二次约会其实不能算真正意义上的约会，因为时间是半夜12点，地点是医院。

梁祝的负责范围就是 VIP 病房这一块，平时人就不多，经过夜枭枭他们上次的闹腾之后人更少了，甚至出现了病房夜里有女鬼的传说，越传越邪乎，一度被列入年度十大都市传说榜单。

梁祝一个人值夜班，害怕之下战战兢兢地给在梦里的马文才打了个电话，并向他一本正经地"科普"了这个传说。

梁祝："我们第一次见面你不就说你见鬼了吗？那鬼长啥样啊？"

起来换衣服出门的马文才："那个鬼……跟我姐挺像的。"

梁祝紧张地点头："哦，那至少比较好看，好看就不吓人了吧！"

马文才："……"

这话千万不能让他姐听到，她听到能大笑三天并且在病房门口立一座自己的雕像，歌颂她上至"统领"商业帝国下至进入民间传说的丰功伟绩。

尽管知道真相，马文才还是尿得一如既往，救命的电棒系在腰上，兜里打火机、孜然、防狼喷雾一应俱全，临走时他非常不放心地在家里转了三圈，翻出抽屉里不知哪年哪月放的门神年画，珍重地贴在胸口，走了。

梁祝看见他一身花花绿绿地窜进来差点没当场吓死，犹豫半天指着年画问："这是什么？"

马文才："门神，驱邪。"

梁祝："那不是应该贴在门上吗？"

马文才看看胸口："心门……也算门吧？"

"对哦！"梁祝恍然大悟，"还有吗？能不能分我一张？！"

第二天早上，被苏宁叫来接马文才去上班的夜枭枭一进门就看见已经有人来换了班，熬了一夜的两个人胸口贴着年画在角落里睡得歪七扭八的。她干脆给马文才放了一天假，找了个房间把他们俩搬进去摆好同床共枕的姿势，然后在门口无耻地大笑三声说自己就是红娘转世，这俩成了之后要在他们家大门口给自己立个纪念碑，就潇洒地走了。

然后等在门口的聂琰在她的脑门上赏了个栗暴。

躺在床上的两个人经历了各种背对背拥抱的睡姿，最后如同一根扭好的油条那样，窝在了一起。

醒过来的时候两个人都吓蒙了。

两人蒙了也半天没动，因为马文才的一条胳膊在梁祝头底下，梁祝的一条胳膊在马文才身子底下，四条腿互相扒拉，哪儿哪儿都麻。

马文才呆若木鸡："我不是故意的。"

梁祝脸红心跳："我也是。"

马文才还想说点什么，"你"了半天也没你出点内容来。

半晌麻劲儿过去，两个人从床上坐起，一个挠脑壳一个摸头发，马文才嘴巴张了又合，最后还是磕磕巴巴地说："你有没有被我压痛？"

梁祝摇摇头。

马文才："你、你千万不要介意……我是说，我不会把这不当回事的，我会负责的！"

马文才的声音越缩越小，最后已经缩成了和蚊子叫声同一等级："你，你要不当我女朋友试试看？"

梁祝抿着嘴没说话，把胸口可笑的年画侧着掀开了半边。

马文才一脸不解。

梁祝严肃道："这个叫——敞开心门。"

提前下班过来接人的夜枭枭："……"

你们真的是好幼稚的两个成年人。

番外二

钟岐早就忘了自己本来的名字。

大概也是两个字,也是从无数汉字中挑挑拣拣得来,寄托过真切的祝福,但在陆仁这里,它只是一个无关紧要的代号。

没人重视的东西总是被忘记得很快,就像他也忘了他是怎么进入这个暗无天日的地方,忘记了作为一个独立的"人"该是什么样子。

人们叫他"二号",于是他变成了"二号"。

整个系统中最不重要的就是名字,它总是随着人员更迭流动。二号在继承"钟岐"这个名字前,它属于另一个人,代号"十"。十号年纪稍微比他大些,聪明,嘴巴毒,游戏打得特别好。

他们这些有显著一技之长的多少都更受到陆仁的优待,十号被破例允许每天有三个小时的自由游戏时间,其间由最受陆仁信任的一到九号轮流监视。每天到时间点,监视人隔着十米都能听见他房间里传出来的"祖安语录"。

监视他的人里头二号跟他关系最好,偶尔还能得到半个小时万分珍贵的教学时间,虽然最后基本都是被十号一把夺过手机,以"你这个资质基本就告别电子游戏了还是去斗地主吧"结束。

二号很不满意:"就你这嘴还一天到晚嚷嚷想跟小姑娘打游戏,做梦呢你?下次撩妹人家让你发照片别来找我。"

结果第二天十号就在游戏里认识了小姑娘,还美滋滋地跟小姑娘交换了照片——二号的照片。

这开过光的嘴。

小姑娘叫何杏，脸上架着个副眼镜，游戏技术和话里透出的成熟一点儿也不像这个年纪的孩子该有的，有时身上甚至带点奇怪的超然物外，活像活了两辈子一样。

十号和她一起打游戏时二号就在旁边看着，偶尔说上两句话。他和十号声音相近，但更清亮柔和一点，好在被屏幕一隔也不大分得清谁是谁，有时何杏被十号骂得狠了真生气了，十号就把二号拉过来，让他来哄。

二号从来没有十号这么丰富的社交生活，只好学着看过的剧本干巴巴地说："你别生气了，女孩子生气不好看。"

何杏："……"

二号："对不起。"

何杏："你突然这样我好不习惯啊大哥。"

何杏："你有没有考虑过人格分裂一下？每天都能这么温柔的话被你多骂两句也不是不可以。"

这话听得二号心里直突突。

后来二号只有在面对何杏的时候才比较会说话，大概是在那段时间里，他曾认真地一遍遍练习过。那些句子被刻入骨髓，每一个字都被署上何杏的名字。

二号认识了何杏多少年，他也忘了。

但十号离开的日子他记得。

那天十号把手机交到他手上，时间显示 1 月 21 日，里面除了游戏一片空白，他对自己的数个满级全皮肤的账号恋恋不舍，然后拍拍他的肩膀："要是我成功地逃出去还把你们也解放了，你就带着我的游戏账号来找我。"

二号问："那要是没有呢？"

"能不能想点好的？！"十号给了他一拳，"那帮我送人吧，你这么菜，不能把我账号糟蹋了，我把'钟岐'这个名字送你，够不够啊？"

枪声响起的那一瞬间手机振动了一下，何杏发来一条信息，问他上不上游戏。

外面在下雪，二号的手冻得生疼，想要打下"他不在"三个字，手却怎么也摁不准拼音键，最终只打下一个"稍等"。

陆仁没发现这部手机，他对二号拥有更甚于其他人的信任，甚至允许二号独自出行。这不仅仅是因为二号作为"脸"的重要性，更因为他从来不试图反抗，和其他仍旧抱有微弱希望的人不一样，始终活得很清楚，从来不干以卵击石的蠢事。

但二号用这部手机联系了何杏。

如果一定要选一个人送账号的话，何杏好像是最好的选择。

他酝酿了一整晚的语言，预想过各种各样的画面，想过何杏要是一杯水泼在他头上，他回去应该怎么跟陆仁解释，直接说掉河里是不是有点牵强。

何杏来的时候裹着棉袄，把他从上到下端详一遍："居然不是'照骗'，我捡到宝了！"

二号："……"

何杏又叹了口气："不过看脸色很憔悴嘛……出事啦？"

二号："我……"

何杏拍拍他的肩膀："年轻人，人生的挫折总是难免的，起起伏伏生老病死才是正常的，你看我死的时候……不是，我是说，搞不好连死的时候都会刚死完就看见新世界了呢，想开点，走，我们进去喝一杯！"

这番话愣是把二号的话给堵回去了。

一次两次，长此以往，二号和何杏吃过街头的小食，听过流浪者的歌声，他不仅仅没能说出真相，甚至自私地把十号的账号据为己有，恬不知耻地顶着何杏的骂和她打游戏。十号的段位不知道被他打掉了多少，大概是地下有知可能会被气得活过来，指着他的鼻子骂个三天三夜那种程度，但他仍旧不满足，还想要更自私地把何杏也抓进手里，做他无尽长夜里的那道光。

为此他成为了钟影帝，积蓄了足够的力量，把陆仁"送进"了监狱，把高世"送给"了夜枭枭，把自己送到了何杏身边。他没过过正常人的生活，所幸还有与生俱来的演艺天赋，于是他有模有样地去学聂琰，想要何杏更喜欢他一点。

至于成没成功，他实在看不太出来。

在一切风平浪静后的某个周末，他们俩打完游戏在沙发上睡着了，他迷迷糊糊地抱着何杏不肯撒手，何杏在他耳边说："喂，钟岐，我跟你说个事。"

"嗯？"

何杏："我来的时候就很突然……所以如果我哪天突然消失了，你不要太伤心。"

钟岐完全没醒，闭着眼睛："我不伤心，我会去找你的。"

何杏："……"

何杏给他气着了："你去哪儿找我啊，就你这样的还想跟老娘三生三世吗？"

钟岐条件反射性地摸她的后脊背："我可以的，不生气不生气。"

何杏："……"

何杏踢了他一脚，觉得不解气，又踢了一脚。

"就是怕你这样才不答应的。"何杏按着额头的青筋趴回他怀里，"麻烦死了！"

钟岐实在太困，后面的一句没听清。

大概还是成功了吧。

番外三

夜枭枭日记

2010 年 9 月 1 日　雨

今天开学，新的征程就要开始，我已经侦测过学校周围八十里地，没一个能打的。

P. S. 也没有帅的，我妈骗我。

聂琰日记

2010.9.1　雨

开学。

学期计划表已做好。

一切如常。

夜枭枭日记

2010 年 9 月 2 日　阴

今天去吃饭的时候在食堂看到一个帅哥，发量看起来让人很担忧。我看过我爸光头的照片，帅的人连光头也是帅的，这一个没有帅到他是一个卤蛋我也能原谅他的程度。

我的新同桌说我肤浅，我怎么可能肤浅？我看帅哥不仅看脸，还要全面检测他的德智体美劳，将来我称霸一方，我的"压寨夫人"一定得拿得出手才行。

她才肤浅呢，整天研究什么套路好感度的，听都听不懂。

聂琰日记

2010.9.2　阴

如常。

夜枭枭日记

2010 年 9 月 3 日　雨

今天和隔壁学校校霸打架被人举报了，我爸妈联合起来骂了我整整两个小时，千万别让我知道这个举报的小崽子是谁！！

聂琰日记

2010.9.3　雨

如常。放学时看到有人聚众打架，不好，已举报。

夜枭枭日记

2010 年 9 月 6 日　晴

今天隔壁校霸带人堵我，以多欺少的浑蛋东西，还好有个高三的学长看见报了警。

他没表情又不说话，但是垂下眼睛给我递创可贴的样子真好看。

聂琰日记

2010.9.6　晴

如常。

夜枭枭日记

2010 年 9 月 7 日　晴

学长的名字叫聂琰，名字也很好听，一听就很配我。

聂琰日记

2010.9.7　阴

门口打架的违法乱纪分子叫夜枭枭，扣五分纪律分。

夜枭枭日记

2010 年 9 月 27 日　晴

我今天才知道我天天打架被举报都是聂琰干的。

那……那就算了。我心胸很宽广的，不跟他计较。

聂琰日记

2010.9.27　雨

那个叫夜枭枭的学妹为什么每天都跟着我，我看起来很像会被抢劫的样子吗？

夜枭枭日记

2010 年 10 月 1 日　晴

国庆节放假，看不见聂琰的第一天，想他。

夜枭枭日记

2010 年 10 月 6 日　晴

看不见聂琰的第六天，想他。

夜枭枭日记

2010 年 10 月 7 日　晴

你的日记本忘在客厅了，作业写完了吗？学习没搞好就不要学人家小年轻搞早恋。——你的母亲苏玛丽留。

我不。——本日记主人留。

夜枭枭日记

2010 年 10 月 8 日　晴

我才和你分开了七天，怎么像分开了很久一样呢？

夜枭枭日记

2011 年 1 月 1 日　晴

新的一年！！！

聂琰日记
2011.1.1　晴
新年快乐。

夜枭枭日记
2011 年 2 月 27 日　晴
我把腿摔断了。不能去上学了，不知道聂琰会不会想我。

聂琰日记
2011.2.27　晴
今日计划完成比平日晚了两小时。
夜枭枭今日放学没来，等了一会儿。

聂琰日记
2011.3.3　雨
没来。

夜枭枭日记
2011 年 3 月 10 日　晴
听同桌说学校里的海棠开了，我没赶上，本来想和聂琰一起看的。

聂琰日记
2011.3.10　阴
还没来。

夜枭枭日记
2011 年 3 月 20 日　晴
我腿好了我好了我好了我好了！！！

那位姓聂的帅哥！就算拄着拐，我也会让全世界都知道这条街被你承包了！

聂琰日记

2011.3.20　晴

拄着拐还能走得这么生龙活虎的我真没见过第二个。

夜枭枭日记

2011 年 5 月 20 日　晴

悄悄往聂琰书包里塞了个橘子罐头。我爸说人的爱是有限额的，我妈占比太多，所以他不能像爱我妈那么爱我，呸，我要把他的份额也给聂琰，他那么好，怎么喜欢都不嫌多。

聂琰日记

2011.5.20　阴

母亲不喜欢这个日子。

但橘子罐头很好吃。

夜枭枭日记

2011 年 6 月 22 日　晴

聂琰毕业了。

就算不喜欢，为什么走的时候，他连一个回头都不肯给我呢？

聂琰日记

2011.6.22　阴

等我回来。

夜枭枭日记

2020.5.19　晴

收拾房间的时候我发现了聂琰以前的日记，他这个大骗子，他肯定一早就喜欢我。

聂琰日记
2020 年 5 月 19 日　晴
对。

夜枭枭日记
2020.5.20　晴
那你今天准备给我多少限额的爱呢，老板娘？

聂琰日记
2020 年 5 月 20 日　晴
你一直拥有 100%，老板。

夜枭枭满足地合上聂琰的日记——
等等。
夜枭枭："聂琰你怎么知道我日记的内容？！！"
聂琰："扑哧。"